KAMPENWAND
VERLAG

ISBN: 978-3947738465

Raiffeisenstr. 4 · D-83377 Vachendorf
www.kampenwand-verlag.de

Versand & Vertrieb durch Nova MD GmbH
www.novamd.de · bestellung@novamd.de · +49 (0) 861 166 17 27

Text: Mika D. Mon
Covergestaltung: Mika D. Mon
Druck: FINIDR, s.r.o.
Lípová 1965 . 737 01 Český Těšín . Česká republikalen

GRIMM

Suicide Love

Ein dunkler Liebesroman

Mika D. Mon

Für alle, die ihr Herz an den Tod verloren haben.

Und für Hanna und Heinrich, die jetzt für immer vereint sind.

Vorwort

Hallo.
Mein Name ist Grimm.
Ich will dir meine Geschichte erzählen. Hör mir zu, wenn du möchtest.
Aber glaube nicht, dass es eine harmlose Liebesgeschichte wird.
Einhörner und Regenbögen gibt es bei mir nicht.
Bei mir erwarten dich keine sexy »Bad Boys«, die dich verführen.
Nein.
Meine Welt ist dunkel.
Meine Geschichte bitter.
Mein Leben ist der Tod.
Und meine Liebe ist Selbstmord.

Bist du bereit, mir zu folgen?

Lieber Leser, liebe Leserin,

du solltest dieses Buch nur lesen, wenn du dich stabil genug dazu fühlst. Es werden unter anderem sensible Themen wie Missbrauch, Gewalt und Suizidgedanken angesprochen. Wir möchten ausdrücklich darauf hinweisen, dass wir uns mit diesen Themen intensiv beschäftigt haben, die Inhalte mit psychologischem Rat verfasst wurden und wir ihnen mit allerhöchstem Respekt gegenübertreten.
Solltest du während des Lesens Redebedarf haben, laden wir dich herzlich ein, dich bei uns zu melden.
mail@mikadmon.de oder Instagram: @mikadmon

Solltest du Selbstmordgedanken haben, wende dich unbedingt an deine Familie und Freunde und sprich mit ihnen darüber. Sie hören dir zu und können dir helfen!
Oder hole dir ärztlichen Rat bei deinem Hausarzt ein! Wenn du anonym bleiben möchtest, gibt es auch telefonische Seelsorge.

Kapitel 1

Lucia

Ist es noch eine Vergewaltigung, wenn man aufgehört hat, sich zu wehren? Wenn man einfach nur noch alles über sich ergehen lässt, damit die Schmerzen nicht so schlimm sind? Und wenn es der eigene Ehemann ist, der sich an einem vergreift?

Ich denke darüber nach, während er auf mir liegt und sich immer wieder rücksichtslos in mich treibt. Mein Kopf hängt vom Bett herunter und ich schaue kopfüber aus dem Fenster hinaus in die Wolken, die sich mit jedem Stoß seines Beckens gegen meines ruckartig bewegen. Es tut nicht mehr weh. Innerlich bin ich taub. Dennoch überzieht ein Tränenschleier meinen Blick. Er ist die Reaktion meines Körpers auf den ungewollten Eindringling und kein Ergebnis meiner Gefühle.

»Oh, Lucia, du geiles Stück«, knurrt mein Mann über mir, fasst grob unter mein schwarzes Seidennegligé, was er mich zu tragen gezwungen hat, und massiert grob meine Brust.

Er verwechselt meinen leicht offen stehenden Mund und meine glasigen Augen mit Erregung. Denkt, er würde mich in wehrlose Ekstase ficken.

Ich lasse ihn in diesem Irrglauben, denn je geiler es ihn macht, desto schneller ist es vorbei.

Komm schon, raff dich auf, dann hast du es bald hinter dir!

Also reiße ich meinen apathischen Blick von den Wolken los, werde aktiver, spreize meine Beine weit, öffne meinen Mund zu einem stummen Schrei und spanne meine Muskeln an. Die an meinen Armen, meinen Beinen, meinem Po, meinem Rücken, aber auch jene in meinem Inneren. Sie krampfen sich um seine Erektion und ich täusche ihm stöhnend und zuckend einen Orgasmus vor. Zumindest stelle ich mir vor, dass ein Höhepunkt so verläuft – denn ich hatte noch nie einen.

Das gibt ihm den Rest. Er lässt ein kehliges Grollen aus seiner Kehle kommen und spritzt seinen heißen Samen in mein Innerstes.

»Das war gut«, keucht er, nachdem die pumpenden Bewegungen seines Unterleibs abgeebbt sind und er sich aus mir entfernt. Lobend streichelt er mit seiner Hand über meine Brüste, hinauf zu meinem Hals, wo er seine Finger um ihn legt. Mein Mann zieht mich daran zu sich herauf, hält mich eisern fest und küsst mich hart und besitzergreifend. Dann lässt er endgültig von mir ab.

Schweigend ziehe ich mich von ihm zurück, rappele mich auf wackeligen Beinen auf und gehe zum angrenzenden Bad.

Ich spüre, wie sein Sperma meine Schenkel hinabläuft und ich kann es nicht erwarten, es von mir abzuspülen. Von außen und von innen. Ebenso wie seinen Schweiß, der auf meiner Haut klebt, und genauso will ich mir seinen Geschmack von den Lippen waschen.

Es ist nicht so, als ob mein Mann hässlich wäre. Sein trainierter Oberkörper ist bis zum Hals mit Tattoos bedeckt, sein Gesicht ist zwar rau, aber ansehnlich. Mit vollen Lippen und ebenso vollem Bart. Ein attraktiver Mann, mit einer wilden, dominanten und gefährlichen Ausstrahlung. Für manche Frauen mag er sogar ein Traummann sein – zumindest optisch – doch für mich ist er mein Alptraum.

Ich steige in die geräumige Regendusche und drehe den goldenen Hahn auf. Nach Chlor riechendes Wasser rieselt auf mich hinab. Den Kopf in den Nacken legend, lasse ich es mir direkt in mein Gesicht regnen und die Spitzen meiner nassen Haare kitzeln mich an meinem Po. Dann schalte ich den Strahl um auf die Duschbrause, nehme sie aus der Halterung und ziele zwischen meine Beine. Das Wasser wäscht meine intimsten Bereiche rein und ich frage mich, wie es wohl ist, einen wirklichen Orgasmus zu haben. Oft habe ich es versucht, aber nie geschafft. Auch dieses Mal gebe ich der Neugierde nach und lasse mich von dem Wasserstrahl massieren. Ich probiere es erst sanft, weil ich wund bin, aber als das nichts nützt, schalte ich auf den harten Massagestrahl. Aber ganz egal, was ich versuche, ich bin und bleibe völlig taub. Vielleicht, weil ich nicht mal weiß, was ich mir dabei vorstellen soll. Ich versuche es mit bekannten Schauspielern, die ich attraktiv finde und sogar mit Frauen. Aber nichts passiert. Also lasse ich es sein. Wenigstens bin ich dort jetzt wirklich gründlich gewaschen. Seufzend lehne ich meinen Kopf gegen die Glasscheibe der Dusche und schließe meine Augen.

Ich sollte aufhören, mich mit solchen Dummheiten zu beschäftigen. Es ist beschämend und töricht, sich nach einer Vergewaltigung selbst befriedigen zu wollen. Und – was viel wichtiger ist – ich habe andere Probleme.

Nachdem ich aus der Dusche gestiegen bin und mich mit einem der großen, weißen Handtücher abgetrocknet habe, kehre ich ins Schlafzimmer zurück. Mein Negligé habe ich wieder angezogen, weil ich keine Lust auf die Diskussion habe, die sonst folgen würde.

Mein Mann liegt in unserem großen, vom Sex zerwühlten Ehebett, die Decke nur halb über sich, sodass eines seiner muskulösen Beine herausschaut, ebenso wie sein Oberkörper.

»Na, meine Schöne«, sagt er sanft, als ich mich zu ihm lege und er mich gegen meinen Willen in seine Arme zieht. Er fängt an, mein Gesicht mit Küssen zu überdecken, und ich schiebe ihn von mir, um eine zweite Runde zu vermeiden.

»Lass das, Dario. Du weißt, dass ich das nicht mag.« Viel schlimmer noch als die Momente, in denen er grob zu mir ist, sind die Momente, in denen er es nicht ist. In denen er den zuckersüßen, verliebten Ehemann heraushängen lässt. Nichts dreht mir mehr den Magen um, als seine Gefühle.

Gefühle, die ich nie erwidert habe und nie erwidern werde.

»Es gibt keine Frau, die so unromantisch ist wie du. Ein harter, schneller Fick und mein Schatz ist glücklich.« Schmunzelnd streicht er über meine Schulter, lässt seine Finger weiter wandern und umkreist meinen Nippel unter dem Seidenstoff.

Schnaubend stoße ich seine Hand fort und wiederhole mich. »Lass das! Kein Kuscheln. Wenn du noch mal ficken willst, tu es.«

Unschuldig hebt er seine Hand an und unterlässt es jetzt, mich zu betatschen.

Danke, Herr im Himmel.

»Dario …«, beginne ich, kurz bevor er einschläft.

»Mh?«

»Ich will morgen nach Europa fliegen.« Das Thema nervt ihn, also habe ich gewartet, bis er vom Sex befriedigt und müde ist.

»Kannst du es nicht einfach auf sich beruhen lassen, Lucia?«

»Du weißt, dass ich das nicht kann. Und je schneller es erledigt ist, desto eher haben wir Frieden.«

Frieden, dass ich nicht lache.

Ich bin so weit von Frieden weg wie mein Land Kolumbien vom Ende der Korruption.

»Also gut, wie du willst. Aber du wirst nicht allein gehen.«

»Wer soll mich begleiten?«, frage ich angespannt.

Dario überlegt, streicht sich mit seinen Fingern über den dunklen Bart und entscheidet dann: »Curcio.«

Mir fällt ein Stein vom Herzen, als er diesen Namen nennt. Curcio ist einer der wenigen Männer von Dario, den ich leiden kann.

»Danke!« Ich meine es ernst, also umarme ich meinen Mann dankbar. Er schickt mir ausgerechnet ihn mit, weil er mir damit eine Freude machen will, da bin ich mir sicher.

Dario lächelt und drückt mich an sich.

»Schon gut, mein Schatz. Und jetzt schlaf.« Er küsst mich auf die Schläfe, dann sinkt sein Kopf zurück auf das Kissen. Binnen weniger Sekunden hat Morpheus ihn in seine Arme gezogen. Doch für mich ist an Schlaf noch nicht zu denken. Zu aufgeregt bin ich, meinen Traum endlich in Erfüllung gehen lassen zu können.

Ich betrachte meinen schlafenden Ehemann. Mehr als einmal habe ich darüber nachgedacht, ihm einfach in der Nacht ein Messer durch die Kehle zu ziehen, ihn mit dem Kissen zu ersticken oder zu erschießen. Irgendwann werde ich es vielleicht tun. Wenn ich stark genug bin, um meinen Clan allein zu regieren. Auch, wenn das nie mein Ziel war. Irgendwann werde ich mich aus meinen Fesseln lösen und frei sein. Fliehen. So wie ich schon immer fliehen wollte. Doch bevor es so weit ist, gibt es etwas anderes, auf das ich mich konzentrieren muss. Das eine, das mein Herz am Schlagen und meine Lunge am Atmen hält.

Rache. Rache an den Mördern meiner Familie.

Kapitel 2

Lucia

In dieser Nacht träume ich von *ihm*. Dem Todesengel, der kam, um mein Leben zu zerstören. Ich träume von der Nacht, die alles veränderte. Die letzten sechs Jahre haben meine Erinnerungen verblassen lassen. Das Trauma, das ich erlitten habe, tat sein Übriges. Doch nachts, wenn er mich in meinen Träumen besucht, dann war alles wieder ganz klar.

Die Leichen meiner Mutter und meines Vaters, die blutüberströmt auf der Feier meines achtzehnten Geburtstags von Dario gefunden wurden. Rot. Rot. Überall klebt rotes Blut. Auf dem Perserteppich in Vaters Büro, an den hellen Gardinen, an den Möbeln.

Und während ich inmitten des Massakers stehe und der Schwall von Rot über mich hereinbricht, sehe ich *sein* Gesicht. Diese Fratze des Todes, die direkt in meine Augen blickt. Aus jadegrünen Juwelen in schwarzen Höhlen sieht sie mich an.

Schweißgebadet wache ich in der Nacht auf.

Dario schläft friedlich neben mir, schmatzt und dreht sich zur Seite.

Ich schäle mich aus dem Laken, brauche frische Luft. Also nehme ich meinen dünnen, weißen Seidenmantel von dem Ledersessel neben dem Bett und werfe ihn mir über. Während ich den zarten Stoff eng um mich ziehe, eile ich barfuß über den Marmorboden auf den Balkon zu. Kaum habe ich die zweiflüglige Fenstertür geöffnet, sauge ich die erfrischende Nachtluft tief in mich auf, fülle meine Lunge damit. Um mich herum zirpen die Grillen, ein leichter Wind zieht durch das bergige Umland, lässt die Blätter, Kiefern und Zedern leise rascheln. Der große, zunehmende Mond steht in seiner Pracht am Himmel und malt einen silbrigen Glanz auf die Oberflächen der Pflanzen, die Dächer des Anwesens und auch auf meine blasse Haut.

Es ist eine Nacht ganz ähnlich derer, die mein Leben verändert hat. Mein Blick schweift über das Gebüsch. Dorthin, wo er gestanden hat. Dorthin, wo sich unsere Augen für einen Moment getroffen haben. Aber er ist nicht dort. Bloß ein schwarzer, leerer Schatten. Mein Puls beruhigt sich ein wenig, ich schließe meine Augen und schüttle meinen Kopf. Es wird Zeit, dass ich diesen Geist meiner Vergangenheit endlich loswerde.

Dass ich ihn töte.

Ich balle meine Hände zu Fäusten, lege sie auf dem Geländer ab und warte, bis sich auch der Rest meiner Unruhe gelegt hat.

Bald bist du diesen elendigen Dämon los, Lucia!

Heute Nacht werde ich keinen Schlaf mehr finden, dessen bin ich mir sicher. Daher gehe ich nicht zurück ins Bett, sondern gehe in das Ankleidezimmer und ziehe mich um. Das aufreizende Negligé tausche ich gegen ein langes, schwarzes Kleid. Dann steige ich die Treppen hinab und durchquere den Wohnraum, in dem zwei unserer Wachen stehen. Sie nicken mir höflich zu, wagen es aber nicht, mich nach meinem nächtlichen Ausflug zu fragen.

Ich verlasse die Villa. Im Garten begrüßen mich unsere beiden kupierten Dobermänner powackelnd. Kurz halte ich inne, um ihre langen, eleganten Schnauzen zu streicheln, ehe ich meinen Weg fortsetze. Auf der anderen Seite des akkurat gemähten Rasens finde ich mein Ziel. Ein kleines, steinernes Bauwerk, vor welchem ein betender Engel wacht. Die Angelo-Gruft. Die Gruft meines Clans, in welcher meine Familie ihre ewige Ruhe findet.

»Papa, Mama, Bruder ...«, begrüße ich die drei reich verzierten Urnen. Kleine, schwarze Bilderrahmen mit ihren Porträts stehen davor und Grablichter flackern rot und leise vor sich hin. Ich knie mich auf den Steinsockel vor sie und falte meine Hände zum Gebet.

»Ich wünschte, ihr wäret noch bei mir. Es tut mir leid, dass ich euch das die letzten Jahre so oft gesagt habe und euch sicher nach eurem Tod noch Sorge bereite. Aber ich wünschte einfach, deine tröstenden Hände könnten mich noch streicheln, Mutter. Ich wünschte, du könntest mich noch ein Mal mit so viel Stolz und Liebe ansehen, Vater. Und ich wünschte, ich könnte noch ein Mal mit dir Fangen spielen, Luis. So, wie wir es taten, als wir noch jung waren. Auch wenn du immer gewonnen hast. Weil du älter als ich und schneller warst.« Mit einem traurigen Schmunzeln betrachte ich das Bild meines Bruders. Er war ein schöner Mann, groß gewachsen, gut gepflegt und elegant. Fast wie ein Model. Ebenso wie ich hatte er sein Aussehen von unserer Mutter. Mit ihrem langen, dunklen Haar und ihrer zierlichen Gestalt war sie wie ein Engel in der finsteren Welt ihres Mannes. Vater war gegen sie wie ein raues Reibeisen. Die beiden verband eine innige Liebe. Das hat man immer und überall gespürt. Es war die Art, wie sie sich angesehen haben, wie sanft Vater Mutters Hand gehalten hat.

Außenstehende konnten sicher nicht verstehen, wie die sanfte Lara den Schwerverbrecher und Clanerben Jovan heiraten konnte. Aber wer glaubte, dass es eine Zwangsheirat war, wie sie mich vor sechs Jahren ereilt hatte, der irrte. So, wie mir erzählt wurde, trafen sie sich als junge Menschen auf dem Markt in dem Dorf am Fuß des Berges, auf welcher die Villa erbaut wurde. Sie war eine arme Bauerstochter und verkaufte das Obst ihrer spärlichen Plantage. Vater verliebte sich sofort in ihre großen, braunen Augen und in ihre schlanke Gestalt. Aber sie wollte ihn nicht, weil natürlich Gerüchte herumgingen, über die Familie auf dem Berg, die zur Mafia gehören soll. Jeden Tag kam Vater herunter ins Dorf, um sie zu besuchen. Und eines Tages, da wollte ihr eigener Vater sie verkaufen. Die Ernte war aufgrund der anhaltenden Trockenheit schon seit Jahren sehr schlecht und er wusste, dass die Angelo-Familie auf dem Berg ein Hausmädchen suchte. Für einen guten Preis hätte er seine Tochter wie eine Sklavin verkauft. Aber Jovan sagte seinem Vater, er müsse sich ein anderes Hausmädchen suchen, denn er wollte Lara heiraten. Lara war erstaunt, dass Jovan sie vor der Sklaverei bewahrte und sie zur Frau nehmen wollte, obwohl sie ihn stets abgelehnt hatte. Endlich sah sie hinter dem Clanerben auch die Güte und sie willigte ein. Die Aufregung war groß, denn immerhin war sie nur ein armes Mädchen und nicht gerade die politisch sinnvolle Braut für den Clanerben. Aber Jovan schwor meiner Mutter, sie immer zu lieben und zu beschützen. Und er hielt sein Versprechen bis zu ihrem Tod vor sechs Jahren.

Bei dem Gedanken an die Liebesgeschichte meiner Eltern spüre ich, wie meine Brust enger wird und mir das Atmen schwerer fällt. Doch abgesehen davon rührt sich nichts in mir. Auch keine Trauer um den Verlust. Ich liebte meine Familie – und tue es noch immer. Aber der Schmerz ist längst zu einem tauben Gefühl geworden. Die Tränen sind versiegt und ich habe kein Verlangen danach, sie wieder heraufzubeschwören.

Dennoch finde ich an diesem Ort Ruhe. Ich unterhalte mich mit ihnen und bete für ihr Wohl im Himmel – oder wo auch immer sie jetzt sein mögen.

Bis zum Sonnenaufgang bleibe ich auf dem Sockel knien, selbst, als meine Beine mich längst quälen. Erst als der erste Sonnenstrahl von hinten durch die Pforte fällt und sanft die Urnen streichelt, erhebe ich mich, drehe mich um und gehe.

Ich gehe, um meine Abreise vorzubereiten.

Kapitel 3

Lucia

Dario schickt mich mit einem Privatjet los, weil er meint, es sei sicherer und wir so keiner aufmerksamen Behörde in die Finger kommen würden. Es ist das erste Mal, dass ich das Land verlasse. Noch nie bin ich weiter gefahren als in die nächstgrößere Stadt. Curcio lacht mich aus, als ich mich ihm gegenüber in den champagnerfarbenen Sitz festkralle und Stoßgebete zum Himmel schicke.

»Was gibts da zu lachen?!«, fahre ich ihn an. »Kümmer dich um deinen Kram!«

»Du bist mein Kram, Luci. Ich mache also alles richtig.« Und dann lacht er weiter, während ich tausend Tode sterbe. Erst als wir eine ganze Weile in der Luft sind und dieses ekelhafte Gefühl in meinem Magen verschwindet, beruhige ich mich etwas.

Menschen gehören definitiv auf den Boden!

»Wir wären besser mit dem Auto gefahren«, brumme ich.

»Und wären dann mit einem Kanu über den Atlantik gepaddelt?« Curcio hebt eine Augenbraue an. Mit seinen fast fünfzig Jahren ist er weitaus älter als ich und auch der grau melierte Dreitagebart lässt ihn nicht gerade jünger erscheinen. Doch in seinen dunklen Augen funkelt dieser intelligente Glanz und auf seiner Zungenspitze liegt stets ein messerscharfer Spruch. So manch hartgesottenen Mafioso hat er damit schon zum verblüfften Schweigen gebracht – und mich zum Schmunzeln. Er ist einer der wenigen, der sagt, was er denkt und sich nicht hinter scheinheiliger Höflichkeit versteckt. Wobei er ganz und gar ein Gentleman der alten Schule ist, welcher den Damen die Türen aufhält und den Mantel abnimmt. Ich habe ihn auch noch nie eine Frau schlecht behandeln sehen. Mit klugem Rat steht er meinem Mann stets zur Seite. Zudem ist er ein fantastischer Schütze, wenn auch kein guter Nahkämpfer. Dazu ist er zu klein und zu wenig muskulös. Generell hat mir Dario mit ihm nicht gerade den typischen Bodyguard mitgegeben, sondern eher eine Art Mentor. Aber das ist genau richtig so. Ich kann sehr gut auf mich selbst aufpassen, doch was ich nicht kann, sind diese alltäglichen Dinge wie zum Beispiel in ein Hotel einchecken oder mich an einem Flughafen zurechtfinden.

Gemeinsam bilden wir also das perfekte Team für meine Reise.

Für meine Vendetta.

Wir landen auf einem kleinen Privatflughafen in der Nähe von Frankfurt und als ich den Jet verlasse, sehe ich mich verblüfft um. In Deutschland ist Hochsommer und doch gerade mal sechsundzwanzig Grad. Für mich nahezu Winterverhältnisse. Doch dieses Land ist durch und durch grün. Grüne Hügel, egal, in welche Richtung ich mich drehe.

»Gott, Luci, mach den Mund zu und gaff nicht wie ein Schlaganfallopfer«, meint Curcio, fasst mich am Arm und zieht mich mit sich mit. Ich setze meinen breitkrempigen Hut auf und halte ihn mit einer Hand fest, während ich hinter ihm herstolpere. Wir bekommen unsere Koffer ausgehändigt und verlassen den Flughafen sogar ohne Passkontrolle. Vermutlich denkt jeder, er wäre ein reicher Playboy und ich sein Sugargirl. Es macht mir nichts. Sollen sie doch alle denken, was sie wollen. Ich werde nicht lange hier sein. Nur wenige Tage. Meine Mission erfüllen und zurück nach Kolumbien kehren.

Curcio lässt uns ein Taxi rufen und wir fahren in die Stadt. In meinem Leben habe ich noch keine Hochhäuser gesehen, also nutze ich den Weg zu unserem Hotel, um die hohen Bauten wie eine Touristin zu bewundern. Alles, was ich kenne, ist unsere Villa, das Dorf, die Stadt in der Nähe und die Berge, Waffen, Geld, Drogen und Blut. Ja. Das etwa ist meine Welt.

»Komm, Fiffi«, sagt Curcio und spielt darauf an, dass ich wie ein Hund den Kopf aus dem Fenster gestreckt hatte. »Wir sind da.«

Er reicht mir seine Hand und hilft mir aus dem Wagen, nimmt mir auch meinen Koffer ab und erträgt mein weltfremdes Gehabe mit Fassung.

Als wir im Hotelzimmer ankommen, ruhen wir uns auf den beiden Betten aus. In Deutschland ist es Mittag und meine Mission wird heute Abend starten. Jahrelang habe ich auf diesen Tag hingefiebert und kann noch nicht fassen, dass es endlich so weit ist. Kann nicht fassen, dass ich wirklich hier bin. Mich meinem Dämon stellen werde. Ich bemerke, wie meine Herzfrequenz ungewöhnlich hoch ist. Meinen Puls kann ich in meinen Ohren rauschen hören.

»Nervös?«, fragt mich Curcio, der meine Anspannung bemerkt haben muss.

»Vorfreude«, antworte ich mit fester Stimme. Und ich lüge nicht. Der Gedanke, was heute passieren wird, versetzt mich in freudige Erregung. Aber auch in Unglauben. Es fühlt sich noch nicht echt an. Das wird es erst, wenn ich sein Blut an meinen Händen spüre und auf meiner Zunge schmecke. Doch noch nie in meinem Leben war ich mir bei etwas so sicher. Meine Jugend bestand aus Unsicherheit und Unbehagen. Als zarte Seele war ich in eine skrupellose, kriminelle Gesellschaft aus herrischen Männern geboren, für die ich nichts weiter war als ein zerbrechliches Vögelchen im goldenen Käfig. Doch wenn ich überleben wollte, dann konnte ich nicht weiter dieses liebliche Wesen bleiben. Ich musste mich in dieser Welt behaupten, als die letzte Erbin des Angelo-Clans. Gegen meinen brutalen

Ehemann und gegen all seine Schergen musste ich mich behaupten, darum kämpfen, mehr sein zu können, als der Vogel im Käfig.

Nein, ich habe nicht all die Jahre durchgehalten, um jetzt den Schwanz einzuziehen.

Entschlossen stehe ich auf, öffne meinen Koffer und hole meine Utensilien für den heutigen Abend heraus. Ohne mich vor Curcio zu genieren, ziehe ich mich aus. Tausche mein legeres Sommerkleid gegen eines, welches glänzend wie schwarzes Öl meine Haut hinabgleitet. Was ihm vorne an Ausschnitt fehlt, macht es hinten wieder gut, und das tiefe V bietet einen Blick auf meinen schlanken Rücken. Es ist kurz genug, um Aufmerksamkeit zu erregen, und lang genug, um nicht nuttig zu sein. Schwarze Highheels runden meine Ausgeh-Garderobe ab. Ich binde meine langen Haare zu einem hohen Pferdeschwanz und lege meinen großen, metallenen Armreif an, an dessen Unterseite eine Klinge integriert ist. Mit einer Bewegung teste ich den Schnapp-Mechanismus und stelle zufrieden fest, dass alles wie geschmiert funktioniert. In meiner Handtasche verstaue ich zudem meinen Colt Mustang XSP. Eine kleine, wirklich leichte Schusswaffe. Nur für den Fall, dass es zu Schwierigkeiten kommt.

Curcio stellt sich im Bad hinter mich, als ich mich gerade zu dem Spiegel vorlehne und mattschwarzen Lippenstift auf meinen Lippen verteile. Ich hebe meinen Blick und sehe ihn an. Dann drehe ich mich zu ihm um. Besorgt tastet sein Blick mein Gesicht ab, mustert Augen, Nase und Mund. Schließlich hebt er seine Hand und legt seinen Finger unter mein Kinn.

»Du bist dir sicher, dass ich nicht mitkommen soll?«, fragt er.

»Klar. Damit jeder denkt, ich werde noch von meinem Daddy begleitet? Nein, danke!« Entschlossen wische ich seine Hand fort und straffe mich. »Ich habe diesen Tag die letzten Jahre wieder und wieder durchgespielt, Cio. Es wird nichts schiefgehen.«

»Wenn doch, wird Dario mich zu Hackfleisch verarbeiten.« Er massiert sich die Nasenwurzel und tritt einen Schritt von mir zurück. »Also gut, Luci. Du hast recht. Aber ich werde in der Nähe sein, falls du mich brauchst. Was, wenn er dich erkennt?«

»Es ist sechs Jahre her, Cio. Ich bin nicht mehr das Mädchen von damals. Blass und verheult und wie ein Geist. Nein. Er wird mich niemals erkennen können.«

»Nun gut. Sei vorsichtig.«

Ich nicke, atme durch und wende mich zur Tür.

»Ich muss jetzt los. Er wird bald dort sein.«

Zu diesem Date darf ich nicht zu spät kommen.

Zu meinem Date mit dem Tod.

Kapitel 4

Lucia

»Steh auf!«, schreit mich Xavier an. Sein kahlrasierter Kopf glänzt schwitzig in der Mittagssonne, ebenso wie sein nackter Oberkörper, welcher in einer schwarzen Cargohose mündet. Seine langen Beine enden wiederum in schweren Kampfstiefeln. Ich liege keuchend vor ihm, wurde zum unzähligsten Mal von ihm auf den Boden geworfen. Mein ganzer Körper schmerzt und wird am Abend ein einziger blauer Fleck sein. Ich kann nicht mehr. Xavier versteht es, meine Grenzen zu finden. Und jeden Tag aufs Neue, lässt er sie mich überschreiten. Sei es, weil er mich rennen lässt, bis ich kotze, oder indem er mich verprügelt.

Dario hasst es. Er hasst es, dass ich mit seinen Männern trainiere, mit ihnen kämpfe, laufe und schieße. Er hasst es, dass ich nicht das schüchterne Prinzesschen bin, welches er sich an seiner Seite wünscht. Und doch gesteht er mir dieses Training zu, denn ebenso gut könnte er es mir verbieten, so, wie er es zu Anfang auch wollte. Doch mein Trotz und meine Ablehnung waren ihm genauso zuwider.

»Hör auf zu träumen und steh auf!« Xavier hat keine Geduld mehr, fasst mir an meinen Zopf und zerrt mich auf die Beine. »Ich dachte, du hast eine Mission, Lucia!«, brüllt er mich an.

Die habe ich. Meine Mission. Meine Rache. Vor meinem inneren Auge tauchen die Bilder meiner toten Familie auf. Und von dem Mann, den ich draußen im Dunkel gesehen habe. Sie geben mir Kraft. Dieses Gesicht des leibhaftigen Todes stößt mich über die

Grenze meines Körpers. Leben kehrt in meine Muskeln zurück, ich wische mir das Blut vom Mundwinkel, hebe meine Fäuste und fokussiere Xavier. Dann gehe ich auf ihn los, bin zu schwach, treffe ihn nicht. Stattdessen landet seine Faust in meiner Magengrube. Keuchend wird die Luft aus meiner Lunge gepresst. Ich gehe wieder zu Boden. Aber alles, was ich sehe, ist dieses Gesicht vor meinen Augen. Sein Gesicht. Das Gesicht des Mannes, wegen dem ich all dies durchstehe. Und alles, was ich fühle, ist dieser alles verzehrende Zorn in meinem Inneren.

Es ist kurz vor Mitternacht, als ich diese Bar betrete. Diese eine Bar, in die er jeden Freitagabend einkehrt. Jahrelang habe ich seine Verhaltensmuster beobachten lassen. Wöchentlich habe ich Berichte erhalten. Es hat gedauert herauszufinden, woher er kommt, wo er wohnt. Doch letztlich stellte sich heraus, dass er in Frankfurt zu Hause ist und dazu noch der berüchtigtste Assassine des Valenti-Clans. Natürlich habe ich Dario angefleht, diesen Clan zur Rechenschaft zu ziehen, der so offensichtlich für die Ermordung meiner Eltern verantwortlich ist. Aber er lehnte es ab, weil er die Handelsbeziehung nicht riskieren wolle. Doch er gestand mir zu, wenigstens ihn zu jagen. Auch wenn er ihn zunächst für ein Hirngespinst eines traumatisierten Mädchens hielt. Ein Mann, der aussieht wie der Tod höchstpersönlich? Nein, das konnte nicht wahrhaftig sein. Doch die Fotos meiner Spitzel bewiesen es und überzeugten schließlich auch meinen Mann. Tausend Szenarien malte ich mir aus, wie ich ihn töten konnte. Doch letztendlich entschied ich mich dazu, ihn völlig in die Falle zu locken. Ihn zu erwischen, wenn er am verwundbarsten ist. Ich weiß, dass er hier sein wird. Weil er jeden Freitag hier ist. Allein sitzt er dann an einem Tisch, trinkt ein paar Gläser Wodka, spielt Pool, wirft Darts – ab und zu, wirklich selten sogar, nimmt er eine Frau mit nach Hause, die Interesse an seinem grotesken Aussehen zeigt. Heute Abend werde ich diese Lady sein. Dessen bin ich mir sicher. Noch konnte ich seinen Frauengeschmack nicht herausfinden. Er scheint völlig willkürlich zu sein. Von groß bis klein, von Blond bis Braun, von dick bis dünn war bereits alles dabei. Innerhalb der letzten zwei Jahre waren es lediglich eine Handvoll Frauen. Scheinbar haben wir sogar etwas gemeinsam, ich und mein Erzfeind – wir können beide Sex nicht viel abgewinnen.

In der Bar dröhnen mir harte Gitarrenklänge entgegen. Viele tätowierte Männer in Lederwesten oder mit langen Haaren und Bandshirts tummeln sich hier. Es riecht nach Bier und nach Qualm, der aus der Raucherecke herschwappt. Natürlich gibt es auch ein paar Ladys, die mich neugierig mustern. Niemand spricht mich an und doch scheinen alle Blicke auf mich zu fliegen. Ich ignoriere sie, lasse sie nicht an mich heran dringen und konzentriere mich auf das, was ich tausende Male in meinen Gedanken durchgespielt habe. Meine Augen suchen den Raum ab, obwohl ich ganz genau weiß, wo er sitzt, weil er immer dort sitzt. Mein Herzschlag beschleunigt sich. Ich reibe meine Finger in meinen Handflächen und stelle fest, wie feucht diese sind. Meinen Puls spüre ich in meinem Hals vibrieren.

Ruhig, Lucia. Du kannst das. Du hast es so oft durchgespielt. Es kann nichts schief gehen!

Dennoch kribbeln meine Wangen und meine Fingerspitzen werden beinahe taub. Ich muss mich beherrschen, zur Besinnung rufen. Doch eine solche Welle an Gefühlen ist mir völlig unbekannt, daher fällt es mir schwer, mich zu kontrollieren. Das Adrenalin, welches durch meine Adern peitscht, bringt Leben in mein totes Herz. Ich schließe meine Augen, atme tief durch.

Genieße es, Lucia. Es ist dein Tag. Dieser eine Tag, auf den du so lange gewartet hast. Den es nur ein Mal geben wird.

Ja. Andere Mädchen in meinem Alter würden das wohl über den Tag ihrer Hochzeit sagen. Aber nicht ich.

Langsam gehe ich weiter, erblicke ihn. Er sitzt allein am Tresen, die Unterarme auf die Theke gestützt, dreht er das volle Schnapsglas zwischen seinen tätowierten Fingern, die aussehen wie die Knochen eines Skeletts. Allein sein Anblick lässt mich erzittern. Ihm wahrhaftig gegenüber zu stehen, dem Dämon aus meinen Träumen – nein, dem Dämon aus meiner Vergangenheit – erschüttert mich bis ins Mark. Ein Sturm aus Gefühlen schlägt auf mich ein, doch es gibt kein Entkommen.

Eins nach dem anderen, Lucia. Schritt 1: Neben ihn setzen.

»Darf ich?«, frage ich ihn mit meinem gebrochenen Deutsch und deute auf den freien Stuhl neben ihm. Obwohl er nur dort sitzt und sonst nichts macht, geht eine unheimliche Gefahr von ihm aus. Ich kann an seinen freien, tätowierten Armen sehen, dass sich an ihm nichts befindet als harte Muskeln, die allein dafür ausgelegt sind, zu töten. Unter dem schwarzen Shirt, welches eng an seinem Körper liegt, zeichnen sich seine Brust- und Bauchmuskeln ebenso deutlich ab. Ich muss vorsichtig sein.

Sein Kopf bleibt leicht nach unten geneigt, sein Gesicht geradeaus gerichtet, doch seine Iriden wandern in seinen Augenwinkel zu mir. Sie sind von einem intensiven Grün in den dunklen Höhlen des Totenkopfes, welcher seinen ganzen Schädel ziert. Diese Smaragde mustern mich, bevor sie sich wieder abwenden und er lediglich zwei Finger als auffordernde Geste von seinem Glas hebt.

Ahnt er etwas? Ist er deswegen so abweisend? Oder ist das das natürliche Misstrauen eines Killers? Verdammt. Meine Beine fühlen sich an wie Wackelpudding. Ich setze mich und bestelle bei dem Barkeeper zwei Jägermeister, muss mir den Mut antrinken, der mich verlassen hat. Schnell hintereinander kippe ich die Spirituosen hinunter.

»Ui, da ist aber jemand durstig«, stellt der Mann hinter der Bar mit erhobenen Augenbrauen fest.

Blutdürstig vielleicht.

Ich lächele den Barkeeper an und zucke die Schultern. »Ich bin neu hier und mit Alkohol lernt man besser andere Leute kennen.« Mein spanischer Akzent und meine holprige Aussprache verleihen meiner Ausrede Authentizität.

»Von wo kommst du denn?«, fragt er mich interessiert weiter.

Verdammt, ich will nicht mit dem Barkeeper flirten, sondern mich auf den Mörder neben mir konzentrieren.

Wenn ihr alle nur wüsstet, was für ein Monster hier sitzt!, denke ich wütend bei mir.

»Spanien«, lüge ich. »Gib mir noch einen.«

Er gießt den Kräuterlikör in mein Glas ein. Ich hebe es an und drehe mich zu dem Mann neben mir.

»Salud!«, proste ich ihm zu, versuche zu lächeln und hoffe, dass es nicht allzu sehr nach Zähnefletschen aussieht.

Irritiert hebt sich sein Kopf, doch anstatt mich anzusehen, hebt er nur sein Glas, wartet einen Moment und trinkt dann.

Gott, ist der schwierig! Er wittert definitiv etwas! Nein. Bleib entspannt. Gewinne seine Aufmerksamkeit. Lade ihn zu einem Poolspiel ein. Dort kannst du deine weiblichen Reize unter Beweis stellen.

Ja, das ist gut.

»Spielst du mit mir?«, frage ich süß und deute auf den Billardtisch.

Nun sieht er mich doch endlich an, wendet mir sein Todesgesicht zu und schaut in meine Augen. In dem Moment, als sich unsere Blicke kreuzen, zuckt Irritation durch seine Miene. Mir wird heiß und kalt zugleich, als er mich intensiv zu mustern beginnt. Mit aller Kraft halte ich mich davon ab, nervös auf dem Hocker herumzurutschen, sondern versuche, still sitzen zu bleiben und weiter zu lächeln. Ich könnte ihm jetzt und hier meine Klinge in die Kehle rammen. Oder in aller Ruhe meinen Colt auspacken und ihm den Schädel wegpusten. Der Gedanke beflügelt mich. Diese Macht über ihn beflügelt mich. Ich tue es nur nicht, weil ich nicht geschnappt und ins Gefängnis gesperrt werden will. Dies ist nicht der Ort, an dem ich ihn zu ermorden plane.

»Mh?«, frage ich auffordernd.

Seine schwarzen Lippen teilen sich. Ich sehe ihm an, dass er zu einer Antwort ansetzt, sie dann jedoch verwirft und stattdessen knapp nickt.

Er hat noch kein Wort mit mir gesprochen, als wir aufstehen und ich mir noch einen Jägermeister genehmige, bevor ich ihm zum Billardtisch folge.

Er nimmt die beiden Queues zur Hand und reicht mir einen mit ausgestrecktem Arm. Ich nehme ihn dankend entgegen. Dann sehe ich ihm dabei zu, wie er die Pool-Kugeln auf der samtig-grünen Oberfläche in der Form zurechtlegt und diese dann abzieht. Anschließend tritt er zurück und deutet mit der Hand, dass er mir den Vortritt lässt.

»Danke«, sage ich, stelle mich an den Kopf des Tisches, lehne mich vornüber und ziele mit dem Queue auf die weiße Kugel. Natürlich achte ich dabei darauf, mich elegant zu bewegen, den Rücken durchzustrecken und einen runden Po zu formen. Ich lege nicht viel Kraft in meinen Stoß, spiele das schwache Mädchen und die Kugeln stoben klackernd ein wenig auseinander. Beschämt lächelnd drehe ich mich zu ihm um.

»Das war wohl noch nichts. Du bist!«

Ohne etwas zu mir zu sagen oder mich für meine zaghafte Spielart zu belächeln, tritt er an den Tisch heran. Er legte den Spielstock auf seinen Mittelfinger und seinen Zeigefinger darüber. Dann sieht er zu mir herauf und sagt:

»Die Drei nach oben rechts.«

Seine Stimme ist tief, viel tiefer als ich angenommen hatte, ruhig und angenehm. Der Bass vibriert auf meiner Haut und stellt unwillkürlich die Härchen an meinen Armen auf. Innerlich angepisst darüber, dass der Mistkerl spricht wie ein Gott, reibe ich mir über die Haut. Es ist das erste Mal, dass ich ihn höre. Die ersten Worte, die er jemals an mich gerichtet hat. *Die Drei oben rechts.* Völlig banal und unspektakulär.

Die Muskeln und Sehnen an seinem Arm und seiner Schulter bewegen sich unter seiner Haut, als er mit dem Queue zustößt und die weiße Kugel klackernd gegen die rote Drei stößt und diese geradewegs im Loch oben rechts versinkt.

Er will angeben. Das ist gut. Das heißt, er steht doch auf mich! Triumphiere ich innerlich.

»Du die halben, ich die vollen«, kommentiert er und immer wieder wandert sein Blick zu mir. Tastet mich von oben bis unten ab, doch die meiste Zeit, verharrt er in meinem Gesicht, an meinen Augen. Ohne zu blinzeln, sieht er mich an, dass es mir beinahe Unbehagen bereitet. Ich habe viele Männer gesehen, die mich mit ihren Augen ausgezogen haben. Doch dieses laszive Funkeln in seinen fehlt. Ich muss ihn mehr reizen.

»Du bist ja scheinbar ein echter Profi darin. Ich weiß nicht mal, wie ich das Ding hier richtig halte«, sage ich und wedele ungeschickt mit dem Queue.

Den Oscar. Den verdammten Oscar habe ich verdient für meine schauspielerische Glanzleistung!

»Du hältst ihn eigentlich sehr gut«, ist nicht die Antwort, die ich mir erhofft habe.

»Wirklich?«, frage ich und versuche, mich dieses Mal noch dümmer anzustellen als beim ersten Mal. »Und jetzt muss ich sagen, wo welche Kugel rein soll?«

Er nickt.

»Dann die Zwölf in die Mitte links.« Diesmal gebe ich absichtlich zu viel Druck auf meinen Stoß. Die Spitze des Queues verhakt sich unter der weißen Kugel, welche in hohem Bogen vom Tisch fliegt.

Fast reflexartig fängt mein Todfeind sie aus der Luft.

»Foul.«

»Ups ... das wollte ich nicht.«

Er sieht mich wieder mit diesem undurchsichtigen Blick an, der mich beinahe nervös auf der Stelle treten lässt, ehe er die weiße Kugel an einen beliebigen Platz legt und mit einem »Vier Mitte links« seinen nächsten Zug ankündigt.

Klack.

Ratternd verschwindet die violette Vier im angekündigten Loch.

Innerlich knirsche ich die Zähne, weil ich mich absichtlich so von ihm vorführen lassen muss. Aber wenn ich eins gelernt habe, dann ist es, dass es Männer hassen, wenn eine Frau besser als sie in etwas ist. Dario ist fuchsteufelswild, wenn ich ihn beim Tennis abziehe. Mein Stolz ist in diesem Fall jedoch ein geringer Preis für meine Rache.

»Vielleicht zeigst du es mir doch lieber mal, bevor ich noch was kaputt mache«, bitte ich ihn, als ich die weiße Kugel für meinen nächsten Zug anvisiere.

Er zögert. Doch dann kommt er mir näher.

Mit einem unterdrückten Lächeln nehme ich seine Wärme und seine Präsenz dicht hinter mir wahr, die meine Haut mit einer Schicht aus heißer Lava zu überziehen scheint. Ich weiß nicht, warum, aber es ist fast unaufhaltsam und am liebsten würde ich mich winden, um den Brand auf meinem Körper zu löschen.

Es muss der Hass sein. Dieses alles verzehrende Feuer, das in mir lodert und mich die letzten Jahre Tag für Tag aufgefressen hat.

Er berührt mich nicht, als er sich über mich lehnt und mir sein Geruch in die Nase steigt. Ein Hauch von Zitrus mischt sich mit einer rauchigen Holznote zu einem so maskulinen Duft, das irgendwo in mir meine Hormone Purzelbäume schlagen. Doch ich habe keine Zeit, mich darauf zu konzentrieren, und es ist auch völlig egal, was sein Geruch und seine Stimme in mir auslösen. Es ist völlig natürlich, dass es meine Nerven bis zum Bersten reizt, meinem Erzfeind, dem Schlächter meiner Familie, so nah zu sein.

»Nicht von oben herab stoßen, du musst …«

»Wie heißt du?«, platze ich ihm dazwischen.

Er zögert einen Moment, ehe er antwortet.

»Grimm.« Sein Name rauscht über mich hinweg wie ein Wirbelsturm. Ich weiß selbstverständlich, dass er sich so nennt. Ich weiß aber auch, dass es nicht sein wirklicher Name ist, sondern der, den er sich gegeben hat. Der Name von Valentis Häscher. Seinen wahren Namen habe ich nie herausfinden können und jetzt ist es wohl auch zu spät dazu.

»Ich bin Sofia«, stelle ich mich vor und rücke etwas nach hinten, sodass mein Po gegen ihn stößt. Sofort sehe ich an seinem Arm, der sich auf dem Tisch neben mir abstützt, wie dieser sich anspannt. Gleich darauf rückt er fluchtartig von mir ab und klammert sich an seinem Queue fest. Nanu? Irritiert blinzelnd sehe ich ihn an.

Ist er verdammt noch mal schüchtern?!

»Spiel jetzt«, befiehlt er schroff, woraufhin ich mich wieder dem Billardtisch widme und die Kugel anstoße. Ich habe nicht gesagt, welche Kugel ich worein befördern möchte, und so langsam verliere ich auch die Geduld. Diese ganze Farce laugt mich derart aus, dass ich es nicht mehr lange durchhalte. Wieso hat er mich noch nicht längst angegraben, wie es jeder normale Kerl getan hätte, wenn sich eine aufreizende Latina so offensichtlich anbietet? Mit seiner distanzierten Art zerstört er meinen ganzen Plan und so langsam dämmert mir, dass seine wenigen Frauenbesuche nicht an den wählerischen Damen liegen, sondern an ihm selbst. Wir hätten längst knutschend aus der Kneipe stolpern müssen!

Nein, du darfst jetzt nicht ungeduldig werden. Er ist schüchtern. Mach ihn betrunken. Dann ist er mutiger und einfacher zu töten!

»Hey Barkeeper!« Ich wedele mit meiner Hand in der Luft herum. »Ich glaube, wir könnten etwas Zielwasser gebrauchen! Bitte bring uns die Flasche Wodka her!« Der Schankwirt bringt uns die Spirituose herüber.

»Auf das Spiel, Grimm!«, ich gieße unsere Gläser voll und drücke ihm seins energisch in die Hand.

Abwartend sieht er mich an, aber als ich trinke, tut er es mir gleich. Sehr gut. Dann eben so. Ab sofort jubele ich bei jeder Kugel, die er versenkt, und fordere ihn danach auf, einen mit mir zu trinken. Das Gleiche mache ich, wenn ich eine einloche. So haben wir binnen weniger Minuten die halbe Flasche geleert und ich fange an, meine Drinks heimlich wegzukippen, da ich es mir nicht erlauben kann, mehr als angeheitert zu sein. Natürlich lasse ich ihn das Spiel gewinnen und obwohl er längst betrunken sein müsste, nimmt seine Präzision nicht eine Sekunde lang ab. Er taut auch nicht auf, wird nicht zugänglicher. Lediglich ein leichter Glanz in seinen grünen Augen verrät den Alkohol.

Letztendlich kehren wir zur Bar zurück, doch bevor er sich setzen kann, lege ich eine Hand auf seinen Unterarm.

Diesen einen Versuch habe ich noch. Ich muss ihn dazu bewegen, mit mir mitzukommen. Muss ihn von hier wegschaffen und ihm so nah kommen, dass ich mit einem Stich ohne Zweifel tödlich treffe!

Als meine Haut seine berührt, zuckt ein Impuls wie ein elektrischer Schlag durch mich hindurch. Er fühlt sich so warm und lebendig an. Seine Haut ist rau und weich zur gleichen Zeit und mir wird mulmig. Es ist, als würde ich in diesem Moment erst bemerken, dass ich drauf und dran bin, einen Menschen zu töten. Und kein Ding. Kein Etwas.

Nein. Er ist ein Monster! Versuch gar nicht erst, ein fühlendes Wesen in ihm zu sehen! Denn das ist er nicht! Egal, wie er sich anfühlt!

Sein Blick sucht meinen und er entzieht sich meiner Berührung nicht. Stattdessen schaut er mich fragend an.

Meine Kehle wird trocken und mein Herz rast vor Aufregung so in meiner Brust, dass sich das Rauschen in meinen Ohren mit dem Klang der Gitarren im nächsten Lied vermischt.

»Lass uns gehen«, hauche ich mit belegter Stimme, die ich nicht einmal schauspielern muss.

Verwirrt sieht er mich an.

»Wohin?«

»Zu dir ...«

»Wieso? Hast du kein Hotel?«

Verflucht! Was ist nur los mit diesem Mann?! Wie viel eindeutiger muss ich noch werden?! In meinen Fingern kribbelt es, ihn an dem Kragen seines schwarzen Muskelshirts zu rütteln. Doch ich unterdrücke diesen Impuls, sammele mich und antworte:

»Doch, aber mein Vater schläft dort im selben Zimmer. Dort können wir uns nicht ... näherkommen.«

Als ich so deutlich werde, huscht ein Hauch von Erkenntnis durch sein Gesicht und er hebt verstehend den Kopf an. Seine Lippen öffnen sich zu einem verstehenden »Oh«. Dann schließt sich sein Mund wieder und er blickt mich erneut schweigend, lange und intensiv an. Sekunden scheinen sich zäh wie Minuten auszudehnen, bis er sich endlich zur Bar dreht und für sich und mich bezahlt.

Ohne etwas zu sagen, geht er Richtung Ausgang und ich bin mir unsicher, was das zu bedeuten hat. Ist das ein Ja? Oder verschwindet er gerade?

Bitter muss ich feststellen, dass meine jahrelange Vorbereitung nichts genutzt hat. Dass das undurchsichtige Naturell dieses Mannes meine Pläne komplett durchkreuzt.

»Gehen wir zu dir?«

»Nein, kein Interesse. Geh nach Hause.«

Als ich ihm gegen zwei Uhr nachts eilig aus der Bar folge, ist mein Vorhaben völlig gegen die Wand gefahren. Draußen hat es abgekühlt und sofort fange ich an zu frösteln. Nicht zuletzt, da ich vor Aufregung und Anspannung so sehr geschwitzt habe.

»Was? Wieso? Willst du mich nicht?« Ich komme mir albern vor, als ich hinter ihm herdackele wie eine Idiotin. Er bringt mich dazu, nicht nur meinen Stolz zu vergessen, sondern auch auf meiner eigenen Würde herumzutrampeln. Niemals würde ich sonst einen Mann anbetteln – wozu auch?! Das ganze Gefické macht ja nicht mal Spaß!

Er ignoriert mich und geht weiter. Obwohl er langsame, bewusste Schritte macht, komme ich auf meinen hohen Schuhen kaum hinter ihm her. Immer wieder bleiben meine Absätze in dem Kopfsteinpflaster stecken und ich knicke um.

»Grimm, warte!« Da geht sie hin, meine Chance auf Rache. Mein Plan. Ich bekomme Panik. So darf es nicht enden. So darf ich nicht versagen!

Er bleibt plötzlich stehen und dreht sich zu mir um. Ich kann nicht so schnell reagieren, wie er bei mir ist und mich nach hinten in eine unbeleuchtete Nebengasse hineinstößt. Schon ist er vor mir, drückt mich an den Schultern an die Hauswand und sieht auf mich herab. Sein Gesicht ist so nah, dass ich jedes Detail erkennen könnte. Wenn meine Aufmerksamkeit denn mehr aufnehmen könnte, als die grüne Maserung in seinen Augen, in welche ich erschrocken starre.

»Geh nach Hause, Lucia«, raunt er mir rau entgegen.

Ich erstarre. Erfriere an Ort und Stelle zu Stein. Verpasse vor Entsetzen den Moment, in dem ich ihm nun meine Klinge hätte in den Hals rammen können. Seine Worte sind wie ein Nervengift, das mich völlig lahmlegt. Sein Blick wie eine Droge, die mich benebelt. Seine Berührung wie Stahl, der mich fesselt.

Ehe ich etwas sagen kann, lässt er mich wieder los und geht. Verschwindet in der Dunkelheit und ich kann ihm nicht hinterhergehen, weil ich einfach nur noch zitternd an der Wand hinabsinke und entsetzt geradeaus starre.

Woher zum Teufel weiß er, wer ich bin?!

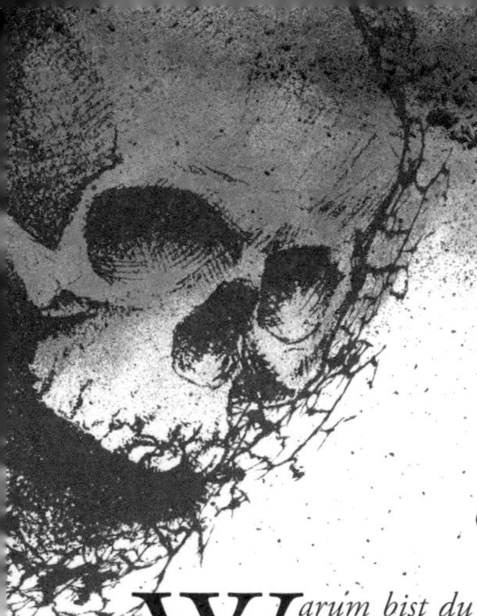

Kapitel 5

Grimm

Warum bist du hier, Lucia? Warum warst du bei mir, wolltest mich so um jeden Preis verführen? Hast du mich nicht vergessen nach all den Jahren? Es war doch nur ein kleiner Augenblick. Nur ein Herzschlag. Nur ein Blinzeln.

Ich liege in meinem Bett. Es ist drei Uhr in der Nacht und die Frage, warum sie hierhergekommen ist, schlägt Kreise in meinem Kopf wie eine Schar hungriger Hyänen um einen Kadaver. Seitdem ich sie in der Bar sah, schrumpft meine Brust von Minute zu Minute mehr, scheint das Organ in ihrem Inneren zerquetschen zu wollen. Während ich hier liege, greife ich mir an den Stoff über meinem Herzen und starre an die Zimmerdecke. Sie hätte mir fernbleiben sollen. Das wäre für alle das Beste gewesen – vor allem aber für sie.

Ich habe einmal ihr Leben verschont und ich weiß nicht, ob ich es ein zweites Mal tun werde.

Egal. Ich sollte mir keine Gedanken darüber machen. Meinem Vorgesetzten habe ich längst eine Nachricht geschrieben und ihn informiert, dass sie hier ist. Keine Ahnung, warum dieses Mädchen überhaupt so ein Chaos in mir auslöst. Möglicherweise dichte ich dem Ganzen auch zu viel Bedeutung bei und es ist bloß ein Zufall. Nur, dass ich nicht an Zufälle glaube. Und noch viel weniger gerne etwas diesem überlasse. Kontrolle. Das ist das, was ich brauche. Immer und überall, denn sonst versinkt die Welt um mich in heißem Rot und tiefstem Schwarz.

Schlaf jetzt, befehle ich mir selbst und schließe meine Augen.

Kolumbien. Vor 6 Jahren.

Die anderen sind auf der gegenüberliegenden Seite des Gebäudes, suchen einen Weg ins Innere. Ich gehe lieber allein. Dann bin ich leiser. Unauffälliger. Von meiner jetzigen Position aus habe ich freie Sicht auf den Balkon, der aus dem Arbeitszimmer des Clanoberhauptes führt. Ich hocke auf dem Boden, den Unterarm auf mein Knie gestützt und sehe durch das Fenster, hinter dem eben Licht angegangen ist. Jovan Angelo, das Oberhaupt, und seine Frau sind hier hereingegangen. Sein Gesicht ist grimmig, ihres besorgt. Aber die beiden sind nicht mein Ziel. Es ist die Tochter, deren Leben ich nehmen soll. Die Tochter, die heute ihren achtzehnten Geburtstag feiert. Sie ist nicht in dem Raum bei ihren Eltern. Ich sehe sie im Raum nebenan. Es ist eine Art Bibliothek. Jedenfalls sind überall Bücher. Ich könnte meine Waffe nehmen und sie durch die Scheibe hindurch erschießen, aber dann wäre die ganze Partygesellschaft in Aufruhr. Zudem hätten meine Teamkollegen nicht mehr die Möglichkeit, sich um ihre Eltern zu kümmern. Lucia heißt sie. Sie ist klein. Dünn. Ein zartes, zerbrechliches Geschöpf. Flieht vor den Gästen ihres eigenen Geburtstages und versinkt lieber in den Fantasiewelten von Büchern. Sie kommt mit dem Buch in ihrer Hand ans Fenster, dreht sich zu mir, aber hebt ihren Blick nicht. Sie ist nur wenige Meter entfernt. Ich plane die Hauswand hinaufzuklettern, wenn sie sich das nächste Mal umdreht. Dann werde ich durch das Fenster einsteigen und sie leise und heimlich dem Tod übergeben.

Plötzlich geschieht etwas in dem anderen Zimmer. Männer betreten das Büro. Die Eheleute Angelo sehen sie verwirrt an und dann werden die Musik der Feier und das Gemurmel der Menschen durch laute Schüsse übertönt. Blutüberströmt und von unzähligen

Kugeln durchlöchert. Aber es waren nicht meine Kameraden, die sie hingerichtet haben.

Lucia fährt zusammen. Kreidebleich krampfen sich ihre Finger um ihr Buch. Panik steht in ihr Gesicht geschrieben. Sie geht rückwärts. Überlegt, was sie machen soll. Was das alles zu bedeuten hat. Zerrissen zwischen dem Impuls, nachzusehen oder sich zu verstecken.

Keine Sorge, kleine Lucia. Bald bist du wieder mit deinen Eltern vereint. Lass dich von mir über die Schwelle tragen. Die Schwelle zum Totenreich.

Andere Männer stürmen in den Raum des Massakers. Ein Mann fällt verzweifelt vor den Eltern auf die Knie, jault, als wären es seine eigenen gewesen. Dann deutete er auf die Männer mit den noch gezückten Waffen und jeder, der mit ihm eben den Raum betrat, zieht seine eigene Pistole und richtet die Schützen hin, noch bevor sie verstehen, was ihnen geschieht. Ich höre die dumpfen Aufschläge der Körper bis hierher. Bis nach draußen in die fast heiße Sommernacht. Verstehe nicht wirklich, was dort vor sich geht. Doch nun kommt Bewegung in Lucia, die ein zweites Mal Schüsse gehört hat. Sie wirft das Buch fort und rennt herüber in das andere Zimmer. Kurz darauf sehe ich sie völlig entsetzt im Türrahmen stehen. Das Gesicht eine weiße Maske der Fassungslosigkeit. Auf mich wirkt es, als würde die filigrane Gestalt in Stücke zerbersten. Sie muss Schmerzen haben, denn sie greift sich an die Brust. Der Mann, der noch bei den Eltern kniet, steht auf, denn jemand anderes kommt hineingestürmt und ruft ihm hektische Worte zu. Er verlässt den Raum. Lucia bleibt zurück. »Mama, Papa«, formen ihre kreidebleichen Lippen. Interessiert sehe ich ihr zu. In dem Büro befinden sich zu viele andere Personen. Ich kann jetzt nicht schießen. Muss mich noch etwas gedulden.

Sie kniet sich zu ihrer Familie, nimmt die Hände der Toten in ihre. Lehnt sich vor und küsst die blutüberströmte Stirn ihrer Mutter. Ihr Blick fällt auf die anderen Toten im Raum. Minutenlang sitzt sie auf dem Boden. Legt sich in die Blutlache zwischen ihren Eltern, rollt sich ein. Bis die Leichen irgendwann weggeschafft werden. Sie schreit ihnen nach, versucht sie aufzuhalten, aber ihre Eltern werden von ihr weggenommen. Allein bleibt sie in dem Raum zurück. Ihr weißes Kleid hat sich rot verfärbt. Das ist meine Chance. Sie ist ganz allein und völlig wehrlos. Sogar das Fenster am Balkon wurde geöffnet, um den Geruch von Blut und Schüssen aus dem Zimmer zu lassen.

Ich drücke mich ab, ziehe meine Glock, die mit einem Schalldämpfer ausgestattet ist. Unsere Mission ist erfüllt. Die Angelo-Familie ist tot. Nur noch die Tochter fehlt. Meine Aufgabe. Mein Auftrag. Scheiß drauf, wenn man meinen Schuss nun doch bemerkt. Es ist vorbei. Wir müssen nur noch verschwinden.

Ich will gerade meinen Arm heben und zielen, als sich Lucia umdreht und mit geisterhaften, fast marionettenartigen Bewegungen auf den Balkon zutaumelt. Als sie hinaustritt, wird ihre fahle Haut von dem Vollmond in einen silbernen Schleier gehüllt. Sie blickt hinauf in den Himmel, dann wandert ihr Augenmerk hinab. Sieht in die Tiefe des Balkons und stellt doch fest, dass es nicht tief genug ist. Es wird ihr ein paar Knochen brechen, sie vielleicht für immer an den Rollstuhl ketten, aber mit hoher Wahrscheinlichkeit nicht töten. Dann sieht sie etwas auf und plötzlich schaut sie mir direkt in die Augen.

Diese großen, braunen und völlig leeren Iriden starren mich an.

Sie hat mich bemerkt, reagiert aber nicht, ebenso wenig, wie ich reagiere. Stattdessen starre ich zurück.

Tot. In ihr erkenne ich nichts als den Tod. Der Wunsch, ihr Leben zu beenden, schwindet mit einem Mal. Was macht es für einen Sinn, jemanden zu töten, der gar nicht lebt? Freudig erregt bin ich gewesen bei dem Gedanken, ihr Leben stehlen zu dürfen. Doch nun stelle ich fest, dass sich nichts als Leere in mir ausbreitet. Dieselbe Leere, die in ihrem Gesicht geschrieben steht.

Ihre Lider schließen sich zu einem Blinzeln. Der Moment reicht aus, dass ich mich auf den Boden fallen lasse, um zu verschwinden.

Mein Instinkt weckt mich. Ich schlage die Augen auf. Bin sofort hellwach. Mein Fenster steht auf. Der Wind, der hineinweht, bläht die dünnen Vorhänge auf. Habe ich es offen gelassen? Habe ich es gestern überhaupt geöffnet? Am Horizont sehe ich den ersten Schimmer des Tages. Schwach und blass beginnt die Geburt der Sonne jeden Morgen aufs Neue.

Was ist hier los? Ist jemand ...

Ich kann den Gedanken nicht zu Ende denken, als plötzlich eine Gestalt über mir auftaucht. In Form eines dunklen Schattens huscht sie über mich. Im spärlichen Licht blitzt etwas auf. Eine Klinge. Sie saust auf mich zu. Auf mein Auge. Schnell, präzise, tödlich. Ich bin beeindruckt. Der Moment ist wunderschön. Wenn sie mich trifft, werde ich binnen weniger Sekunden sterben. Endlich das irdische Sein zurücklassen und herausfinden, was hinter der Schwelle wartet. Aber mein Instinkt lässt mich nicht. Ich hebe meine Hand, schlage die Klinge im letzten Moment zur Seite. Aber der Angreifer befindet sich bereits über mir, drückt mich nach unten auf das Bett und will mich mit seinem Gewicht dort festhalten, indem er sich auf mich setzt. Es reicht nicht. Das Gewicht der Person ist viel zu leicht, um mich auch nur ansatzweise in meiner Bewegungsfreiheit einzuschränken. Dafür ist sie jedoch schnell. Die Klinge blitzt erneut auf, ich drehe den Kopf zur Seite und das kleine, scharfe Stück Metall durchstößt das Kopfkissen weniger Zentimeter neben meinem Ohr. Weiße Federn fliegen umher. Eine Hand legt sich um meinen Hals, will mich fixieren und gleichzeitig würgen. Ich setze mich auf, fasse an das Handgelenk der Hand, die mich würgt, und ziehe sie von mir. Die Klinge schnellt erneut auf mich zu. Ich bekomme sie zu fassen, umschließe sie mit meiner

Hand und halte sie in meiner Faust gefangen. Warm und rot quillt das Blut aus meiner Haut, tropft an meinem Handballen hinunter. Der Schmerz ist kaum mehr als ein sanftes Kribbeln. Nun habe ich meinen Angreifer geschnappt, richte mich weiter auf, sodass er auf den Rücken fällt und ich mich auf ihn rollen kann. Ich reiße ihm das Messer aus der Hand, drehe es, sodass die Klinge nach hinten zeigt und halte es ihm an den Hals. Das Adrenalin in meinen Venen verleiht mir Leben. Schenkt mir Empfindungen. Vertreibt die Taubheit in meinen Gliedern und in meinem Herzen. Meine Atmung geht schnell, aber meine heitere Aufregung wird gedämpft, als ich in die Augen der Person unter mir blicke.

Hektisch hebt und senkt sich der schmale Brustkorb. Braune Augen funkeln mich wütend aus einem blassen Gesicht an. Die Leere in ihnen wird von einem lodernden Feuer des Hasses überlagert. Und dennoch bleiben sie das, was sie sind. Die Augen eines Toten. Die Augen von Lucia.

Sie schimpft etwas auf Spanisch. »¡Vete a la mierda! ¡Idiota!«

Ich bin mir sicher, dass es Beleidigungen sind, die sie mir entgegenwirft, während sie mit aller Gewalt versucht, sich aus meinem Griff zu winden. Doch dann höre ich ein leises Schleifen von Metall. »Zur Hölle mit dir«, zischt sie in gebrochenem Deutsch.

Aus dem Augenwinkel bemerke ich eine Bewegung ihres freien Arms und im nächsten Moment, spüre ich, wie etwas Kaltes zwischen meine Rippen gestoßen wird. Es schrappt an meinen Knochen vorbei, flutet meine taube Haut mit dem lieblichen Brennen von Schmerz.

Ich drehe meinen Kopf wieder zu ihr. Blinzele. Sie hat mir soeben eine Klinge in meine Seite getrieben. Zieht sie jetzt wieder hinaus und sticht erneut zu. Dann noch mal. Erst jetzt reagiere ich. War so perplex über den Mut, den sie haben muss, mich anzugreifen, während ich ein Messer an ihren Hals halte, dass ich nicht glauben konnte, was passiert. Doch jetzt reagiere ich, lasse ihr anderes Handgelenk los und schnappe stattdessen das, welches erneut die Klinge in mich treiben will, und drücke das Messer an ihrem Hals fester gegen sie. Bis rotes Blut unter dem silbernen Metall hervorquillt und ihre weiße Haut hinabläuft. Jetzt hält sie still. Schluckt. Atmet heftig.

»Was soll das alles? Warum bist du hier«, frage ich sie ruhig.

»Um dich zu töten, Bastard!«, zischt sie mir entgegen.

Nun, das habe ich wohl gemerkt.

Stetig tritt neuer Lebenssaft auf den Stichwunden an meiner Seite, aber es wird dauern, bis ich so viel Blut verloren habe, dass es gefährlich würde.

»Los! Bring es zu Ende! Töte mich endlich!«, verlangt sie weiter und hebt ihren Kopf an, damit das Messer weiter in ihre Kehle schneidet. Aber ich ziehe es im selben Moment zurück und kräusele meine Stirn.

»Nein.«

»Nein?«

»Nein.« Ich bin mir sicher, dass ich sie nicht töten möchte. Es gibt keinen Grund. Nicht, dass ich einen bräuchte. Doch selbst der Gedanke, ihr die fragile Kehle durchzuschneiden, erfüllt mich nicht mit Freude. Ich, der dem Leben nicht näher sein kann, als in den Momenten des Todes, finde keine Erfüllung daran, ihr ihres zu nehmen. Damals genauso wenig wie heute.

»Warum nicht?! Wieso tötest du mich nicht?! Entweder du musst sterben oder ich. Die Welt hat keinen Platz für uns beide!«

»Die Welt hat genug Platz für jeden von uns«, erwidere ich und blicke ihr in ihre braunen, traurigen Augen. »Willst du so unbedingt sterben, Lucia?«

»Das fragst du?« Ihre Stimme wird immer dünner. Immer schwächer. Ihre Gegenwehr lässt nach, bis sie bewegungslos und resigniert unter mir liegt. Sie dreht ihren Kopf zur Seite, weicht jetzt meinem Blick aus. Und als ich an ihr Kinn fasse und es wieder zu mir drehe, glänzen Tränen in ihren Augenwinkeln. Als sie blinzelt, laufen sie hinab. Tanzen über ihre Schläfe und versickern in meinem Bettlaken. Ich folge diesem kleinen Tropfen mit meinem Blick; und den nächsten, der hinablaufen will, fange ich mit meinem Daumen auf. Fasziniert sehe ich die Flüssigkeit auf meiner Haut an und wundere mich, wie sie wohl schmeckt. Von der Neugier getrieben, führe ich meinen Finger an meine Lippen und lasse meine Zungenspitze kosten.

Salzig. Es schmeckt salzig. Der Geschmack breitet sich auf meiner Zunge aus und es ist gut. Es ist so verdammt gut, dass ein heißer Schauer meine Wirbelsäule hinabfährt und meine Herzfrequenz sich beschleunigt. Verdammt. Es schmeckt so sehr nach Schmerz und Verzweiflung. Nach Gefühl. Nach Leben. Es erfüllt mich ganz und gar, mehr als es keine Droge, die mir im Laufe meines Lebens zugesteckt wurde, jemals konnte.

Lucia starrt mich an, als wäre ich von Sinnen. Und vielleicht bin ich das. Nein. Ganz sicher bin ich das.

»Was tust du da?«, fragt sie tonlos. Angst schwingt in ihrer Stimme mit, als ihr gewahr wird, dass das, was ich mache, nicht normal sein kann.

»Du schmeckst nach Leben«, antworte ich ihr. »Obwohl du so tot bist, schmeckst du nach Leben.«

Kapitel 6

Lucia

Der Mistkerl ist sogar noch gestörter, als ich dachte. Wie er genießend seine Augen schließt, als er meine Tränen von seinem Finger leckt. Und als er sie wieder öffnet, sind seine Pupillen so groß und dunkel wie die eines Raubtiers kurz vor dem Sprung. Er sieht aus, als würde es ihn in eine Art Rausch versetzen. Mein Herzschlag beschleunigt sich weiter. Wie eine Kriegstrommel hämmert mein Puls in meinen Ohren.

Budum! Budum! Budum!

Ich hasse es, ihm so ausgeliefert zu sein. Unter ihm festzustecken und nicht einmal den verdammten Gefallen, mich zu töten, hat er mir getan. Er liebt es, mich leiden zu sehen. Anders kann ich mir all diese Grausamkeit nicht erklären. Erst nimmt er mir meine Familie und lässt mich bei diesen Monster Dario zurück – wieso?! Der einzige Grund kann doch nur sein, dass er mich foltern möchte. Ebenso wie jetzt.

Jetzt, da alles erledigt ist, besteht kein Anlass mehr für mich, weiterzumachen. Ich will endlich frei sein. Endlich bei meiner Familie sein. Doch anstatt mich zu töten, trinkt er meine Tränen.

»Du krankes Schwein«, beleidige ich ihn verzweifelt. Es interessiert ihn nicht. Es scheint, als würde er mich nicht einmal hören. Stattdessen wandert seine Hand groß und rau meinen Hals hinauf, verwischt mit dem Daumen das Blut, welches aus meiner Wunde rinnt.

»Gib mir mehr davon, Lucia«, verlangt er mit heiserer Stimme, die so viel dunkle Gier ausstrahlt, dass mir eine Gänsehaut meine Wirbelsäule hinunterläuft. Er lehnt sich zu mir hinab. Sein Gesicht, welches einem Totenkopf gleicht, kommt mir näher und näher.

Mit einem lauten Schlag verstummt das Trommeln meines Pulses. Mein Herz steht still. Was hat er vor? Ich spanne mich an. Bereit zu beißen, schreien und kratzen, wenn nötig. Doch wenige Zentimeter neben meinem Ohr kommen seine Lippen zum Stehen.

»Weine.« Seine tiefe, raue Stimme fährt mir durch Haut und Knochen. Warmer Atem streift meine Wange.

Was soll das alles? Die ganze Sache nimmt eine Wendung, die mir ganz und gar nicht gefällt.

»Nein«, antworte ich und meine Stimme klingt schwach und zittrig wie die einer verängstigten Gazelle. »Ganz sicher nicht.« Also strenge ich mich an, meinen Körper zu beherrschen. So viele Jahre habe ich keine Tränen mehr vergossen, so viele Jahre habe ich nichts gefühlt. War abgestumpft wie ein altes, rostiges Messer. Und ausgerechnet jetzt, in diesem Moment, wo ich dem schlimmsten Dämon meiner Vergangenheit gegenüberstehe, sprudelt alles hinauf. Ausgelöst allein durch seine Gegenwart, die mich bis in meine Grundfesten erschüttert.

Bei meinen Planungen war ich in meiner Vorstellung stets mutiger und standhafter gewesen. Nicht ein Mal war mir in den Sinn gekommen, dass mich mein Trauma einholen könnte. Es war hochmütig von mir zu glauben, dass mich nichts mehr berühren kann. Dieser Mann über mir reißt die eitrigen Wunden meines Herzens auf und lässt sie bluten. Und er ergötzt sich daran. Aber diesen Genuss werde ich ihm nicht länger zugestehen. Stolz recke ich mein Kinn, schaffe es, alle Ängste und Gefühle tief in mir zu vergraben. Es ist nur eine Frage der Zeit, bis er stirbt. Sein Tod ist besiegelt. Es gibt keinen Grund für mich, panisch zu werden.

Gut, Lucia. So ist es richtig. Jetzt mach dich von ihm frei!

»Lass mich gehen«, verlange ich. »Wenn du mich nicht töten willst, dann lass mich gehen.«

»Nein ...« Er will noch mehr sagen, als es plötzlich an der Tür klopft und er regelrecht aus seiner Trance gerissen wird. Seine Pupillen ziehen sich leicht zusammen, werden wieder kleiner und verlieren ihren fiebrigen Glanz. »Wer ist da?«, ruft er angespannt.

»Ich möchte die kleine Lucia aus dem Kinderparadies abholen«, ist es Curcios Stimme, die vor der Tür zu hören ist.

»Verschwinde«, knurrt Grimm wie ein Tier, an dessen Beute man sich unerlaubt nähert.

»Tut mir leid, aber das ist nur zusammen mit Lucia möglich. Sie werden verstehen, dass es keine gute Idee ist, ihr etwas anzuhaben. Denn sie ist die Frau des überaus einflussreichen und mächtigen Dario, des Anführers des Angelo-Clans. Mit dem ihr Vorgesetzter, der werte Herr Valenti, eine innige Handelsbeziehung pflegt, die durch das Fortbleiben seiner angetrauten Ehefrau doch ein wenig in Mitleidenschaft gezogen werden könnte.«

Grimms Blick wandert wieder zu mir. Zu meinen Augen und weiter hinab bis zu meinen Lippen. Als er diese einen Moment zu lange ansieht, werde ich nervös. Ohne, dass ich es will, geht mein Atem wieder schneller. Doch schließlich spannt er seinen Kiefer an und gibt mich frei.

»Verdammt, verschwinde!« Mit diesen Worten steigt er von mir herunter, umfasst meinen Oberarm mit seiner Hand und zieht mich mit Schwung vom Bett auf die Beine. Erschrocken stolpere ich gegen seine Brust und drücke mich sofort wieder von ihm weg.

»Loslassen!«, zische ich und zerre meinen Arm frei. Seine Finger öffnen sich und ich gehe mit festen Schritten auf die Tür zu, lege meine Hand auf die Klinke und ignoriere, dass meine Beine weich wie Watte sind. Bevor ich die Tür öffne, sehe ich noch einmal zu ihm zurück. Die aufgehende Sonne hinter ihm, malt seine Silhouette bloß als dunklen Schatten ab.

»Woran hast du mich erkannt?«, frage ich ihn.

»An deinen Augen. Sie sind tot.«

Ich presse meine Lippen aufeinander. Er konnte mich wohl ebenso wenig vergessen wie ich ihn. Auch wenn ich dafür einen Grund hatte und er nicht. Denn ich war es, die durch seinen Befehl ihre Familie verloren hat und nicht er.

Auge um Auge, Zahn um Zahn, du Mistkerl!

Mit diesen Gedanken öffne ich die Tür und Curcio steht mir gegenüber, die Hände vor seinem Schoß verschränkt und seine Mundwinkel heben sich zu einem Lächeln an, welches seine Augen nicht erreicht.

»Da ist sie ja, vielen Dank fürs Aufpassen!«, richtet er sich anschließend an Grimm, zieht mich regelrecht aus der Wohnung und schlägt die Tür zu.

Wir sind kaum ein paar Schritte gegangen, da fängt er auch schon an, seine Schimpftiraden auf mich loszulassen.

»Du warst plötzlich verschwunden, Luci! Ich habe dich nur durch deine Aufzeichnungen über ihn gefunden! Das war leichtsinnig und nicht dein Plan! Du hättest erst ...«

Ich schneide ihm mit einer Geste das Wort ab, hebe meinen Blick und lächele ihn an.

»Ganz ruhig, Cio. Ich habe meine Rache bekommen.«

Kapitel 7

Grimm

Verdammt«, murmele ich und reibe mir mit den Händen über mein Gesicht. Was ist die letzten Stunden passiert? Ist sie wirklich durchs Fenster hineingekommen? Ist sie bis zum verdammten, fünften Stock geklettert? Während ich noch auf die Tür starre, durch die sie verschwunden ist, wächst in mir der Wunsch, hinter ihr herzugehen, ihren Anwalt oder was auch immer das war, zu töten und sie zurück in meine Wohnung zu schleifen. Ich will es nicht verlieren. Dieses Gefühl von Leben. Ich will mehr davon!

Aber ich weiß auch, dass dieser Kerl recht hat. Mein Auftraggeber, Chef und auch Freund würde mich lynchen, wenn ich die Handelsbeziehung zwischen den beiden Clans zerstören würde. Andererseits ... muss Dario doch wissen, dass es die Beziehung ebenso belastet, wenn sie mich tötet. Nun gut. Möglicherweise ist meine Rolle auch gar nicht so groß und man würde sich zähneknirschend vertragen, um des Friedens Willen.

Wie auch immer. Ich schiebe den Gedanken beiseite und konzentriere mich darauf, mich an ihren Geschmack zu erinnern. Irgendwie dieses Gefühl, noch ein wenig länger bei mir zu halten. Dabei sollte ich mich lieber um meine Wunden kümmern. Lucia hat mir dreimal zwischen meine Rippen gestochen. Zum Glück war die Klinge lächerlich kurz und hat keine Organe beschädigt. Trotzdem sollte ich kein Risiko eingehen.

Vor allem, da mir schwindlig wird. Die Welt um mich herum beginnt sich auszudehnen und wieder zusammenzuziehen. Und zwar in einer Geschwindigkeit, die nicht normal ist. Nicht, für diese kleinen Verletzungen. Ich hebe mein Shirt an, blicke auf die Einstichstellen und so langsam kommt mir ein Verdacht.

»Fuck!« Ich stürze zu meinem Bett, suche mein Telefon und wähle eine Nummer.

Das Freizeichen scheint unendlich lange zu dauern, doch dann hebt eine müde, mürrische Männerstimme ab.

»Ja?«

»Vergiftet. In meiner Wohnung ...«, presse ich hervor, bevor mir das Telefon aus der Hand fällt und ich mich an dem Bettpfosten abstützen muss.

Langsam sinke ich auf die Knie, lege meinen Kopf in den Nacken und lächele.

Sie hat mich doch gekriegt. Ich habe sie unterschätzt.

Mit diesem Gedanken hält absolute Schwärze Einkehr in meinem Kopf und ich höre nur noch den dumpfen Aufschlag meines Körpers auf dem Boden.

Kapitel 8

Lucia

Letztendlich konnte ich zwar meinen ursprünglichen Plan nicht in die Tat umsetzen, da sich mein Erzfeind als unten herum tot entpuppte, doch den Kern meiner Mission habe ich erfüllen können: Grimm, der Mörder meiner Familie, ist tot.

Als ich mit Curcio am frühen Morgen in unser Hotel zurückkehre, zittern meine Hände noch von dem Adrenalin des Triumphes. Ich weiß überhaupt nicht, wie ich mich jetzt fühlen soll. All die Qualen der letzten sechs Jahre haben endlich Früchte getragen. Ich kann noch nicht realisieren, dass es wirklich vorbei ist. Dass ich den Valenti-Killer erledigt habe. Ich. Lucia Angelo, die alleinige Erbin des Angelo-Clans. Das zerbrechliche Mädchen mit der viel zu blassen Haut für eine gebürtige Kolumbianerin, hat den gefährlichsten Killer in Europa erledigt.

»Und? Wie fühlst du dich, nachdem jetzt alles vorbei ist?«, fragt mich Curcio. Ich blicke ihn an und zucke die Schultern.

»Keine Ahnung. Ich kann es noch nicht wirklich glauben«, gebe ich zu. »Noch ist alles ganz ... komisch.«

Inständig hoffe ich, dass sich die Leere in meinem Inneren noch mit Freude füllen wird, oder mit Erleichterung, mit Befriedigung, mit irgendetwas. Am besten wäre es gewesen, er hätte mich einfach mit sich genommen. Wenn Grimm mich ebenso ermordet hätte, wie ich ihn, dann wäre ich jetzt bei meinen Eltern und wäre von der Last erlöst, weiter zu kämpfen. Kämpfen, kämpfen, immer nur kämpfen. Gegen meinen Mann, gegen seine Männer, gegen meine innere Dunkelheit, die mich von Tag zu Tag hinunterzieht. Ich bin es leid, aber ich kann auch nicht aufhören. Kann nicht fliehen und mich selbst umbringen. Es würde sich anfühlen wie ein Verrat an meinen Eltern, ein Verrat an meinem Blut.

»Dein Hals ist verletzt«, weist mich Curcio auf die Wunde an meiner Kehle hin, als ich keine Anstalten mache, sie versorgen zu wollen.

»Ich weiß. Stell dir vor, ich habe es bemerkt. Aber es ist nur ein Kratzer, nichts Schlimmes. In den nächsten Tagen ist es verheilt.« Vielleicht will ich es auch gar nicht verbinden, weil ich die Erinnerung genieße. Wie er über mir lag und in meine Augen gesehen hat. Wie er das Messer an meine Kehle gehalten hat und ich mich so unerwartet lebendig fühlte.

»Dann fliegen wir morgen wieder zurück«, bestimmt Curcio und ich nicke, auch wenn ich Deutschland gerne noch etwas länger besucht hätte. Noch etwas länger die Hochhäuser und die vielen saftig grünen Berge bestaunt hätte.

»Lucia, meine Schöne!« Dario empfängt mich mit offenen Armen, legt seine großen Hände um mein Gesicht und küsst mich hart, als ich zurück in Kolumbien bin. Er zieht mich dicht an seinen massiven Körper heran und schämt sich nicht dafür, obwohl mindestens sieben Männer um uns herumstehen. »Gott sei Dank bist du wohl auf«, sagt er, als er sich von mir löst. Doch dann fällt sein Blick auf die Wunde an meinem Hals und ein dunkler Schatten zieht über sein Gesicht.

»Was ist das?«, knurrt er.

»Nichts. Nur ein Kratzer. Mehr ist mir nicht passiert.«

»Und dein Ziel? Hast du es endlich erreicht?« Die ungeduldige Hoffnung in seiner Stimme ist nicht zu überhören. Jahrelang habe ich ihn damit genervt, nicht das kleine Vögelchen an seiner Seite zu sein, und er wünscht sich, dass diese Phase nun ein Ende hat.

Ich nicke.

Sein Gesicht hellt sich auf und er küsst mich noch einmal.

»Komm, mein Engel, ich habe dich vermisst«, raunt er mir zu, als er mich an der Hand fasst und in unsere Villa zieht. – Nein. *Meine* Villa. In die er sich eingenistet hat wie ein fetter Parasit.

Sofort steuert mein Mann unser Schlafzimmer an und die kalte Hand der Resignation erfasst mich von neuem. Na toll. Was hatte ich erwartet? Dass sich mein Leben jetzt ändern würde? Da bin ich also. Kehre zurück in den immerwährenden Kreislauf meiner Existenz. Bin wieder nur das Zepter in seiner Hand, das er benötigt, um *meinen* Clan zu führen.

»Warte«, hauche ich aus einem plötzlichen Impuls der Rebellion heraus, als wir die Tür hinter uns schließen. Er hält inne und dreht sich zu mir um. Keine Ahnung, was ich vorhabe. Denn ich habe vor langer Zeit aufgehört, mich zu widersetzen. Lohnt es sich, jetzt wieder damit anzufangen? Ich kämpfe meine innere Abneigung nieder und führe mir vor Augen, dass es sinnlos ist. Die ersten zwei Jahre unserer Ehe habe ich ihn getreten, geschlagen, gebissen und es hatte nur zur Folge, dass er sich grob von mir nahm, was er wollte. Dass er mich zur Not fesselte, knebelte und dann missbrauchte. Weil er das verdammte *Recht* dazu hat, da er mein Mann ist. Ja. So läuft das hier. Hier, in meiner Welt. Hier, in Kolumbien. Allein schon meiner Herkunft wegen könnte ich nicht zur Polizei gehen. Und selbst wenn, ist dies ein Land, in dem Frauen in solchen Fällen nur müde belächelt werden. Alle dreiunddreißig Minuten wird statistisch in Kolumbien eine Frau vergewaltigt. Fast jeden Tag bin ich eine von ihnen.

»Was ist los, Liebling?«, fragt er mich.

Nervös trete ich auf der Stelle und muss mir schnell etwas einfallen lassen, um dieser Situation zu entkommen. Ich will ihn nicht in mir haben. Nicht schauspielern müssen. Nicht beschmutzt werden.

»Ich will dich verwöhnen. Du hast es verdient«, hauche ich, lege die Hände an seine Brust und sehe Erstaunen in seinen dunklen Augen aufblitzen. Doch schnell wandelt es sich in Erregung und schon drückt sein harter Schwanz gegen meinen Bauch.

Also gut. Meine Vagina soll es meinem Mund danken.

Er bleibt stehen, während ich mit meinen Händen seinen Körper hinab fahre und mich langsam vor ihn knie.

»Oh, verdammt«, brummt er und vergräbt sogleich seine Hand in meinem Haar.

Ich friemele an dem Knopf seiner Hose herum und als ich ihn öffne und sie samt Shorts hinabziehe, springt mir sein Penis entgegen, drängt sich meinem Gesicht regelrecht auf. Immerhin riecht er gewaschen und frisch.

Zunächst reibe ich ihn mit meiner Hand, kann es aber nicht zu lange hinauszögern, da Dario schnell ungeduldig wird. Letztlich schließe ich meine Augen, beuge mich vor und nehme ihn in den Mund.

Mein Mann stöhnt dunkel auf, zieht meinen Kopf vor und zurück. Das Problem ist, dass er zu meinem Leidwesen eine sehr ausgeprägte Libido hat, oft und lange mit mir schläft. Und wahrscheinlich auch mit anderen Frauen. Das weiß ich nicht und es ist mir auch egal.

Denk an etwas Schönes! Stell dir vor, es wäre jemand anderes!

Ohne, dass ich etwas dagegen tun kann, taucht plötzlich Grimm vor meinem inneren Auge auf. Mein Verstand malt sich aus, wie es wäre, wenn er so von oben auf mich herabsehen würde. Wie sich sein tiefer, grüner Blick aus seinem Totenkopfgesicht in meinen gräbt. Wie sich seine klar definierten Bauchmuskeln anspannen würden, während ich ihn lutsche. Sogleich kocht mein Stolz empor und Wut erfüllt mich. Nein! Er darf nicht über mir stehen und mich erniedrigen! Bin ich verrückt geworden, dass ausgerechnet ER mich nun in meiner Fantasie heimsucht?! Hat er mich nicht genug leiden lassen und muss mir nun auch noch das hier versauen, das ja wohl schon ohne ihn schlimm genug ist?

»Gib mir mehr davon, Lucia«, höre ich seine heisere Stimme in meinem Ohr. Ich erschaudere und obwohl das Feuer des Hasses in mir lodert, gehorche ich und gebe ihm mehr. Sauge noch gieriger an seinem Schwanz, der so groß und dick meinen Mund ausfüllt.

»Oh, fuck!« Darios Stimme zerreißt beinahe meine selbstgeißelnde Vorstellung und ich weiß nicht, was schlimmer ist: Die Realität oder diese Welt, in die mein Verstand sich gerade flüchtet. Aber als ich wieder an ihn denke, meinen Erzfeind, den Mörder meiner Familie, und mich in seinen Iriden verliere, wird das Verlangen noch größer. Ich will ihn in mir spüren, will ihn schmecken. Will ihm meine Tränen schenken, die über meine Wangen laufen, als er zu tief dringt und ich würgen muss. Völlig verloren bin ich in dem Strudel meiner Gefühle. In diesem Feuer, das mich verbrennt. Mein Körper ist plötzlich ganz sensibel und gar nicht so taub wie sonst. Ich nehme mich selbst wahr. Nehme wahr, wie sich ein Ziehen zwischen meinen Schenkeln ausbreitet und es sich dort mit einem heißen Kribbeln vermischt. Was ist das? Was treibt dieser Dämon mit mir für ein gemeines Spiel? Sicher ist es sein Geist, der mich aus dem Totenreich verfolgt, mich heimsucht und sich für seinen Tod an mir rächen will. Werde ich ihn nun niemals los? Macht er sich über mich lustig? Aber als ich zu ihm hinaufsehe, ist da kein höhnisches Lächeln, sondern bloß diese unendliche Gier in seinen Augen.

Dario stöhnt laut, treibt seinen Schwanz tief in meinen Rachen und spritzt ab. Er pumpt und pumpt und dann ist es vorbei. Nicht nur der Oralsex, sondern auch meine völlig verkorkste Vorstellung. Das Bild von Grimm verschwindet und zurück bleibt mein Ehemann, der verblüfft, aber befriedigt auf mich nieder schaut. Er fasst mich an den Händen und hilft mir auf die Beine, als ein lüsterner Ausdruck über sein Gesicht huscht.

»Du siehst erregt aus, meine Schöne«, flüstert er.

Was? Nein. Woher denn?!

Da ich aber nichts Falsches sagen will, schweige ich. Doch Dario lächelt anzüglich.

»So rote Wangen und harte Nippel. Lass mich nachsehen, ob du so feucht bist, wie ich glaube.«

»Nein!«, protestiere ich entschlossen. Das geht zu weit.

Aber Dario ist es natürlich egal, weil er kein Nein kennt und weil ihm mein Schamgefühl völlig egal ist. Schon zieht er mich näher, rafft meinen Rock hinauf und fasst mir in mein Höschen.

»Nass, wie ich mir dachte. Warte ein paar Minuten, dann besorge ich es dir, Baby.«

Blödsinn, woher soll ich feucht sein?

Aber all das Leugnen hilft mir nicht, denn mein Plan ging nicht auf. Er ist sogar nach hinten losgegangen. Anstatt dass Dario mich nun in Ruhe lässt, legt er sich kurze Zeit später auf mich. Erneut versuche ich, mir vorzustellen, es sei nicht er, doch es will mir nicht gelingen. Zu viel redet er mit mir. Zu unangenehm ist sein schwerer Körper auf mir. Und so bleibt mir wie immer nichts anderes übrig, als es zu ertragen.

Kapitel 9

Grimm

Willst du mit uns spielen?«, fragt mich ein Mädchen aus meiner Klasse.

»Nein, lass ihn! Er ist komisch!« Ein anderes Kind zieht sie von mir fort. Zum Glück. Ich hätte nicht mit ihnen spielen wollen. Denn ich weiß ja nicht mal, wozu dieses Spielen gut sein soll. Die Kinder laufen weg, fangen sich gegenseitig und lachen dabei. Keine Ahnung, wie sie diese Geräusche hinbekommen. Aber sie machen es wohl, weil es ihnen gut geht. Nur … wie mache ich, dass es mir gut geht? Ich blicke auf meine Hand herunter, auf meine Finger, die auf meinem karierten Schulheft liegen. Dann nehme ich meine Schere zur Hand, lasse sie auf und zu schnappen und schon kommt mir eine Idee. Mit der scharfen Schneide fahre ich über meine Handinnenfläche. Sie ist dennoch zu stumpf, um mich bluten zu lassen. Ich drücke fester, bis ich endlich etwas spüre. Schmerz, aber wenigstens ist da etwas in der Leere meines Inneren.

»Willst du mit mir spielen?«, erneut werde ich angesprochen. Wann verstehen sie endlich, dass ich nicht … als ich meinen Blick hebe, trifft er auf dunkle, tote Augen. Eine junge Frau steht vor mir. Langes, schwarzes Haar rahmt ihr gespenstisch blasses Gesicht ein. Ist sie ein Geist?

»Was ist Spielen?«

Sie greift meine Hand, zieht mich einfach mit sich. Ich stolpere hinter ihr her.

»Ich zeige es dir, komm!« Ihre Hand fühlt sich sanft an in meiner. Als würde sie zerspringen, wenn ich zu fest drücke. Sie läuft mit mir zusammen, bleibt stehen und dreht sich zu mir um. Noch immer hält sie meine Hand und als ich auf diese hinabsehe, erkenne ich plötzlich all diese Tattoos, mit denen ich überzogen bin. Meine Finger sind groß, umschließen ihre vollständig. Doch sie zieht mich mit einer erstaunlichen Kraft näher zu sich, sieht zu mir herauf und lächelt. Sie lächelt, während Tränen ihre Wangen hinabfließen. Ich lehne mich vor, will diese kristallenen Perlen kosten. Aber sie hält mich ab.

»Nicht«, sagt sie. »Ich kenne etwas Besseres.« Dann stellt sie sich auf ihre Zehenspitzen und drückt ihre Lippen auf meine. Plötzlich durchzuckt meinen Körper ein heißes Kribbeln. Es fühlt sich an, als würde sie Stromstöße durch mich schicken. Es ist nicht genug. Ich bekomme nicht genug davon. Immer energischer dränge ich mich ihr entgegen.

»Hör auf!« Sie stößt mich von sich. Wieso? Ich bin irritiert.

»Mama! Papa!« Ihre Stimme zerbricht, als wäre sie aus Glas.

Wir schwimmen in einem Meer. In einem roten Meer. Es ist dickflüssig und riecht nach Eisen.

»Du Schwein!«, schreit sie mir ihre Wut entgegen.

»Nein, hör nicht auf.« Ich will sie zurück. Ihren Geschmack zurück. Leben zurück. Aber als ich versuche, auf sie zuzuschwimmen, taucht sie unter. Sie ertrinkt. Ich will nach ihrer Hand greifen, die aus dem Wasser schaut, aber ihre Haut ist zu rutschig. Sie entgleitet mir. Entschwindet in das unendliche Meer aus Rot.

»Er fiebert.«

»Aber er wird es doch schaffen, oder?«

»Ich weiß nicht. Es ist kritisch.«

»Grimm, hey, Grimm, mein Freund. Bleib bei uns. Fuck, wer hat dich nur so zugerichtet?«

Vielleicht sind meine Welten bloß verdreht? Wenn ich im Leben tot bin, bin ich dann im Tod lebendig?

»Bitte nicht!!« Der Mann vor mir klammert sich an sein Leben fest. Seine Augen sind geweitet. So sehr, dass das Weiß ringsum zu sehen ist. Seine Nasenflügel blähen sich auf. Angst. Gib mir deine Angst! Gib mir dein Leben! Ich stoße mit meinem Messer zu. Durchtrenne Haut, Fleisch und Knochen. Blut spritzt mir entgegen, benetzt mein Gesicht und meine Hände. Mein Herz singt, als seines verstummt. Ja. Das ist es. Das lässt mich fühlen. Es füllt die Leere in mir. Endlich. Ich lebe. Für ein paar Herzschläge lang lebe ich!

Kapitel 10

Lucia

Curcio, was soll ich tun?«, frage ich ihn. Ich habe ihn zu einem Spaziergang eingeladen und wir durchqueren die Wald- und Feldwege im Umland der Villa. Auf dem Grundstück über mein Anliegen zu sprechen, war mir zu gefährlich. Ich weiß nicht, wo Dario überall hat Wanzen einbauen lassen.

»Inwiefern?«, fragt mich mein Begleiter, der sogar bei dieser brüllenden Mittagshitze in einem schwarzen Anzug herumläuft.

»Mit Dario«, versuche ich zu erklären.

Curcio hebt seine Augenbrauen an. »Nun, also das mit den Bienchen und Blümchen geht wie folgt ...«

»Verdammt, Cio! Ich meine es ernst.«

Wir halten an und ich drehe mich zu ihm, sehe ihn ausdruckslos an. Solange, bis er resigniert seufzt.

»Hör zu, Lucia. Du hast einen guten Mann. Dario liebt dich. Er himmelt dich an. Das ist mehr, als eine Frau in deiner Welt zu erwarten hat. Ich finde, du kannst damit glücklich sein. Zusammen könnt ihr den Clan regieren. Die Männer lieben dich, genauso wie sie ihn lieben.«

Es ist nicht die Antwort und der Rat, den ich mir von ihm erhofft habe. Dennoch ist es das Klügste und Realistischste, was er sagen konnte. Zumindest aus seiner Sicht.

»Und ich soll einfach ignorieren, dass er mich zu dieser Ehe gezwungen hat, um Anführer zu werden?! Dass er mich vergewaltigt?! Dass ich keine Rechte haben und nichts weiter sein soll als die Trophäe an seiner Seite? Obwohl es die Macht *meiner* Familie ist, die er an sich gerissen hat?«

»Hey, mich brauchst du deswegen nicht anzufauchen, Luci. Ich weiß, dass es kein einfaches Los ist. Aber vielleicht musst du dich auch einfach mal auf ihn einlassen. Ja. Er ist kein Heiliger. Ja, du hättest etwas Besseres verdient. Aber er ist das, was du *hast.*« Curcio versucht es in einem einfühlsamen Tonfall, kommt zu mir heran und fasst mich väterlich an meinen Oberarmen. »Und das, was du hast, ist nicht schlecht. Du könntest aufhören, dich zu wehren.«

»Oh, Cio, ich *wehre* mich schon lang nicht mehr«, werfe ich mit schmalen Augen ein.

»Du lässt dich aber auch nicht darauf ein. Ja, das was er dir angetan hat, ist schrecklich. Aber es ist auch die Vergangenheit. Jetzt behandelt er dich besser.«

Ja, seitdem ich mich ihm füge, denke ich bitter.

»Denkst du nicht, ich könnte den Clan auch allein leiten?«

Curcio sieht mich bedauernd an, hebt eine seiner Hände und legt sie mir an die Wange. Die Geste allein fühlt sich schon so sehr nach Trost an, dass ich seine Antwort bereits erahnen kann.

»Du bist eine wunderbare, starke Frau und du weißt, wie sehr ich dich bewundere, aber ...«

»Ach, sei still.« Ich will es gar nicht erst hören. Die ganze chauvinistische, sexistische Scheiße. Natürlich verhalten sich die Männer mir gegenüber loyal. In dieser kriminellen Monarchie bin ich diejenige mit dem blauen Blut. Aber es nützt mir nichts, denn ich habe nie gelernt, große Drogendeals zu organisieren. Habe nie gelernt, wie man mit Waffen handelt, die Polizei besticht, und ich weiß auch nicht, ob ich dazu bereit wäre, Frauen zu verkaufen. Langsam lasse ich meinen Kopf sinken und muss einsehen, dass er Recht hat. Selbst, wenn ich Dario loswerden würde, würden sich die Männer einfach nur darum streiten, wer mich sich als nächstes zu eigen machen darf. Wozu hänge ich eigentlich an all dem? Wieso fliehe ich nicht und lasse alles zurück?

... Ach ja, weil mich dann ein ganzes Syndikat verfolgen würde.

»Fuck«, hauche ich und schließe meine Augen.

»Es tut mir leid, Luci. Ich wünschte, ich hätte dir etwas anderes sagen können ...«

Mit diesen Worten schließen sich Curcios Arme um mich und er klopft mir beistehend auf den Rücken.

Ich muss also einen Entschluss fassen. Tagelang wandele ich unruhig umher und zermartere mir das Gehirn darüber, was am besten wäre. Schwanke zwischen Selbstmord, Flucht und Ergeben. Nach fast zwei Wochen komme ich zu dem Entschluss, dass ich eins nach dem anderen ausprobieren muss.

Wie Curcio mir empfohlen hat, will ich es zunächst damit versuchen, mich auf das alles einzulassen. Mich auf Dario einzulassen. Er ist nun mal aller Wahrscheinlichkeit nach meine Zukunft und alles würde mir leichterfallen, wenn ich ihn nicht so verabscheuen würde. Also versuche ich, mich auf seine guten Seiten zu konzentrieren. Auf irgendetwas, das ich an ihm mag. Aber was soll das sein?

Am Abend des dreizehnten Tages nach meiner Rückkehr nach Kolumbien sitze ich abends mit ihm auf der Veranda und trinke Wein. Der sternenklare Nachthimmel spannt über uns und es ist ringsum so dunkel, dass wir die Milchstraße sehen können. Seit einer geschlagenen Viertelstunde starre ich ihn an, während er ein Buch liest. Er hat eine gerade Nase und volle Lippen, die von seinem Bart völlig in den Schatten gestellt werden. Ich frage mich, ob er mir ohne diese Matte besser gefallen würde.

»Du, Liebling«, sage ich und rede ihn zum ersten Mal in meinem Leben mit einem Kosenamen an. Es fühlt sich so bitter und falsch auf meiner Zunge an, dass ich am liebsten spucken möchte, doch ich ziehe es durch. Dario hebt verwundert den Kopf und ist im ersten Moment irritiert, ob ich überhaupt ihn meine. Als er aber zu dem Entschluss kommt, dass es keine andere Möglichkeit gibt, sieht er mich neugierig an.

»Was denn, mein Schatz?«

»Würdest du dich für mich rasieren?«, frage ich ihn.

»Würde ich dir ohne Bart besser gefallen?« Überlegend streicht er durch den vollen, dunklen Bart, den sich so wohl viele Männer wünschen würden. »Sehe ich ohne dann nicht aus wie ein Milchbubi?«

»Du solltest es probieren. Ich glaube, du würdest mir ohne Bart mehr gefallen.«

Er lässt es sich nicht zweimal sagen, klappt sein Buch zu und steht auf. Dann hält er mir die Hand entgegen.

Ich sehe ihn fragend an.

»Komm, du hast die Ehre. Du möchtest, dass mein Bart fällt, also darfst du ihn auch rasieren.«

Zögerlich lege ich meine Hand in seine und lasse mir von ihm aufhelfen. Zusammen gehen wir in das große Bad und er schäumt sein Kinn ausgiebig ein. Anschließend nimmt er ein Rasiermesser aus dem Spiegelschrank und hält es mir entgegen.

»Bitteschön. Tu mir nicht weh.« Er zwinkert mir zu und hat keine Ahnung, wie angebracht diese Warnung ist, denn kaum hat er sich auf den Rand der Badewanne gesetzt und mir den Hals entgegengereckt, beginnen meine Finger zu zittern. Ich trete an ihn heran und atme tief ein. Noch nie war es so einfach und so einladend, ihn ein für alle Mal loszuwerden.

Nein, Curcio hat recht. Nach ihm wird nur ein noch üblerer Kerl kommen!

Also setze ich die Klinge an und ziehe sie langsam und vorsichtig über seine Haut. Nach und nach fallen die dicken, schwarzen Haare von ihm ab und zum Vorschein kommt die untere Hälfte seines wirklich ansehnlichen Gesichtes.

»Also ich finde, dass du ganz und gar nicht nach einem Milchbubi aussiehst«, sage ich und streiche mit den Fingerspitzen über seine glatte Haut. Ein kleiner Leberfleck befindet sich über seiner vollen Oberlippe, der vorher fast verborgen gewesen war.

Dario lächelt mich an, steht auf und fängt mein Handgelenk ein. Zart küsst er auf meine Fingerspitzen und ich unterdrücke den Impuls, sie von ihm wegzuziehen.

»Ich mag es, dass du heute so zahm bist«, säuselt er.

Ich presse meine Kiefer fest aufeinander und zwinge mich ebenfalls zu einem Lächeln. Gott, wie sehr ich mich selbst anwidere. Mich so zu verleugnen. Mich so zu verkaufen. Für was? Für was verdammt noch mal?

Nein, ruhig. Lass dich darauf ein. Sonst wird das nie was. Versuche es.

Zum Glück lässt Dario mich jedoch wieder los, dreht sich zum Spiegel, um sich zu betrachten und mit den Fingern über sein jetzt glattes Kinn zu reiben.

Es gefällt mir so wirklich besser. Trotzdem kann ich mich nicht dazu durchringen, dieses Gesicht zu mögen. Ich muss mir Zeit lassen, nach und nach die schlechten Erinnerungen gegen gute austauschen.

»Lass uns wieder rausgehen und noch ein wenig Wein trinken«, sage ich schließlich, um zu vermeiden, dass er jetzt mit mir ins Schlafzimmer verschwinden möchte.

»Okay, mein Schatz«, antwortet er zu meiner Erleichterung.

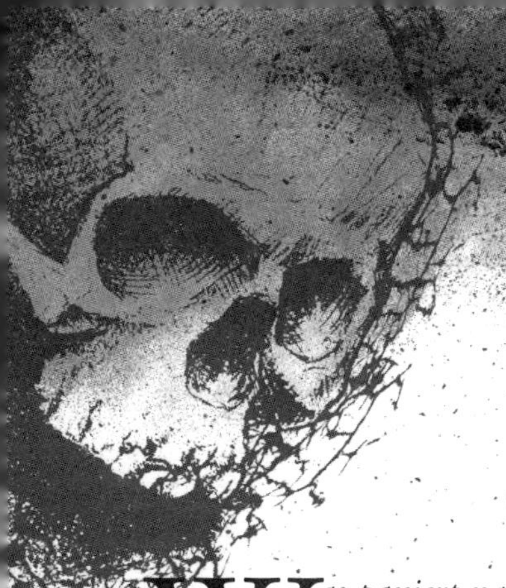

Kapitel 11

Grimm

Was passiert nach dem Tod? Wo gehen wir hin? Haben wir eine Seele, die eine neue Reise antritt oder ist dort einfach nur das unendliche Nichts? Es gibt kaum ein Thema, das mysteriöser und unerforschter ist als der Tod. Denn es ist kein Ort, an den man reisen und dann zurückkehren kann, um über seine Erfahrungen zu berichten. Zwar gibt es Menschen, die kurz tot waren und dann wiederbelebt wurden. Viele, die eine sogenannte Nahtoderfahrung hatten, berichten über Phänomene. Dass sie sich selbst gesehen haben zum Beispiel oder dass alles ganz hell und weiß war. Und jene Menschen, die kurz vor ihrem Tod stehen, behaupten oftmals, von ihren toten Verwandten und Freunden besucht zu werden. Was davon ist wirklich wahr und was sind nur die letzten Impulse unseres Gehirns, bevor wir in die unendliche Leere eintauchen? Ist der Tod ernüchternder, als wir glauben – oder kann es kein Zufall sein, dass sich schon die ältesten Kulturen der Menschheit so intensiv damit beschäftigten und an ein Leben danach glaubten? Fragen über Fragen und keine Antworten. Ich brenne darauf, endlich die Schwelle zu überschreiten und es herauszufinden. Noch nie war ich ihr so nah und das, obwohl ich ein gefährliches Leben führe, schon mitten in Explosionen stand und von Glassplittern gespickt wurde. Aber noch nie konnte ich diese eine Tür so deutlich sehen wie jetzt. Ich muss nur nach ihr greifen, sie öffnen und endlich herausfinden, was hinter ihr ist. Gehe ich oder bleibe ich noch ein wenig länger? Ich habe keine Angst, bloß grenzenlose Neugierde. Dennoch zögere ich, als ich meine Hand nach dieser Klinke ausstrecken will.

»Geh nicht, Onkel«, sagt die Stimme eines kleinen Jungen, der nach meiner Hand greift und sie mit seinen Fingerchen fest umschließt. Als ich zu ihm hinabsehe, schaue ich in ausdruckslose, aber wunderschöne türkise Augen.

»Was denn, Kilian?«, frage ich ihn.

»Du bist der einzige, der mich versteht, du darfst mich nicht allein lassen. Papa, er ist so oft wütend auf mich. Bitte, du musst mir sagen, was ich tun soll!« Er zieht verzweifelt an meiner Hand. »Bitte, Onkel. Sag mir, wie ich normal sein kann. Ich will normal sein, so wie die anderen auch!«

Ach, Junge. Da fragst du den Falschen. Wie das mit dem Normalsein geht, habe ich nie verstanden, aber auch noch nie den Drang gehabt, es sein zu wollen.

»Grimm, echt jetzt, du willst abhauen?« Ich wende mich zu der anderen Stimme um, die tief und erwachsen klingt. Dort stehen Seth, der Vater von Kilian und mein Freund, sowie Ace, mein Chef. Beide haben die Arme verschränkt und sehen mich tadelnd an.

»Warum nicht?«, stelle ich die Gegenfrage. Aber sie wird von einer anderen Person beantwortet. Es ist eine kleine Frau mit rosafarbenen Haaren, die jetzt zu mir spricht. Kiki, die Mutter von Kilian und eine gute Freundin.

»Weil wir dich vermissen würden, Grimm!«

Sie läuft auf mich zu und umarmt mich fest.

Verdammt. Es gibt Menschen, die mir etwas bedeuten. Hier, im Leben. Aber auch auf der anderen Seite.

»Sie verstehen dich bloß nicht, Grimm«, ist es eine weitere Stimme, die meine Aufmerksamkeit auf sich zieht. Jemand tritt aus der Tür, die ich so gerne überschreiten will. Er lächelt und lässt spielerisch ein Messer auf- und zuklappen. »Aber ich verstehe dich. Deine Neugierde. Also, ich für meinen Teil bereue es nicht, meine gestillt zu haben …«

Was soll ich tun? Wohin soll ich gehen? Mein Innerstes zieht mich zu der Tür, die mich so lockt. Ja.

»Es tut mir leid«, sage ich und sehe noch einmal zu meinen Freunden zurück, die mich im Leben behalten wollen. Dann hebe ich meine Hand an, lege sie an die Klinke, drücke sie hinab und ziehe die Tür auf.

»Grimm! Hilfe! Rette mich!« Eine weibliche Stimme zerreißt die stillstehende Luft um mich. Ich kenne sie ...

Ich rette keine Leben – ich nehme sie.

»Grimm, bitte ... Befrei mich!«

Verdammt.

»Schnell! Er wacht auf!«

Als ich meine schweren Lider öffne, sticht das grelle Licht, das vom Fenster hereinscheint wie Nadeln in meinem Kopf. Schnell kneife ich meine Augen zu und höre mich stöhnen. Leute wuseln um mich herum. Leuchten mir in die Augen, messen meine Körpertemperatur und reden auf mich ein.

»Verdammt, verzieht euch«, presse ich hervor und habe keine Ahnung, ob mein Gefasel verständlich war. Aber irgendwann lassen sie mich in Frieden und ich kann mich darauf konzentrieren, wach zu werden.

Mir ist schlecht, mein Körper fühlt sich taub an. Als wären meine Arme und Beine bleischwer. Meine Lunge sticht bei jedem Einatmen und generell fühle ich mich einfach beschissen. Als wäre all meine Kraft aus mir herausgesaugt worden.

Ich will mich aufsetzen, falle jedoch kraftlos zurück und merke stattdessen, wie ein Lächeln an meinen Mundwinkeln zupft.

Sie hat mich ganz schön außer Gefecht gesetzt. Es beeindruckt mich, mit welcher tödlichen Intension sie agiert hat.

Alsbald drifte ich wieder weg in einen Dämmerzustand, der von dem Piepsen der intensivmedizinischen Überwachung begleitet wird.

Von Tag zu Tag werde ich klarer und die wenigen Stunden am Tag, die ich Besuch empfangen darf, werden von meinen Freunden abwechselnd ausgefüllt.

Irgendwann habe ich keine Erinnerungslücken mehr zwischen meinen Wachphasen und heute ist es Seth, der mich besucht. Ich kenne ihn schon lange. Seit siebzehn Jahren, um genau zu sein. Wenn wir zwei beisammen sind, schweigen wir zumeist in Einvernehmen. Denn weder er noch ich sind Männer der großen Worte.

Auch jetzt sitzt er mit verschränkten Armen an meinem Bett und schaut aus dem Fenster. Mir macht es nichts. Es ist anstrengend genug, wenn seine Frau oder Ace hier sind und mich volllabern.

»Seth«, spreche ich ihn jedoch irgendwann an und er dreht seinen Kopf mit einem fragenden »Mh?« zu mir.

»Was für ein Gift war es?«, will ich wissen.

»Rizin«, antwortet er. »Du hattest echt Glück. Zwischenzeitlich dachten wir, dass wir dich verlieren.«

»Rizin.« Ich lasse mir dieses Wort auf der Zunge zergehen. Das Gift aus den Samen des Wunderbaumes. Wirkt bei subkutaner Aufnahme schon in sehr geringen Dosen letal. Es war schlau, ausgerechnet dieses Gift zu wählen, denn dafür ist noch kein Antidot bekannt. Die Ärzte konnten also nichts weiter tun, als mein Organversagen hinauszuzögern und die Selbstheilungskräfte meines Körpers zu unterstützen. Mein Tod war bei der Dosis so gut wie sicher.

»Wer hat dir das angetan, Grimm?«, will Seth wissen. Ich höre den Zorn aus seiner Stimme heraus.

»Lucia«, antworte ich und da Seth mich im ersten Moment verwirrt ansieht, ergänze ich: »Die Tochter von Jovan Angelo.«

»Ach ja«, erinnert er sich und blickt mich mit seinen fast schwarzen Augen durchbohrend an. »Das Mädchen, was du damals nicht getötet hast und was dann diesen miesen Bastard Dario heiraten musste.«

Mein Kiefer spannt sich an.

»Genau die.«

»Du verschonst ihr verschissenes Leben und sie kommt hierher, um dich zu töten? Wieso? Das macht doch keinen Sinn! Sollte sie dir nicht dankbar sein?« Er ist wütend. Wütend, weil ich damals meinen Auftrag versaut habe und weil sie in seinen Augen undankbar sein muss.

»Keine Ahnung. Sie war wütend auf mich. Aber sie hat keinen Grund genannt.«

»Denkst du, sie kommt zurück?«

Ich zucke die Schultern. »Wenn sie erfährt, dass ich überlebt habe, mit Sicherheit. Sie war sehr entschlossen.«

»Was wirst du jetzt tun? Sie jagen? Dich rächen oder einfach vermeiden, dass sie von deinem Überleben erfährt?«

Ich schließe meine Lider und erinnere mich an sie. An den Ausdruck in ihren leblosen Augen, der mich davon abhält, sie mit Freuden töten zu können, und ihr Geschmack auf meiner Zunge. Sofort beschleunigt sich mein Puls und in mir wächst das Verlangen, mehr davon zu haben.

»Ich darf Ace' Handelsbeziehung zu Dario nicht gefährden«, erkläre ich nach einiger Zeit leise.

»Das würdest du nur, wenn dich jemand entdecken würde. Du könntest es genauso gut wie einen Unfall oder besser noch: einen Selbstmord aussehen lassen. Immerhin ist es nicht unwahrscheinlich, dass ein Mädchen, das seine ganze Familie verloren hat und zwangsverheiratet wurde, sich umbringt.«

»Mh«, antworte ich bloß.

»Willst du so unbedingt sterben, Lucia?«

»Das fragst du?«

Sie hat es klingen lassen wie eine Selbstverständlichkeit. Als wäre es logisch, dass sie sterben will. Und nach dem, was Seth sagt, verstehe ich allmählich, warum.

Du leidest, Lucia, oder? Du leidest Höllenqualen und du wünschst dir, ich würde dich erlösen. Deswegen hast du nach mir gerufen. Du warst da, als ich sterben wollte. Hast mich abgehalten. Du hast mich getötet und mich wiederauferstehen lassen.

Kapitel 12

Lucia

Es liegt gar nicht an ihm. Es liegt an mir. Das muss ich einsehen, nachdem ich seit Tagen versuche, mich auf meinen Mann einzulassen. Ich denke nicht an das, was er mir angetan hat. Ich verdränge all die Grausamkeiten und konzentriere mich auf das Hier und Jetzt, das, wie Curcio mir vor Augen geführt hat, ja gar nicht so schrecklich ist. Und obwohl Dario wirklich süß zu mir ist, will sich in meiner Brust nichts regen. Wenn ich ihn ansehe, dann spüre ich einfach *nichts*. Wenn er mich berührt, dann schafft er es weder mein Herz hüpfen noch mein Geschlecht feucht werden zu lassen.

Heute war ein besonders heißer Tag und mein Mann war der Geschäfte wegen unterwegs. Als er am Abend nach Hause kommt, empfange ich ihn mit selbstgemachter Limonade mit Eiswürfeln und einem Teller geschnittenem Obst.

Er ist zunächst verwundert und beäugt die Limonade misstrauisch.

Ich muss schmunzeln und sage: »Keine Sorge, Schatz. Die ist nicht vergiftet.«

»Das habe ich auch nicht gedacht«, antwortet er, aber ich weiß es besser. Und er hat Recht damit, mir nicht zu vertrauen. Unsere Ehe ist nicht einvernehmlich und er weiß, dass ich über Leichen gehe. Dennoch trinkt er nun an dem Strohhalm und isst ein paar der Trauben.

»War es sehr anstrengend?«, säusele ich und als er sich auf einen der ledernen Sessel im Wohnbereich fallen lässt, stelle ich mich hinter ihn und massiere seine Schultern. Eine Weile lässt er mich machen, ohne mir zu antworten. Doch dann plötzlich hält er meine Hände fest. Dario steht auf, sieht mir mit schmalem Blick in die Augen.

»Was ist los mit dir, Lucia?«, fragt er. »Die letzten Wochen verhältst du dich merkwürdig. Versteh mich nicht falsch, es ist toll, dass du so sanft bist. Aber ich kenne es nicht von dir. Planst du etwas? Willst du etwas?«

»Ist es nicht das, was du immer wolltest, Dario? Dass ich einfach nur das süße Frauchen bin, das du dann und wann vorzeigen kannst und das sonst einfach hier auf deine Rückkehr wartet?« Ich klinge bissiger, als ich beabsichtige.

»Aber das ist nicht das, was du bist«, entgegnet er weiterhin misstrauisch.

»Es ist aber das, was ich zu sein *versuche.*«

»Lucia«, beginnt er und streicht mit seinem Daumen über meinen Handrücken, »ich will nicht, dass du dich für mich verbiegst.«

Ach nein? Da erinnere ich mich aber an andere Zeiten.

»Was willst du denn dann?«

»Dass du mich liebst. Dass du mich so liebst, wie ich dich liebe.« Er zieht meine Hände näher zu sich und drückt sie auf seine Brust. »Alles andere ist zweitrangig. Ob du mir eine Limonade machst oder mich massierst, ist mir nicht wichtig. Was ich sehen will, ist ein Lächeln auf deinen Lippen, wenn ich nach Hause komme.«

Scheiße. Ich sollte mich über seine Worte freuen und gerührt sein. Aber in mir herrscht weiterhin diese gähnende Leere, die ich mit aller Macht zu vertreiben versuche. Seinem Blick ausweichend, schaue ich hinab auf unsere Hände.

»Gib mir etwas Zeit, Dario. Ich will es versuchen. Ich will mich in dich verlieben«, flüstere ich. Diese Worte auszusprechen, lösen in mir den Wunsch aus, mir selbst die Zunge herauszuschneiden. Ich hasse mich dafür, dass ich mich selbst verleugne. Dass ich mich in eine Form presse, in die ich nicht passe. Dass ich Gefühle finden muss, die ich in meinem Inneren gar nicht finden *will*.

Dario nickt langsam, hält meine Hände weiterhin in seinen und ein leichtes Lächeln erscheint auf seinen vollen Lippen.

»Alle Zeit, die du brauchst, meine Liebe. Wie soll ich mich verhalten? Wie kann ich dir helfen?«

»Bitte zwing mich zu nichts. Nicht zum Sex, nicht zum Kuscheln ... lass mich auf dich zukommen.«

»Okay, wie du möchtest. Auch wenn es mir schwer fallen wird. Du bist so verdammt verführerisch, Lucia ...«

Ich ziehe meine Hände aus seinen und lege sie stattdessen auf seine Schultern, trete noch einen Schritt näher an ihn heran. Jetzt spüre ich die Hitze seiner Haut sogar durch unsere Kleidung hindurch. Langsam stelle ich mich auf die Zehenspitzen und nähere mich ihm. Kurz bevor meine Lippen auf seine treffen, schließe ich meine Augen.

Er hält sein Versprechen und wartet einfach ab, lässt mich machen. In meiner Geschwindigkeit und in meiner Intensität. Seine Lippen sind weich und schmecken süß nach den Trauben, die er geben gegessen hat. Vorsichtig erkunde ich sie mit meinen. Streiche darüber und horche in mein Inneres. Befehle mir, etwas zu fühlen. Etwas Gutes.

Nein. Es geht nicht. Da ist nichts. Und ich kann mich auch nicht dazu durchringen, mir überhaupt zu wünschen, dass da etwas wäre. Ich lasse von Dario ab und weiche seinem fragenden und hoffnungsvollen Blick aus.

»Ich denke, das war ein guter Anfang«, lüge ich. »Aber jetzt würde ich gerne ein wenig spazieren gehen.«

»Soll ich dich begleiten?«, fragt er mich, aber ich schüttele verneinend den Kopf.

»Ich nehme die Hunde mit.« Mit diesen Worten wende ich mich um und flüchte vor Dario aus der Villa.

Als ich später am Abend zurückkehre, ist mein Mann bereits ins Bett gegangen. Friedlich schlafend liegt er in den weißen Laken und ich lege mich neben ihn. Ich betrachte sein entspanntes Gesicht und falte meine Hände zum Gebet.

Was soll ich tun, Mama? Du hast Vater auch nicht von Anfang an gewollt und doch hast du es geschafft, ihn irgendwann zu lieben. Glücklich zu sein mit ihm. Gib mir die Kraft und hilf mir, endlich Gefühle zu finden!

Irgendwie muss ich es schaffen. Aufhören, das alles aus Stolz von mir zu schieben. Ich kann nicht von hier weg, kann ihn nicht loswerden. Alles, was ich tun kann, um meine eigenen Qualen zu beenden, ist, mich hierauf einzulassen. Zu vergessen und einen Neuanfang zu starten. Nachdem ich ihn getötet habe, sollte es möglich sein. Ich habe den Tod meiner Familie gerächt. Es wird Zeit, dass ich Frieden finde. Es wird dauern, aber ich kann es schaffen!

Nachdem ich Dario noch einige Zeit betrachtet habe, schließe ich meine Augen und falle alsbald in einen leichten Schlaf.

Kapitel 13

Lucia

Ich schlage meine Augen auf und stelle fest, dass es noch dunkel im Zimmer ist. Einzig das Licht des Mondes fällt durch das geöffnete Fenster hinein. Der LED-Wecker auf meinem Nachttisch zeigt an, dass es kurz nach drei ist. Mein Blick wandert zu Dario, welcher noch ruhig schläft.

Sachte und vorsichtig, um ihn nicht zu wecken, schleiche ich mich aus dem Bett und wickele den Seidenmantel um mich. Auf leisen Sohlen tapse ich in Richtung des Badezimmers, um auf Toilette zu gehen.

Als ich zurück zum Bett kehren will, legen sich plötzlich Finger um mein Handgelenk. Bevor ich erschrocken aufschreien kann, schiebt sich eine große Hand vor meinen Mund. Mit weit aufgerissenen Augen werde ich zur Seite gezerrt, in den kleinen, dunklen Flur vor unserem Schlafzimmer. Es dauert einen Moment, bis ich den Schock von mir abschütteln kann, und mich an all die Lektionen erinnere, die ich mit Xavier durch habe. Schon schiebe ich meine Hand unter dem Arm des Angreifers hindurch, um ihn von mir zu entfernen. Als ich bemerke, dass dieser über und über mit dem Tattoo eines Skeletts bedeckt ist, bleibt mein Herz stehen.

Nein. Das muss ein Scherz sein. Ein schlechter Scherz. Wieder spielt mein Verstand mir Streiche. Eine andere Erklärung gibt es nicht. *Kann* es nicht geben!

Mitten in der Bewegung erstarre ich und halte wie gelähmt inne.

»Lucia«, haucht diese tiefe, unverwechselbare Stimme leise in mein Ohr, »still!«

Ich rühre mich nicht, atme hektisch durch meine Nase ein und aus und wage es nicht zu blinzeln. Er ist hier, um mich zu töten. Wie auch immer er das Gift überlebt hat – jetzt will er Rache. Natürlich. Ich kann es ihm nicht einmal verübeln, denn ich würde sie ganz genauso wollen. Wie ironisch. Damit haben sich meine Sorgen nun von ganz allein erledigt. Ich muss mich nicht in die Form dieses Lebens pressen, muss nicht abhauen und muss auch keinen Selbstmord begehen. Wer sich auf einen Tanz mit dem Tod einlässt, braucht sich nicht wundern, wenn er im Grab landet.

Langsam schließe ich meine Augen, entspanne mich in seinem Griff. Sein einer Arm ist um meine Brust geschlungen, der andere drückt mir die Hand weiterhin auf den Mund. Mein Rücken wird fest gegen seinen Bauch gepresst und ich spüre, wie sich seine Muskeln bewegen. Der sanfte Hauch von Zitrus und Holz, der an ihm haftet, hüllt mich ebenso ein wie seine Nähe.

Meine Arme fallen schlaff an meinem Körper hinab und ich erlaube es mir, meinen Kopf nach hinten zu lehnen, sodass er gegen seine Schulter stößt. Warmer Atem streift meinen Hals, gleitet über mein Schlüsselbein tiefer und lässt die Härchen an meinen Armen sich aufrichten.

Hier bin ich. In der Umarmung des Todes. Lasse mich fallen. Höre auf zu kämpfen. Ich gebe auf.

Hörst du es, Leben? Ich gebe auf.

Langsam zieht er seine Hand von meinem Mund, lässt sie tiefer wandern. Seine Fingerkuppen gleiten über meine Kehle. Dorthin, wo die Wunde war, die er mir zugefügt hat. Jetzt ist dort nichts anderes mehr, als eine dünne, verblasste Narbe. Er erfühlt sie mit seinem Daumen.

Meine Lippen werden trocken und ich schlucke schwer, als sich seine Hand um meinen Hals legt. Er drückt jedoch nicht fest zu, sondern nur so weit, dass ein aufgeregtes Kribbeln durch meine Brust schießt. Verdammt. Er macht es ganz schön spannend. Wie wird er mich töten? Erwürgen? Erstechen? Wenn er wirklich Rache will, dann wird er sich etwas Grausames einfallen lassen haben und mich langsam über die Schwelle zerren. Aber ich spüre weder eine Klinge, noch etwas anderes, das mir Schaden zufügt. Nur sein Griff, der mich festhält, das Heben und Senken seines Brustkorbes, ja sogar das Schlagen seines Herzens.

»Willst du mich nicht endlich töten?«, hauche ich leise in die Dunkelheit hinein. Diese Ungewissheit halte ich nicht länger aus.

»Nein.« Dieses simple, aber bestimmte Wort, lässt meine Hoffnungen zerbrechen. Ich kann dieses »Nein« nicht glauben. Aus welchem Grund sollte er sonst hier sein?!

»Warum bist du dann hier?«, zische ich und spüre, wie sich die Verzweiflung bitter meinen Hals hinaufkämpft. Will er mich verarschen? Ich verstehe es nicht, verstehe ihn nicht. Und mich selbst verstehe ich noch viel weniger. Wieso ist mir nach Heulen zumute, nur weil er sagt, dass er mich nicht töten wird? Sollte ich mich nicht freuen? Sollte ich nicht die Zeit nutzen, mich umzudrehen und versuchen, ihn meinerseits zu erledigen? Zorn über mich selbst keimt in mir auf. Ich habe versagt. Er lebt. Er hat es verdammt noch mal überlebt! Mitgerissen von dem Sturm der Verzweiflung, wirbele ich in seinen Armen herum. Voller Feindseligkeit starre ich in seine grünen Augen, in denen nur ein schwacher Glanz von dem Mondlicht zu erkennen ist, das aus dem Schlafzimmer hierher fällt.

»Wieso hast du überlebt, du Mistkerl?! Konntest du nicht einfach sterben?«, fauche ich ihm entgegen. Sein Blick bohrt sich in meinen. Er ist so nah, so dicht vor mir, dass sich unsere Nasenspitzen beinahe berühren, und noch immer sind seine Arme um mich geschlossen. Ich dagegen fasse nun wütend in den Stoff über seiner Brust, will ihn rütteln und auf ihn einschlagen. Alles, was ich jedoch tue, ist, ihn mit meinem Blick zu durchbohren.

»Wegen dir.« Die Worte gleichen einem Stoß vor meinen Kopf.

Mir entgleist mein Gesicht und ich fühle, wie sich meine Rage in Verwirrung verwandelt.

»Was soll das bedeuten?«

»Ich weiß nicht. Sag du es mir, Lucia.« Seine grünen Iriden tanzen über mein Gesicht, betrachten mich so intensiv, dass mir heiß wird. Vor allem, als sie, wie schon in seinem Zimmer, an meinen Lippen hängen bleiben. Seine Hand, die inzwischen auf meinem Rücken liegt, zieht mich näher zu sich. Mein Herz macht einen Sprung und scheint plötzlich in meinem Hals zu sitzen. Das brennende Feuer des Hasses in meinem Inneren wird von seiner Näher regelrecht erstickt und meine Beine werden mit jeder Sekunde, die wir uns gegenüberstehen, weicher.

Wieso? Wieso lässt mich dieser Mann, den ich mehr als alles andere auf der Welt verabscheue und tot sehen möchte, so vieles fühlen? Wieso kann ausgerechnet er die Leere in meinem Inneren mit so viel Gefühl füllen?

»Ich werde dich töten. Wenn du mich jetzt nicht umbringst, sei dir gewiss, dass ich dich kriege«, verspreche ich ihm leise.

Plötzlich legt er eine seiner Hände an meine Wange und streicht mir mit seinem Daumen über die Unterlippe. Sein faszinierter Blick verharrt dabei auf meinen Augen.

Ohne, dass ich es beeinflussen kann, öffnet sich mein Mund einen Spalt breit. Ein Prickeln benetzt meine Lippen und mein

Atem stockt. Irgendetwas in mir zieht mich noch näher zu ihm hin. Aber dann geht das Licht im Schlafzimmer an. Für einen Moment werden seine grünen Augen erhellt, seine Pupillen ziehen sich zusammen und er stößt mich von sich.

»Ich komme wieder«, verspricht er mir, bevor er sich abwendet und in dem dunklen Flur verschwindet. Ich könnte ihm hinterherlaufen. Könnte die Wachen rufen. Mit Sicherheit würden sie ihn für mich fangen und ich könnte ihn in den Keller sperren lassen. Dort würde er nur mir gehören. Tagelang könnte ich ihn foltern und langsam hinrichten. Der Gedanke lässt mich tief durchatmen.

Ich rufe nicht und bewege mich auch nicht. Stattdessen blicke ich in die Finsternis hinein, in der er verschwunden ist und muss feststellen, dass mein Herz aufgeregt rast.

Er sagte, er würde wiederkommen. Wann? Warum? Ich frage mich, was er vorhat. Und wie ich ihm zuvorkommen könnte.

Nur weil er merkwürdige Gefühle in mir auslöst, bedeutet das noch lange nicht, dass ich ihn nicht mehr hasse oder mein versäumtes Vorhaben nicht nachholen möchte. Dennoch kann ich nicht leugnen, dass ich mich plötzlich merkwürdig glücklich fühle.

Du willst Katz und Maus spielen, Grimm? Darin bin ich gut. Warte es nur ab!

»Schatz?«, ruft Dario aus dem Schlafzimmer. »Wo bist du? Ist alles in Ordnung?«

Ich blinzele, atme tief ein und versuche, meinen Puls zu beruhigen. Dann drehe ich mich um und eile zurück ins Schlafzimmer.

»Ja, tut mir leid«, sage ich, als ich zurück ins Bett krieche. »Ich war nur auf Klo und konnte dann nicht mehr schlafen.«

»Kein Problem, versuch es einfach noch ein bisschen«, murmelt Dario müde, knipst das Licht wieder aus und zieht mich in seinen Arm.

In dieser Nacht schließe ich meine Augen nicht mehr. Zum einen, weil ich befürchte, dass er jeden Moment zurückkommen könnte, und zum anderen, weil mich genau dieser Gedanke merkwürdig belebt. Plötzlich gibt er meinem Leben wieder einen Sinn. Er gibt mir den Wunsch nach Rache zurück, der mich die letzten Jahre am Atmen gehalten hat. Selbst wenn es bedeutet, wieder bei null anzufangen. So ist es doch besser, sich darauf zu konzentrieren, als auf die Sinnlosigkeit meiner restlichen Existenz.

Kapitel 14

Lucia

Er lebt. Er lebt verdammt noch mal. Am nächsten Morgen mache ich mich fertig, um zu joggen. Nachdem ich dachte, ich hätte meinen Plan endlich in die Tat umgesetzt, nachdem ich dachte, Grimm sei tot, habe ich mein Training gestoppt. Da ich nicht vorhatte, noch weitere Morde zu begehen, gab es für mich keinen Grund mehr, damit fortzufahren. Aber jetzt muss ich zusehen, dass ich in Form bleibe. Ich muss mich gegen ihn wappnen, ihm ebenbürtig sein und vor allem alle Möglichkeiten durchdenken. Zu meinem eigenen Schutz laufe ich meine Kreise nur auf unserem Gelände. Alien und Predator eilen mir hinterher und nutzen meinen Sport für eine kleine Tobestunde. Aber ich laufe nicht nur, weil ich fit bleiben will, sondern auch, um meine Gedanken zu sortieren. Meine Gefühle auszubremsen. Erst als meine Lunge brennt und krampft und ich kurz davor bin, mich zu übergeben, lasse ich meinen Lauf langsam abklingen. Noch ein paar Schritte gehe ich, bis ich meine Hände auf meinen Knien abstütze. Vornübergebeugt tropft mir der Schweiß von der Stirn.

Ich lobe die beiden Dobermänner, mit sanften Worten, und nachdem ich zu Atem gekommen bin, gehe ich noch ein paar Schritte, bevor ich die Villa ansteuere. Von den Stühlen auf der Veranda nehme ich mir mein Handtuch und wische mir mein Gesicht und meinen Nacken trocken.

Dann gehe ich hoch ins große Bad und dusche mich ab. Das kühle Wasser erfrischt mich, fühlt sich gut an auf meiner glühenden Haut. Doch kaum schließe ich meine Augen, um es zu genießen, flackert dieses Bild in meinem Geiste auf. Dieses Gesicht, das einem Skelettschädel gleicht, mit den schwarzen Augenhöhlen, in denen diese Smaragde so verführerisch glänzen. Ich schüttele meinen Kopf, um dieses Bild loszuwerden. Aber es will mir nicht gelingen. Zu genau sehe ich ihn noch vor mir stehen, spüre noch seinen Atem auf meiner Haut, seine Hand an meinem Hals und fuck – seinen Finger auf meinen Lippen.

Wie von selbst wandert meine Hand meinen nassen Körper hinab, zwischen meinen Brüsten entlang, über den Bauch weiter nach unten. Als meine Fingerspitzen zwischen meine Hügel gleiten, schnappe ich nach Luft. Denn es fühlt sich nicht taub und tot an, sondern pocht und brennt voller Begierde. Meine Brustwarzen werden hart und ich spüre regelrecht, wie meine Öffnung immer feuchter wird. Mit jeder Sekunde, die ich an ihn denke, in der ich mir seinen dunklen Blick auf mir vorstelle, wird meine Lust stärker. Unaufhaltsamer. Schließlich tauche ich mit einem Finger in mich ein, weil ich es nicht aushalte. Stelle mir dabei vor, er wäre hier – hier bei mir. Würde mich halten. Mich einfach nur ansehen, während ich es mir selbst mache.

»Fuck«, flüstre ich, lehne meine Stirn gegen die Duschwand, nehme nun auch die zweite Hand zur Hilfe. Mit einem Finger dehne ich meine Öffnung und mit der anderen Hand reibe ich meine Perle. Heiße Wellen pulsieren durch meinen Unterleib. Stoßweise verlässt mein Atem meine Lunge. Und dabei ist er in meiner Vorstellung all die Zeit bei mir. Sieht mich an. Sieht mir einfach nur mit diesem unergründlichen, begierigen Blick ins Gesicht. Er. Der eine Mann, der mein Leben zerstört hat. Der für den Tod meiner Eltern verantwortlich ist. Er, den ich verdammt noch mal hasse!

»Scheiße!«, fluche ich, ziehe meine Hände von mir weg, als hätte ich mich verbrannt und schlage mit der Unterseite meiner Faust gegen die Duschwand.

Ich wünschte, ich könnte Erlösung finden. Ich wünschte mir nur einmal, das zu erleben, wovon alle Welt schwärmt. Aber verdammt noch mal nicht SO! Nicht durch *ihn*! Bin ich jetzt völlig von Sinnen?! Das wäre ja noch schlimmer, als wenn Dario der Grund dafür wäre.

Schnell springe ich aus der Dusche heraus, wickele das Handtuch um mich und trockne mich eilig ab. Dann ziehe ich mich an.

Als ich aus dem Bad und dem Schlafzimmer stürme, laufe ich Curcio in die Arme, welcher mich regelrecht an den Schultern auffängt.

»Vorsicht! Rechts vor links!«, sagt er und betrachtet mich dann von oben bis unten. Meine Haare sind noch nass.

»Was tust du hier?«, frage ich verblüfft.

»Ich sollte dich suchen. Dario möchte mit dir sprechen.«

Irritiert kräusele ich meine Stirn, nicke aber.

»Okay. Wo ist er?«

»In seinem Arbeitszimmer.«

Ich presse meine Kiefer fest aufeinander. Dieses Arbeitszimmer. Es ist das Zimmer, in dem meine Eltern gestorben sind. Er hat es einfach renovieren lassen und den mit Blut vollgesogenen Perserteppich weggeworfen. Dario war damals der Meinung, es wäre sonst ein Zeichen der Schwäche, dieses Zimmer zu meiden.

Ich bin der Ansicht, es wäre ein Zeichen des Respekts gewesen. Aber gut. In dieser Beziehung habe ich nicht viel zu sagen, vor allem damals nicht.

Draußen höre ich das Dröhnen von einem Helikopter, als ich mich auf den Weg zu meinem Ehemann mache. Vor dem

Büro bleibe ich einen Moment stehen und bereite mich seelisch darauf vor, *diesen* Ort zu betreten. Mit Mühe ringe ich mir ein Lächeln auf meine Lippen, ehe ich die Hand an die Klinke lege und eintrete.

Dario steht hinter dem Schreibtisch, hat die Hand auf einige Unterlagen gelegt und sieht auf, als er mich bemerkt. Seine Mundwinkel zucken zu einem Lächeln hinauf.

»Komm her, meine Liebe«, sagt er und ich gehorche widerwillig, weil ich nicht weiß, was er von mir will.

»Ich hoffe, Curcio hat dich nicht aus der Dusche gescheucht.« Er nimmt eine meiner langen, nassen Strähnen zwischen zwei Finger, als ich vor ihm stehen bleibe.

»Nein, ich war gerade fertig. Du wolltest mich sprechen?«

»Ich werde für ein paar Tage unterwegs sein. Der Hubschrauber macht sich gerade startklar. Daher wollte ich mich von dir verabschieden.« Seine Hand wandert langsam an meinen Hinterkopf und drückt mich näher zu sich.

Nach kurzem Zögern gebe ich meinen Widerstand auf und komme ihm entgegen, um ihn zu küssen.

»Ist es etwas Gefährliches?« Ich kann die Hoffnung nicht ganz aus mir verbannen. Vielleicht kehrt er ja nie wieder, das wär's doch!

Nein. Curcio sagte ja bereits, dass dann einfach der nächste Idiot Anspruch erheben würde.

Es ist zum Verzweifeln. Auf der einen Seite weiß ich, dass ich Dario akzeptieren sollte, und ich versuche es ja auch. Doch gegen meinen Willen schalten sich diese ablehnenden Gefühle und Gedanken ein.

»Es ist eher eine diplomatische Mission. Im Süden gibt es einige Handelsrouten, wo ein paar einflussreiche Leute bestochen werden müssen. Ganz ungefährlich ist es natürlich nie. Aber mach dir keine Sorgen, Liebling.«

Mach ich ganz sicher nicht.

»Okay. Dann ... wann geht es los?«

»Jetzt. Sei artig, während ich weg bin.« Er lächelt und küsst mich abermals, bevor er seinen Aktenkoffer nimmt und seine Krawatte zurechtrückt. Unter dem weißen Kragen seines Hemdes schauen die Linien seines Tattoos hervor. Egal, wie er sich anzieht. Dario umgibt stets diese kriminelle Aura.

Ich bleibe im Büro stehen, verschränke meine Arme und sehe ihm hinterher, wie er aus dem Raum geht. Tief einatmend sehe ich mich um, nachdem die Tür zugefallen ist. Durch meine Adern kriecht eine Kälte, die mich erschauern lässt, während ich auf die Stelle am Boden starre, wo meine Eltern gelegen haben. Es ist sechs Jahre her und doch fühlt es sich an, als wäre es gestern gewesen. Aber abgesehen von dieser Kälte fühle ich nichts. Als würde sich alles in mir vor diesem Trauma verschließen.

Vor diesem Trauma, das er mir zugefügt hat.

Meine Gedanken werden von diesen jadegrünen Augen heimgesucht. Fest bohre ich meine Fingernägel in meine Oberarme und versuche, durch den Schmerz das Feuer des Hasses in mir zu schüren, welches so viel angenehmer ist als diese unerträgliche Leere.

Nach einigen Momenten höre ich draußen, wie der Helikopter abhebt, und ich weiß, dass ich mich die nächsten Tage nicht für meinen Mann verbiegen muss. Kaum ist er weg, fühle ich mich wie von schweren Eisenketten befreit. Gleichzeitig ist es aber auch denkbar ungünstig. Denn irgendwo da draußen ist Grimm, der mir versprochen hat, wiederzukommen. Jetzt, da Dario weg ist, fühle ich mich schutzlos.

Nein, Lucia! Du kannst auf dich selbst aufpassen!

Nicht umsonst habe ich die letzten sechs Jahre das Kämpfen und Schießen gelernt. Nicht umsonst war ich in der Lage, ihn zu überwältigen und zu vergiften. Ich sollte nicht solche Selbstzweifel haben. Und erst recht keine Angst. Ich muss ihn einfach kriegen, bevor er mich kriegen kann. Nicht die Beute sein, sondern der Jäger.

Also straffe ich meine Schultern und verlasse den Raum, um Curcio zu ein paar Schießübungen zu zwingen und meine Gedanken frei zu kriegen.

Ich brauche einen klaren Kopf – und einen Plan.

Kapitel 15

Lucia

Als es Abend wird, bin ich mir beinahe sicher, dass er sich die Chance nicht entgehen lassen wird, die Abwesenheit meines Mannes direkt heute auszunutzen. Nicht, dass Dario ihn je abgehalten hätte. Diese Villa, in der wir leben, ist eine Festung. In den letzten Jahren wurden hohe Zäune errichtet, das Überwachungssystem erneuert, Drohnen für die Luftraumsicherung angeschafft und fast jeder staatliche Angestellte im gesamten Umkreis steht auf unserer Gehaltsliste. Dennoch ist mein Erzfeind hier hereinspaziert, als stünden die Türen für ihn offen. Darios Abwesenheit gleicht einer goldenen Einladungskarte.

Er will mich nicht töten – scheint sich regelrecht zu weigern. Also brauche ich mich nicht mal fürchten. Ich habe zwar keine Ahnung, welche Absichten er verfolgt, doch das werde ich noch herausfinden.

Meine eigenen Absichten dagegen kenne ich sehr genau: Er muss sterben.

Und ich werde nicht ein zweites Mal versagen.

Im Gegensatz zu sonst trage zum Schlafen ganz sicher kein Negligé, sondern ein T-Shirt und Shorts. So fühle ich mich wohler und agiler. Zudem habe ich kein Interesse daran, meinen Feind noch einmal verführen zu wollen, da dieser Schuss beim letzten Mal mächtig nach hinten losgegangen ist.

Nachdem ich mich bettfertig gemacht habe, steige ich langsam in die weißen Laken und schalte die noch brennende Nachttischlampe aus. Das Fenster habe ich geschlossen, denn zu einfach will ich es ihm nicht machen. Den wachhabenden Männern habe ich dennoch nicht Bescheid gesagt. Denn ich will, dass er zu mir kommt.

Da liege ich nun, die dünne Bettdecke bis zum Kinn nach oben gezogen und starre mit offenen Augen vor mich hin. Mein Herz schlägt laut gegen meine Rippen, sodass ich befürchte, verräterische Geräusche zu überhören.

Wann wird er kommen?

Werde ich ihn bemerken?

Werde ich mein Vorhaben umsetzen können?

Meine Gedanken rasen mindestens genauso laut wie mein Puls und ich spüre, wie meine Handflächen feucht werden. An Schlaf ist nicht zu denken. Die Zeit vergeht unendlich zäh. Jede Sekunde wird zur Minute und jede Minute zur Stunde.

Als die LED-Anzeige meines Weckers auf 2:00 Uhr springt, bin ich nass geschwitzt. Gleichzeitig nagt die Bewegungslosigkeit an mir und die Müdigkeit zupft an meinen Lidern. Lässt sie schwer werden und doch kann ich es mir nicht erlauben, sie zu schließen.

»Lucia.«

Die tiefe Stimme reißt mich sofort aus meiner Trance in die Realität. Es fühlt sich an, als hätte ich unter Wasser gewartet und würde nun luftschnappend an die Oberfläche gelangen. Die Zeit dreht sich um und der Sekundenzeiger rast mit einem Mal.

Alarmiert setze ich mich auf und entdecke eine dunkle Silhouette im Türrahmen zum Flur. Dort steht er, mein fleischgewordener Alptraum, als wäre es ganz normal, nachts in mein Zimmer zu spazieren. Mit bedachten Bewegungen steige ich aus dem Bett, stehe ihm nun einige Meter entfernt gegenüber.

Mein Messer liegt verborgen in meiner Hand. Meine Waffe nur eine Armlänge entfernt auf dem Nachttisch. Ich könnte das Feuer eröffnen. Genauso könnte ich an den Oberschenkel unter meine Shorts greifen und die kleinen Wurfmesser ziehen, die ich dort befestigt habe. Eine weitere Möglichkeit wäre, nach den Wachen zu rufen und ihn von ihren Uzis durchlöchern zu lassen. So viele Möglichkeiten ihn zu töten und doch ist mir keine sicher genug, um sie zu ergreifen.

»Was willst du von mir?«, frage ich mit fester Stimme.

Schweigen.

Langsam tritt er aus dem Schatten hinaus und das hereinfallende Licht des Mondes erhellt gespenstisch die nicht tätowierten Stellen seiner Haut. Bloß seine Augen bleiben in den dunklen Höhlen verborgen, da er seinen Kopf leicht gesenkt hält.

Ein kaltes Kribbeln erfasst meinen ganzen Körper, juckt mich in den Fingerspitzen und kitzelt mich im Nacken. Nervös fahre ich mit der Zunge über meine Lippen und warte ab.

Grimm kommt noch näher. Einen langsamen, kontrollierten Schritt nach dem anderen. Seine Gestalt wird immer klarer, die Linien seiner Tattoos immer deutlicher.

Ich sehe ihn fest an, weiche nicht zurück. Nicht einmal, als er so nah kommt, dass ich meinen Kopf anheben muss, um ihm weiterhin ins Gesicht zu blicken. Als ich endlich in der Finsternis die grünen Smaragde seiner Augen erkennen kann, sticht ein Schmerz wie ein Blitz durch meine Brust und lässt meinen Atem stocken.

Verdammt.

Die Narben auf meiner Seele reißen auf, klaffen auseinander und dieser Mann ist das Salz in meinen Wunden, das ich so dringend herauswaschen muss. Ich schlucke hart den brennenden Kloß in meinem Hals herunter. Obwohl mir tausend Fragen auf den Lippen brennen, bleiben diese nun verschlossen und ich stimme in sein Schweigen mit ein.

Plötzlich hebt er eine Hand und ich muss meinen Instinkt, zurückzuweichen, unterdrücken. Seine schlanken, sehnigen Finger kommen auf mich zu, berühren meine Wange zart mit ihren Spitzen.

Ich halte den Atem an.

Dann schmiegt sich langsam seine große, raue Handfläche an meine Wange. Sein fiebrig glänzender Blick bleibt dabei fest auf meine Augen gerichtet und ich wage es nicht zu blinzeln. Obwohl sie es sollte, erweckt seine Berührung keine Abneigung in mir und auch nicht den Wunsch, seine Hand wegzuschlagen.

Was willst du von mir? Bitte, rede! Ich halte das nicht aus!

In vollkommener Ruhe streicht sein Daumen über meinen Wangenknochen, lässt mich innerlich tausend Tode sterben. Der Schmerz in meiner Brust zerreißt mich und will mir die Tränen in die Augen treiben.

Du hast mir alles genommen!, will ich ihm entgegenschreien, auf ihn einschlagen und dabei weinen. Nichts davon tue ich.

Während seine Hand noch an meiner Wange liegt, überbrückt er auch die letzten Zentimeter zwischen uns und ist jetzt so nah, dass ich die Hitze seiner Haut auf meiner spüre. Meine Lider flattern kurz, bevor ich meine Augen schließe und mich dem Drang ergebe, seiner Berührung entgegenzukommen. Leicht neige ich meinen Kopf in Richtung seiner Hand.

Wo ist meine Wut? Wo mein Hass und meine Entschlossenheit? Ein weiteres Mal muss ich erst gegen meine eigenen Dämonen der Traurigkeit kämpfen, bevor ich mich ihm stellen kann. Es kommt mir vor, als würde er diese Gefühle in mir hervorlocken. Als würde er auf magische Weise all diese tief vergrabene Trauer, Verzweiflung und Todessehnsucht in mir beschwören. Mit dunklen Klauen greift sie um mein Herz und drückt es so schmerzhaft zusammen, dass ich es kaum aushalten kann.

Ohne, dass ich es kontrollieren kann, entflieht ein leises Schluchzen meinen Lippen. Und dieser kleine Laut weckt mich endlich auf, zerrt mich aus meiner Paralyse. Es gibt einen Grund für meine innere Taubheit, und dieser wird mir jetzt wieder bewusst. Ich brauche sie, um weiterzumachen, um weiter zu existieren und nicht an meinem Leid zu zerbrechen.

Ich darf nicht zulassen, dass ich mich selbst ergebe. Dem Traum ergebe, ich wäre damals mit meiner Familie gestorben.

Rache. Rache ist alles, was zählt! Rache ist alles, was ich will! Er ist ungeschützt. Viel zu unvorsichtig.

Blitzschnell hebe ich meine Hand mit dem Messer an, lasse die Klinge an seinen Hals schnellen. Doch gerade als sie seine Haut berührt, halte ich inne, denn im selben Moment drückt sich eine scharfe Schneide auch gegen meine Kehle. Vermutlich hatte er es ebenfalls all die Zeit in der Hand – oder er ist einfach verdammt schnell.

Seine Augen blitzen berauscht auf, als sich unsere Blicke erneut treffen.

Hier stehen wir uns gegenüber, mit ausgestreckten Armen, die dem anderen jeweils ein tödliches Messer an den Hals halten. Befinden uns in einer Pattsituation, in der jeder weitere Zug einer zu viel sein könnte.

»Ich dachte, du willst mich nicht töten?«, frage ich ihn und hebe meinen Mundwinkel zu einem finsteren Lächeln.

»Will ich auch nicht. Aber ich werde, wenn ich muss.«

»Denkst du, das hält mich ab?«, frage ich herausfordernd. »Ich habe keine Angst vor dem Tod!«

»Ich weiß«, haucht seine raue Stimme leise. »Du liebst ihn ebenso wie ich.«

Kapitel 16

Grimm

Die scharfe, silberne Klinge, die meinen Hals küsst, lässt mein Herz schneller schlagen. Erfüllt mich mit Aufregung und Leben. Ich sehe Lucias Wunsch, mich zu töten, in ihren leeren Augen glänzen. Ebenso erkenne ich dort die Sehnsucht nach dem Tod.

»Wie geht es jetzt weiter?«, frage ich sie interessiert. Es ist mir bewusst, dass sie auf mich gewartet hat, dass sie einen Plan geschmiedet hat, um mich loszuwerden. All die Zeit hielt sie das Messer verborgen in ihrer Hand, ihre Pistole liegt auf dem Nachttisch und ich bin mir sicher, dass das noch nicht alles ist.

Sie könnte mich abermals vergiften. Könnte eine Hetzjagd auf mich eröffnen, denn ich befinde mich mitten in ihrem Revier. In ihrem Königreich. Sie ist die letzte Überlebende des Angelo-Clans. Jeder im Umkreis ist loyal. Dennoch bin ich hier, setze mein Leben aufs Spiel. Für dieses Gefühl. Für diesen Geschmack. Für diesen Augenblick, in dem sie mir die Klinge an den Hals hält und ich meine an den ihren.

Sie kommt ein wenig näher, lässt zu, dass das Metall in ihre Haut schneidet. Die blasse, dünne Narbe, die von unserer ersten Zusammenkunft übrig geblieben ist, wird wieder aufgeschnitten. Gleichzeitig spüre ich, wie ihr Messer auch meine Haut zerteilt und ein warmes Rinnsal meinen Hals hinabläuft und in dem Kragen meines schwarzen Shirts versickert.

Das allein reicht aus, dass das Organ in meiner Brust wild schlägt und meine Glieder mit Leben füllt. Jedoch sind es nicht nur meine Augen, die in diesem Moment erregt leuchten.

Ihre dunklen Iriden flammen auf, getrieben von dem Wunsch, meinen Odem für immer auszuhauchen.

Sie kommt noch näher, drückt sich ohne mit den Wimpern zu zucken, in mein Messer, spielt *»Angsthase«* mit mir.

Wer gibt zuerst nach?

Wir wissen beide, dass ich es sein werde. Denn ich will weder, dass sie stirbt, noch, dass ich sterbe. Nicht jetzt. Auch wenn der Zeitpunkt und die Situation verlockend sind. Als sie dazu ansetzt, den nächsten Zug zu machen, weiche ich nach hinten zurück. Weit genug, um aus ihrer Reichweite zu kommen. Mein Arm ist länger als ihrer, auch das wissen wir beide. Wenn ich es wollte, hätte ich als Sieger aus diesem Patt herausgehen können. Schon seit Jahrzehnten übe ich mich im Kämpfen und Morden. Es ist mein täglich Brot. Aber sie, sie kann höchstens seit dem Tod ihrer Eltern geübt haben. So gut sie auch sein mag, so gut sie sich vorbereitet fühlt – sie hat keine Chance. Nicht wenn wir uns Mann gegen Frau gegenüberstehen. Ich bin jedoch niemand, der mit seinem Können prahlen muss, der zu jeder Gelegenheit seine Überlegenheit zur Schau stellen muss. In mir ist nicht der Drang, alles und jedem zu beweisen, wer ich bin.

Sie atmet schwer, als wir uns gegenüberstehen und beide mit der freien Hand das kleine Rinnsal an unserem Hals wegwischen.

»Gibst du auf?«, fragt sie provozierend und dreht das Messer in ihren Fingern. Im nächsten Moment schleudert sie es nach vorne. Die Klinge saust in mörderischer Geschwindigkeit auf mich zu und ich drehe mich im letzten Moment zur Seite.

Hinter mir höre ich, wie sie in der Wand einschlägt und noch leise vibriert.

Schon hat sie zwei weitere, kleinere Messer in der Hand. Wurfmesser. Geübt und mit größter Präzision schleudert sie diese auf mich.

Einem weiche ich aus, das andere pariere ich im letzten Moment mit meiner Klinge, sodass es in hohem Bogen davonfliegt und ein paar Meter von uns entfernt im Boden stecken bleibt.

»Mehr«, verlange ich. Meine Lippen kribbeln, als wolle ein Lächeln bei ihnen vorbeischauen.

»Du kranker Mistkerl!«, zischt sie mir entgegen. Meine Aufforderung hätte sie nicht benötigt, denn noch während ich am Ausweichen war, hat sie ein neues Messer gezückt, mit dem sie nun auf mich losgeht.

Aber während sie verzweifelt angreift und mich mit Finten in die Falle locken will, beschränke ich mich darauf, ihre Hiebe und Stiche zu umgehen. Nur ein Mal ist sie so schnell, dass mir die Spitze ihres Messers den Stoff über meiner Brust aufreißt. Mit einem ratschenden Geräusch zerteilt sich das schwarze Gewebe, doch meine Haut bleibt unberührt.

»Warum willst du mich töten?«, frage ich sie, als ich nach ihrem Handgelenk greife und es festhalte, um ihre Angriffe zu unterbinden. Ich knicke ihr Gelenk um, bis sie mit einem schmerzhaften Zischen das Messer fallen lässt. Als sie nun auch mit der anderen Hand versucht, mich zu schlagen, schnappe ich auch diese und drehe sie ihr mit Schwung auf den Rücken.

Lucias leichter Körper wird von meinem Griff herumgewirbelt. Sie bäumt sich auf, als ich den Arm hinter ihrem Rücken festhalte, und versucht, sich mit allen Tricks, die sie kennt, zu befreien, die Gelenke durchzustrecken, sich umzudrehen und mich mit der anderen Hand zu erwischen.

Für ihre kleine, zarte Statur ist sie unwahrscheinlich kräftig und ich kann deutlich sehen, wie sich die filigranen Muskeln unter ihrer Haut abzeichnen, als sie mit Leibeskräften gegen mich ankämpft.

Dennoch ist es aussichtslos. Ich bin ihr völlig überlegen und lasse sie sich geduldig in meinen Armen abreagieren.

Es dauert Minuten, bis ihre Gegenwehr abebbt, immer schwächer wird, bis nur noch die Verzweiflung sie antreibt wie ein in die Enge getriebenes Tier. Längst hat sie aufgehört, mich wahrhaftig verletzen zu wollen, stattdessen bin ich bloß noch ein Ventil für all ihr Leid. Und all diese Gefühle, die sie mir dabei gibt, sauge ich tief in mich auf.

»Du Bastard! Elendes Monster!« Schluchzend kommen diese Worte über ihre Lippen und irgendwann enden ihre Schimpftiraden in undeutlichem Spanisch.

Plötzlich spüre ich, wie etwas Nasses auf meinen Unterarm tropft, den ich fest um ihre Brust geschlungen halte. Gefolgt wird dieser Tropfen von einem zweiten.

Die Frau in meinen Armen ist plötzlich völlig still. Hat aufgehört zu kämpfen und die einzige Bewegung, die noch von ihr ausgeht, ist ein leichtes Zittern. Es scheint, als versuche sie, sich zusammenzureißen, denn eilig wischt sie sich mit ihrer Schulter die Tränen fort.

»Nein, tu das nicht«, flüstere ich, lockere meinen Griff ein wenig und fasse von hinten um ihr Kinn. »Hör nicht auf.«

Als erneut eine Träne ihre Wange hinab läuft und auf die Haut meiner Hand trifft, atme ich tief ein. Ich weiß, dass es verstörend auf sie wirken muss. Dass ich meine unmenschlichste Seite zeige. Aber ich kann nicht anders. Ihre Emotionen nähren etwas in mir, das ich bisher nicht kannte. Sie locken eine Gier in mir hervor, wie die eines Verdurstenden. Bloß weiß ich nicht, wie ich das alles in mich aufnehmen soll. Alles, was ich weiß, ist, dass ich sie noch einmal schmecken muss. Dass ich noch einmal dieses *Leben* kosten muss.

Kapitel 17

Lucia

Ich kann nicht mehr. Dieses Chaos in mir frisst mich auf. In seiner Gegenwart werde ich von meinen Emotionen herumgerissen, wie ein Blatt im Orkan. Verzweiflung und Trauer lodern auf zu brennender Wut und Hass, bis das Feuer alles verschlungen hat und nichts als die nackten Gebeine meiner Seele zurückbleiben.

Und er ist hier, um sich an meinem Leid zu erfreuen. Denn kaum habe ich mich meinem Kampf ergeben und kann die Tränen nicht weiter verhindern, streckt er sich danach aus als wären sie kostbare Diamanten. Seine Finger sammeln die Tropfen auf. Einen nach dem anderen. Dann dreht er meinen Kopf mit bestimmendem Druck zur Seite.

Plötzlich berühren seine Lippen meine Wange und in diesem Moment zieht sich mein Herz schmerzhaft zusammen, scheint auf die Größe eines Sandkorns zu schrumpfen. Ich keuche erstickt auf und kneife meine Augen zusammen, während sein Mund die Tränen auffängt. Sanft streicheln seine Lippen meine Haut, sein warmer Atem kitzelt meinen Hals.

Er hat kein Mitleid mit mir, hält mich nicht fest, um mir beizustehen, sondern weil ich doch nur die Fliege im Spinnennetz bin. Und diese sanften Küsse sind sein Gift.

»Hör auf damit«, verlange ich mit bebender Stimme. »Was willst du von mir?! Merkst du nicht, dass das *krank* ist?«

»Ich bin ein Mörder, Lucia«, haucht er nah an meinem Ohr, als wäre das die Antwort auf meine Frage. Und vielleicht ist sie es auch. Denn jemand wie er *muss* krank sein.

»Wenn das die Antwort ist: Warum tötest du mich dann nicht endlich!?«

»Weil du bereits tot bist, Lucia. Du bist damals mit deinen Eltern gestorben. Ich sehe es in deinen Augen. Willst du nicht leben, bevor du stirbst?« Seine Worte vibrieren auf meiner Haut.

»Alles, was ich will, ist, dass du für den Tod meiner Familie büßt. Das Leben hält nichts für mich bereit. Nichts als Schmerz und eine Welt, in der ich nichts bedeute! In der mein *Ehemann* mit mir macht, was er will. In der ich nicht in der Lage bin meinen *eigenen* Clan zu regieren!« Als ich mich diesmal in seinen Armen zu winden beginne, lässt er endlich von mir ab. Sofort bringe ich ein paar Schritte Abstand zwischen uns und wische mit meinem Handrücken über meine Wange, als wolle ich seine Küsse loswerden. Lächerlich, wenn ich bedenke, was für Vorstellungen ich schon von ihm hatte.

Grimm neigt langsam seinen Kopf schief und betrachtet mich eingehend. Gleichzeitig verengen sich seine Augen zu verwirrten Schlitzen.

»Für den Tod deiner Familie?«

Ich bin so verdutzt über seine Frage, dass ich für einen Moment zögere, ehe ich erwidere: »Ja! Hast du es etwa vergessen? Erzähl mir doch nicht, dass du dich daran erinnern kannst, warum du mich nicht hast töten lassen, aber nicht an die Ermordnung meiner Eltern!« Fest presse ich meine Kiefer aufeinander und balle die Hände zu Fäusten. Wenigstens sind die Tränen versiegt. Langsam gehe ich noch etwas weiter zurück, nähere mich dem Bett und somit auch dem Nachttisch.

»Du warst da, hast alles mit angesehen und dich an dem Leid meiner Familie erfreut, genau wie heute an meinem! Sogar meinen Namen wusstest du noch, also tu nicht so unschuldig!«

Während diese Worte meine Lippen verlassen, lehne ich mich rasch zur Seite und schnappe mir meine Pistole vom Nachttisch. Schnell visiere ich ihn an, ziele und entsichere dabei die Waffe.

Doch anstatt sich zu bewegen und ein möglichst schweres Ziel zu sein, bleibt er an Ort und Stelle stehen, sieht mich aus seinen ruhigen Augen an und sagt: »Ich habe deine Familie nicht getötet.«

Diese Worte lassen meinen zitternden Zeigefinger am Abzug verharren und mich meine Augen verengen.

»Was?«, frage ich, als hätte ich mich verhört.

»Ich bin nicht der Mörder deiner Familie.«

»Das sagst du nur, weil du jetzt Angst hast.« Das Zittern meines Fingers geht derweil auf meinen Arm über. Ich atme langsam und flach. In meinen Ohren rauscht es plötzlich, während meine Gedanken rasen.

Er lügt. Er muss lügen!

Langsam kommt er auf mich zu, sieht mir in die Augen. Es scheint ihn nicht zu interessieren, dass ich mit einer Waffe auf ihn ziele.

»Stopp! Bleib stehen!«, rufe ich und werde ignoriert.

Ein Schritt nach dem anderen kommt er näher.

»Du weißt, dass ich keine Angst habe, Lucia. Und du weißt in deinem Inneren auch, dass ich nicht lüge.«

Ich versuche, zurückzuweichen, um den Abstand zwischen uns wieder aufzubauen, doch schon nach einem halben Meter stoße ich gegen das Bett und falle beinahe darauf zurück. Mit Mühe schaffe ich es, mich auf den Beinen zu halten.

»Bleib stehen!«, wiederhole ich, doch diesmal lauter. Als das keine Wirkung zeigt, reiße ich meinen Arm nach unten und feuere ihm vor die Füße.

Grimm zuckt nicht einmal mit der Wimper, als das krachende Echo des Schusses durch die große Villa hallt.

»Ja, ich war damals hier. Ja, ich habe gesehen, wie deine Familie starb. Und wie du starbst. Ja, es war mein Auftrag, dich zu töten, und ja, ich habe ihn nicht erfüllt.«

Es fühlt sich an, als würde die Welt um mich stillstehen, die Erdkugel hört auf, sich zu drehen. Langsam bekommt meine Realität Risse. Alles in mir versucht sie zusammenzuhalten, sie nicht in Scherben zerbrechen zu lassen.

Nur noch drei Schritte und er ist direkt vor mir. Er blickt mich an und hackt dabei weiter mit seinen Worten auf meine Welt ein.

»Vor sechs Jahren waren ich und meine Kameraden da, weil wir deinen gesamten Clan ausrotten wollten. Doch jemand kam uns zuvor. Wir sind unverrichteter Dinge wieder abgezogen, Lucia. Ich bin nicht der, den du suchst.«

Unschuldig hebt er seine Arme an, der Lauf meiner Waffe stoppt nur wenige Zentimeter vor seiner Stirn, als er endlich stehen bleibt. Genau eine Arm- und eine Waffenlänge von mir entfernt.

»Nein ...«, hauche ich, weil es nichts anderes gibt, was ich dazu sagen könnte. »Das ist nicht wahr.«

»Dann erschieß mich, wenn du mir nicht glaubst. Jetzt hast du die Chance.« Seine Stimme ist so ruhig, so sanft und tief, dass sie mich beruhigt, mir einen Funken Sicherheit gibt.

Ich lasse es zu, dass er eine Hand hebt, sie bedächtig auf den Lauf der Waffe legt und diesen langsam hinabdrückt, vorbei an seinem Herzen und seinem Bauch, bis ich auf den Boden ziele.

Dann ertönen Schritte. Die schweren Stiefel der Wachen trampeln den Flur entlang. Sie haben meinen Schuss gehört.

Grimm bewegt sich nicht, blickt mir weiterhin in die Augen. Selbst in dem Moment, in dem sie die Tür aufreißen und losschreien, dass er die Hände hinter den Kopf heben soll.

Ich befehle den Männern, nicht zu schießen, denn für gewöhnlich werden Eindringlinge einfach eliminiert. Vor allem, nachdem sogar ich mit einer Pistole in der Hand tränenüberströmt und mit Blut am Hals hier stehe.

»Sperrt ihn in den Keller«, befehle ich bloß, während sie ihn auf den Boden niederdrücken, ihm die Arme auf den Rücken zerren und mit ihren Knien fixieren. Kurz darauf wird er in Handschellen zurück auf die Beine gezerrt.

Er wehrt sich nicht. Schweigt. Und versucht auch nicht zu fliehen.

Kapitel 18

Lucia

Zwei der Männer bleiben hier, um den Rest des Schlafzimmers gründlich nach weiteren Feinden zu untersuchen. Sie lassen sich auch durch mein mehrmaliges Bitten nicht davon abbringen. Dabei wäre ich für den Moment wirklich gerne mit meinen Gedanken allein gewesen.

Zu allem Überfluss geht die Tür erneut auf und Curcio stürmt herein. Er trägt bloß schwarze Boxershorts und einen offenen Morgenmantel, sodass der Blick auf seine flache, aber durchaus behaarte Brust frei ist.

»Was ist passiert? Ich habe einen Schuss gehört! Luci, geht es dir gut?« Mit wehendem Mantel braust er auf mich zu und stellt erschrocken fest, dass ich verletzt bin.

»Ruft sofort den Arzt, ihr Idioten!«, bellt er den Männern zu, die gerade das Zimmer auf der Suche nach Feinden auf den Kopf stellen.

»Beruhige dich, es ist bloß ein Kratzer!« Ich versuche, ihn von mir zu schieben, aber Curcio straft mich mit einem väterlich-bösen Blick, sodass ich ihn gewähren lasse.

»Wer war das?«, knurrt er. »Und wo ist der Bastard? Hast du ihn getötet?«

Seine Worte streuen Salz in meine Wunde und mein Blick verfinstert sich.

»Nein … ich habe es nicht geschafft. Es war er.«

»Er?« Seine Augen weiten sich in Unglauben. »Wie kann das sein?«

»Offenbar habe ich versagt. Er hat das Gift überlebt.« Frustriert beiße ich meine Zähne zusammen, ehe ich weiterspreche. »Schon gestern tauchte er hier auf.«

»Was?! Ach, ja dann.« Curcio macht eine wegwerfende Geste mit der Hand und seine Worte triefen vor gerechtfertigtem Zynismus. »Soll ich ihm des nächste Mal einen Tee machen und Kuchen holen? Mensch, Luci, was stimmt denn nicht mit dir?«

Gute Frage. Offenbar verliere ich den Verstand.

»Er hat mir nichts getan. Ist einfach wieder gegangen und heute kam er wieder.« Ja, jetzt, wo ich es ausspreche, klingt es umso merkwürdiger und verrückter.

»Und wo ist er jetzt?«

»Ich habe ihn in den Kerker sperren lassen.«

»Wieso lebt er noch?!«

»Cio! Er sagt, dass er meine Eltern nicht getötet hat!« Es auszusprechen, ruft mir den Sinn dieser Worte noch einmal klar in den Kopf. Wenn Grimm tatsächlich nicht der Mörder sein sollte, dann ist es jemand anderes und ich habe die letzten sechs Jahre meines Lebens damit verbracht, den falschen Mann zu jagen. Während der wahre Feind noch irgendwo da draußen herumläuft.

»Ach so! Klar. Na dann, Schwamm drüber.« Mein Freund ist noch nicht fertig mit seinem Zynismus. »Du hast doch gesagt, du hast ihn gesehen, oder nicht? Wieso sollte er sonst dagewesen sein? Sicher nicht, um sich das schöne Gebüsch anzusehen!«

»Er sagte, dass er da war, um mich zu töten. Und seine Kameraden, um meine Eltern zu töten. Aber als sie gesehen haben, dass ihnen jemand zuvorgekommen ist, sind sie unverrichteter Dinge wieder abgehauen.«

»Wieso hat er dich nicht getötet?«

Ich antworte ihm nicht, sondern drehe meinen Kopf zur Seite und seufze. Er hat mich nicht getötet, weil ich für ihn mit meinen Eltern gestorben war. Und er hat recht damit. An diesem schrecklichen Tag endeten mein Leben und meine Reise durch die Hölle begann.

»Glaubst du ihm das alles?«, bohrt Curcio weiter, als er feststellt, dass er keine Antwort von mir bekommen wird.

»Ich weiß es nicht, Cio. Das alles muss erst mal sacken. Momentan weiß ich weder, was ich denken, noch was ich glauben soll.« Ich zeige mit beiden Händen eine Explosions-Geste neben meinem Kopf und wende mich entschlossen von Curcio ab. Während ich mich ein paar Schritte von ihm entferne, schlinge ich einen Arm um meinen Bauch, stütze den anderen Ellbogen auf diesem ab und knibbele mit den Zähnen nervös an meinem Daumennagel.

Was, wenn Grimm die Wahrheit sagt? Was, wenn ich keine Ahnung habe, wer meine Eltern auf dem Gewissen hat und was, wenn ich es nie herausfinde? Für einen Moment fühlt es sich an, als würde der Boden unter mir weggezogen werden, und ich falle in einen Strudel, der mich tief nach unten in den Sog der Sinnlosigkeit und des Schwermutes zieht. Ich möchte mich einfach nur auf dem Boden einrollen, meine Augen schließen und nie wieder öffnen. Gleichzeitig spüre ich aber auch noch etwas anderes in mir brodeln. Es ist der Drang, um mich zu schießen, Kehlen aufzuschneiden, Blut fließen zu lassen und andere für all mein Leid büßen zu lassen. Natürlich ist es nur die Verzweiflung, die mit ihren hässlichen Klauen nach mir greift. Sie gibt mir nur die Wahl zwischen zerstören oder zerstört werden. Und in diesem Moment bin ich mir noch nicht sicher, welchen dieser Wege ich gehen soll.

»Lucia.« Curcios sanfte Stimme lässt mich wieder zurück in die Wirklichkeit finden.

Ich hebe meinen Kopf, drehe mich jedoch nicht zu ihm um.

»Meine Eltern wurden an meinem 18. Geburtstag abgeschlachtet und mein Bruder kurz zuvor. All die Zeit hat mich der Gedanke, mich an dem Mörder rächen zu können, am Leben gehalten. Mich diese verfickte Zwangsehe und die Vergewaltigungen meines eigenen Ehemannes überstehen lassen. Sechs verschissene Jahre habe ich damit zugebracht, nicht nur zu trainieren, sondern auch noch den FALSCHEN auszuspionieren. Alle Spuren, alle Erinnerungen liegen jetzt sechs Jahre zurück. Wer, Curcio, wer soll mir jetzt noch helfen, den wahren Mistkerl zu finden? Inzwischen sind kaum noch Anhänger übrig, die damals meinen Eltern gedient haben. Wenn Grimm die Wahrheit sagt, dann stehen meine Chancen, jemals wahre Vergeltung zu üben, gleich Null! Deshalb komm mir jetzt nicht an mit ›Beruhige dich‹ oder ›Ist doch alles halb so wild‹!«

Erst bei meinen letzten Worten wende ich mich meinem Freund zu und sehe ihn aus schmalen Augen an.

Er erwidert meinen Blick. Seine Nasenlöcher blähen sich leicht auf und sein Brustkorb hebt sich, als er die Luft tief einatmet. Doch letztendlich stößt er sie wieder aus und schließt die Augen.

»Es ist okay, Lucia. Ich verstehe dich vollkommen.«

Seine Worte reichen aus, dass etwas Anspannung von mir abfällt und ich leicht in mich zusammensinke.

»Komm her«, sagt er, streckt seine Arme nach mir aus und zieht mich zu sich heran. Väterlich legt er eine große, warme Hand auf meinen Kopf und streichelt sacht darüber. »Ich mache mir nur Sorgen und will nicht, dass dich dieser Kerl vielleicht blendet. Möglicherweise sah er in einer Lüge seine einzige Chance zu überleben. Versprich mir einfach, vorsichtig zu sein und alles gut zu überdenken.«

Langsam nicke ich an seiner Brust.

Ich weiß, dass er recht hat. Dass das alles nur ein Trick gewesen sein könnte, weil er in einer ausweglosen Situation war.

Andererseits wirkte seine Verwirrung über meine Anschuldigungen echt. Zum Glück befindet er sich ja nun gefangen in meinem Keller, sodass ich jederzeit die Möglichkeit habe, mehr aus ihm herauszukriegen.

Die Wahrheit aus ihm herauszukriegen.

Ich halte mich an diesem Strohhalm fest. An dieser kleinen Wahrscheinlichkeit, dass er doch gelogen hat oder dass er wenigstens irgendetwas weiß.

Kapitel 19

Grimm

Sie stecken mich in eine Gefängniszelle. Jedenfalls sieht dieser Kellerraum so aus. Drei fensterlose, nasse, erstaunlich kühle Betonwände umgeben mich und vor meinem Kopf befindet sich ein Gitter aus dicken, rostigen Eisenstäben. Die Männer schleudern mich so grob an die Wand, dass die Luft aus meiner Lunge gepresst wird. Mein Hinterkopf knallt nach hinten und für einen Moment zieht eine Schwärze über meine Augen, in der ich nur bunte Funken tanzen sehe. Meine Arme werden nach oben über meinen Kopf gehoben und ich höre das Rasseln von Ketten. Kurz darauf schnappen zwei dicke Metallmanschetten um meine Handgelenke.

Als sich die dunkle Wolke des Schmerzes vor meinen Augen klärt, sehe ich in die dunkelbraunen Iriden meiner Gefängniswärter. Mit finsterem Blick und harten Ausdrücken auf ihren braungebrannten Gesichtern mustern sie mich. Sie sagen ein paar Dinge auf Spanisch, die ich nicht verstehe, und schon landet die erste geballte Faust in meiner Magengrube.

Ich kann nicht ausweichen, also bleibt mir nichts anderes übrig, als meinen Bauch anzuspannen und so meinen Magen, meine Nieren und meine Leber mit meinen Muskeln zu schützen. Der zweite Kerl steigt mit ein und seine Faust schlägt brutal gegen meinen Kiefer, dann gegen meine Schläfe. Der andere geht dazu über, mich mit seinen schweren Kampfstiefeln zu treten.

Meine Beine hängen frei in der Luft und ich könnte versuchen, mich mit ihnen zu wehren. Mit den richtigen Finten und Tritten könnte ich vielleicht sogar einen, wenn nicht gar beide ausschalten. Doch ich bleibe ohne Gegenwehr in den Ketten hängen und warte, bis ihre sadistische Lust verebbt.

Die Schmerzen machen mir nichts. Allerhöchstens geben sie mir einen Hauch von dem Gefühl, überhaupt am Leben zu sein.

Irgendwann wird es den Männern langweilig und sie entfernen sich lachend und spanische Sachen redend von mir, schließen mich in diesem netten Raum ein und verlassen gemeinsam den Keller. Nachdem sie das Licht ausgeschaltet haben, empfängt mich vollkommene Schwärze. Kein kleinstes Glimmen dringt nach hier unten.

Ruhe kehrt ein. Eine Stille, die nur von dem schmerzhaften Pochen in meinem Schädel und meinen eigenen, schweren Atemzügen durchbrochen wird.

Ich sammle den metallisch schmeckenden Speichel in meinem Mund und spucke ihn neben mich auf den Boden. Ein warmes Rinnsal läuft mein Kinn hinab und ein weiteres meine Schläfe. Offenbar ist nicht nur meine Lippe aufgeplatzt, sondern auch die Haut an meinem Kopf.

Ich muss wahnsinnig sein, mich überhaupt in diese Situation gebracht zu haben. Lucia verfolgt die Absicht, mich zu töten. Wie ein Irrer bin ich dennoch hierhergekommen, direkt in ihre Arme gelaufen, obwohl ich wusste, dass sie keine Chance ungenutzt lassen würde, mich Charon, dem Fährmann, zu übergeben, der mich über die sanften Gewässer der Styx in das ewige Reich des Todes befördern würde. Aber ich konnte der Versuchung nicht widerstehen, denn ich fürchtete den Tod noch nie, und Lucia ist mehr als mein Verderben. Sie ist Gefühl. Sie ist Leben. Ihre Emotionen, ihre Trauer, ihre Tränen hatten mich süchtig gemacht. Sodass ich sie noch ein Mal kosten wollte, egal, wie hoch der Preis dafür war.

Ich lege meinen Kopf in den Nacken, lehne ihn nach hinten gegen die Wand und gegen meinen Oberarm und spüre, wie meine Mundwinkel sich zu einem leichten Lächeln heben. Hier bin ich also. Hänge gefangen in Ketten, habe keine Ahnung, wie es mit mir weitergehen wird und fühle dennoch ein schwereloses, warmes Gefühl in meiner Brust. Ist es Glück? Zufriedenheit? Aufregung? Keine Ahnung, so genau kenne ich die Unterschiede nicht. Alles, was ich weiß, ist, dass es sich gut anfühlt. Und dass ich es nicht bereue, hier zu sein.

Das hier ist ein Ort, an den jemand wie ich gehört. Auch wenn es kein staatliches Gefängnis ist, sondern bloß eine Zelle im Keller der Villa eines Mafia-Clans. Obwohl ich bereits unzählige Menschenleben beendet habe, bin ich nie gefasst worden. Weil ich kein Serienkiller bin. Ich verfolge keine eindeutigen Muster, habe keine perversen Vorlieben oder morde in denselben Gegenden. Ich töte ja nicht mal aus reiner *Mordlust*. Es ist etwas anderes, das mich treibt. Und all die Leben, die ich genommen habe, bis auf das allererste, waren Aufträge. Attentate, die ich geplant habe, darauf bedacht, die Anweisungen meines Auftraggebers zu befolgen. »Lass es wie einen Unfall aussehen«, »Lass es wie einen Selbstmord aussehen«, »Lass seine Leiche verschwinden«, »Lass es so aussehen, als wäre es Richard gewesen«. Manchmal war es auch nur Notwehr. Aus welchen Motiven auch immer ich ein Leben genommen habe – ein Mord glich nie dem anderen. Und genau so gefällt es mir. Der Tod ist so vielfältig wie das Leben. In all seinen bunten, blutigen Facetten.

Und doch erfüllt mich nicht jeder Mord mit Freude. Manche lassen mich genauso kalt wie alles andere auch.

Es sind jene, in denen mein Opfer wehrlos ist. Oder in denen alles zu einfach und zu glatt geht. Das ist langweilig. Dann ist es bloß mein Job.

Dennoch bin ich mir bewusst, dass jemand wie ich nicht frei herumlaufen sollte. Ich gehöre für den Rest meines Lebens weggesperrt, damit ich niemandem etwas zu Leide tun kann. Allerdings habe ich nicht wirklich Lust, in der Psychiatrie zu hocken und in einer Hab-mich-lieb-Jacke sediert in meinem eigenen Speichel zu liegen.

Nein, da ist das hier doch viel angenehmer.

Über diesen Gedanken muss ich schmunzeln, denn in diesem Moment erinnert mich mein Körper mit einem Stechen und Pochen nicht nur daran, dass ich eben verprügelt wurde, sondern auch, dass meine Arme über meinem Kopf hängen und meine Schultergelenke die ungewohnte Haltung gar nicht lustig finden.

Es macht mir nichts aus. Die Neugierde, wie es weitergeht, was Lucia nun mit mir vorhat, ist viel größer als mein Leid. Ich bin gespannt, wann sie zu mir kommen wird, und ich bin mir sicher, dass sie es wird. Denn ich bin womöglich ihre einzige Chance, etwas über die wahren Umstände des Todes ihrer Eltern herauszufinden. Vielleicht wird sie mich nett ausfragen. Vielleicht wird sie mich foltern oder foltern lassen. Wird sie mich ein paar Tage warten lassen oder ist ihre Ungeduld zu groß? Wird sie mich vielleicht sogar töten aus Zorn und Verzweiflung? Es gibt so viele Möglichkeiten und diese Ungewissheit lässt mein Herz schneller schlagen.

Mama weint. In letzter Zeit passiert das häufig. Sie sitzt auf dem Sofa, hält ihre dünnen Beine mit den Armen umschlungen und zerknüllt ein Taschentuch in ihrer Faust. Ich weiß, dass sie wegen Papa weint, denn ich habe gehört, wie sie sich gestritten haben.

»Warst du schon wieder bei dieser Schlampe?!«, hat Mama gekreischt und ihn mit Dingen beworfen. Tellern, Töpfen, Blumen. »Du Mistkerl! Ich wünschte, du wärst tot, dann wäre ich dich endlich los und du würdest mir mein Leben nicht mehr versauen!«

Ich bin nicht dumm. Mein Vater mag eine andere Frau lieber als meine Mutter. Er betrügt sie. Wahrscheinlich lassen sie sich bald scheiden, genau wie Pauls und Claras Eltern auch. Ich horche in mich hinein, suche etwas in mir. Suche Gefühle. Clara hat bitterlich geweint, drei Tage lang und danach auch immer wieder mal, als ihre Eltern sich getrennt haben. Ebenso wie Paul. Aber in mir fühle ich nicht den Drang, Tränen zu vergießen. Ich weiß ja nicht mal, wie das geht. Wie immer ist in mir einfach nichts.

Bloß wenn ich meine Mutter ansehe, steckt ein Kloß in meinem Hals und ein Stein liegt auf meiner Brust. Ich will nicht, dass sie weint. Ihr Gesicht ist viel schöner, wenn sie lächelt.

»Mama?«, frage ich vorsichtig, als ich zu ihr ins Wohnzimmer gehe.

Sie schnieft, schluchzt, zieht die Nase hoch und versucht, sich zu fangen. Ihre grünen Augen sind rot und geschwollen.

»Komm her, mein Schatz«, sagt sie und winkt mich mit einer Hand herbei, ehe sie die Arme nach mir ausstreckt.

Langsam gehe ich auf sie zu, setze mich zu ihr auf die Couch und lege meine Arme um sie, versuche, sie festzuhalten, zu trösten. Damit sie aufhört zu weinen und anfängt zu lächeln.

So halb gelingt es mir. Während sie erneut schluchzt, zucken ihre Mundwinkel nach oben und ein warmer Ausdruck gelangt in ihre Augen.

»Es tut mir leid, dass du das alles mitmachen musst.«

»Schon gut, Mama«, sage ich, um sie zu beschwichtigen. »Es macht mir nichts. Alles, was ich will, ist, dass du glücklich bist.«

»Du bist so ein Engel, Noah.« Mutter drückt mir ihre Lippen auf die Schläfe. Sie streicht mir sanft durch mein Haar, das ebenso

dunkel ist wie das ihre. Ich bin froh, dass ich nach Mama komme und nicht nach Papa, denn sonst würde sie womöglich ihn in mir sehen und mich hassen.

»Wieso lässt du zu, dass er dich so traurig macht, Mama?«, frage ich sie. »Wieso verlässt du ihn nicht endlich? Es macht mir nichts, wenn ihr euch scheiden lasst.«

»Ach, Schatz, das ist nicht so leicht. Ich weiß, dass ich es sollte, aber ich schaffe es einfach nicht.«

In der Nacht liege ich wach. Ich bin in meinem Bett und starre nach oben. Um mich herum ist alles dunkel und still, dennoch will der Schlaf mich nicht holen kommen. Mutters Situation und ihre Worte kreisen in meinem Kopf herum. Sie will von Vater loskommen, schafft es aber nicht. Abhängigkeit, so nennt man das, glaube ich. Dabei bin ich mir sicher, dass Mama und ich es auch allein schaffen würden. Ich werde bald zehn. Nur noch ein paar Jahre und ich kann mir einen Job suchen, helfen, Geld zu verdienen. Und so wichtig ist Reichtum auch wieder nicht. Es gibt genug Mütter, die mit ihren Kindern allein klar kommen. Wieso sollten wir es dann nicht schaffen?

Ich setze mich auf.

Meine Eltern sind schon vor Stunden schlafen gegangen. Mama im Bett und Papa unten auf der Couch, wo er immer schläft, nachdem sie sich gestritten haben. Langsam schiebe ich meine Beine aus dem Bett und meine nackten Zehen berühren den Laminatboden. Ich schleiche aus meinem Zimmer hinaus und betrete den Flur. Langsam, um niemanden durch das Knarren der Holztreppe zu wecken, gehe ich nach unten. Obwohl kein Licht brennt, haben sich meine Augen längst an die Dunkelheit gewöhnt. Der fahle Schein des Mondes, der durch die Fenster, deren Rollläden nicht heruntergelassen sind, hereinfällt, reicht mir völlig aus, um alles in kühlen, dunklen Grautönen erkennen zu können.

Ich gehe vorbei an der Bildersammlung an der Wand, die vor allem mich, aber auch unsere Familie zeigt. Vorbei an ein paar Pflanzen und an der Porzellanfigur eines Kätzchens, das Mama so niedlich findet. Erst vor dem Sofa, auf dem Vater schläft, bleibe ich stehen. Die Wolldecke ist halb über ihn gezogen und er sieht viel zu groß aus für die kleine Couch, muss sich zusammenkrümmen, um ganz draufzupassen. Wenn ich ihn anblicke, fühle ich nichts. Eine ganze Weile stehe ich dort, betrachte ihn und in meinem Kopf kreisen die Gedanken.

»Ich wünschte du wärst tot, dann wäre ich dich endlich los und du würdest mir mein Leben nicht mehr versauen!«

Langsam wende ich mich ab, gehe mit vorsichtigen Schritten in die angrenzende Küche, ziehe die Besteckschublade auf und nehme das große Messer heraus, das Mama immer benutzt, um Fleisch zu schneiden. Sie hat es heute erst geschärft und die metallische Klinge funkelt kalt im Mondlicht. Ich blinzle kurz, drehe mich um und kehre zu Vater zurück.

Alles, was für mich zählt, ist, dass Mutter ihn endlich loswerden muss. Allein wird sie es nie schaffen. Ich muss ihr helfen, will ihr ihren Wunsch erfüllen. Er hat Mama zum Weinen gebracht, schon so oft. Er lässt sie leiden und sie will ihn tot sehen.

Vorsichtig halte ich das Messer an seine Kehle. Zwar darf ich mir die wirklich schlimmen Nachrichten, Filme und Sendungen nicht ansehen, doch ich weiß, dass Menschen sterben, wenn man ihnen den Hals aufschneidet. Ebenso wie die Tiere beim Schlachter. Aber ich weiß auch, dass es nicht einfach sein wird. Ich habe mal versucht, mir mit einem Messer in die Hand zu schneiden und es war erstaunlich, wie viel Kraft ich aufwenden musste, um meine Haut zu durchdringen.

Also drücke ich fest zu, als ich die scharfe Schneide über Vaters Kehle ziehe.

Warme Flüssigkeit sprudelt augenblicklich aus der Wunde hervor, spritzt mir ins Gesicht. Es riecht nach Eisen.

Er reißt die Augen auf, ich sehe Schock und Verwirrung in ihnen. Das Atmen will ihm nicht mehr gelingen. Er gurgelt, als würde er ertrinken, fasst sich an den Hals.

Ich gehe einen Schritt zurück und sehe ihm dabei zu, wie er aufspringt, mich panisch ansieht und seine dunkel glänzenden Lippen sich in stummen Worten bewegen. Dann will er die Treppe hinauflaufen, doch seine Beine knicken auf halben Weg weg. Mit dem Kopf schlägt er auf einer Stufe auf. Sein Körper rutscht polternd nach unten und am Fuß der Treppe bleibt er reglos liegen. Eine große Lache breitet sich unter ihm aus.

Meine Mundwinkel zucken zu einem Lächeln.

Mama wird froh sein, wenn sie sieht, was ich für sie getan habe. Dass ich mich ganz allein um das Problem gekümmert habe.

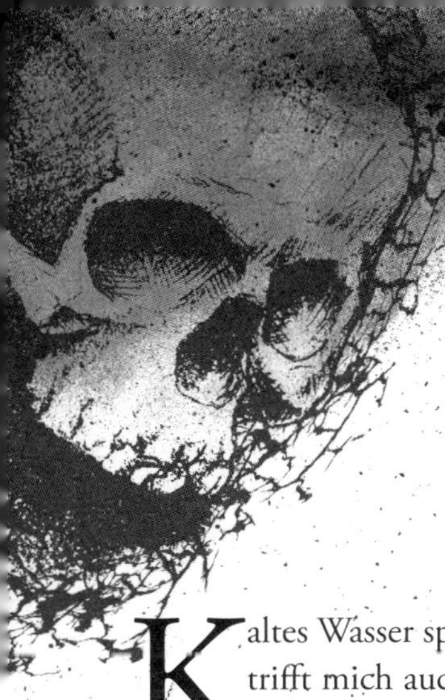

Kapitel 20

Grimm

Kaltes Wasser spritzt nicht nur in mein Gesicht, sondern trifft mich auch am gesamten Oberkörper. Vor Schock reiße ich meine Augen auf und schnappe nach Luft. Vor mir steht ein fremder Kerl mit ebenso südländischem Aussehen wie die, die mich hierhergebracht haben. Er hält einen Eimer aus Metall in der Hand, von dessen Rand noch ein paar Tropfen zu Boden fallen.

Nachdem ich einige Stunden in den Ketten hing, muss ich irgendwann eingeschlafen sein. Da sich hier kein Fenster befindet, kann ich nicht genau sagen, wie viel Uhr es ist oder wie lange ich geschlafen habe. Ich gehe aber davon, dass wir nun etwa Mittag des nächsten Tages haben müssen, da sich ein leichter Schweißfilm auf der Stirn des Mannes befindet und Schweißgeruch zu mir dringt. In Kolumbien ist es verdammt heiß und so denke ich, dass wir die Nacht und die kühlen Morgenstunden bereits hinter uns gelassen haben.

Da es im Keller jedoch ohnehin kühl ist, lässt das kalte Wasser auf meiner Haut und in meiner Kleidung mich nun frösteln.

Der Mann mustert mich von oben bis unten, schlägt mir ein paar Mal in die Seiten und in die Magengrube, tritt mich gegen meine Beine und verschwindet dann wieder. Er knipst das Kellerlicht aus, sodass ich wieder in vollkommene Dunkelheit getaucht werde. Meine Füße können den Boden kaum berühren.

Ich muss mich auf den Zehenspitzen halten, um meine Schultergelenke zu entlasten. Während des »Nickerchens« hing ich jedoch schlaff in den Ketten, sodass meine Arme jetzt schmerzen.

Inzwischen macht sich auch nicht nur meine trockene Kehle, sondern auch mein Magen und meine Blase bemerkbar.

Die nächsten Stunden darf ich also damit zubringen zu frieren. Der nasse Stoff klebt an meiner Haut und kühlt mich aus, bis ich irgendwann das automatische Zittern meiner Muskeln und das Klappern meiner Zähne kaum mehr unterdrücken kann. Niemand kommt mehr her, aber selbst wenn, denke ich nicht, dass sie mich aufs Klo gehen lassen oder mir etwas zu Essen bringen würden.

Es muss sehr spät am Abend sein, als ich erneut die Tür oberhalb der Kellertreppe aufgehen höre und das Licht eingeschaltet wird. Anhand der vielen, schweren Schritte weiß ich bereits, dass es nicht Lucia ist, die mir einen Besuch abstattet. Die beiden Wärter, die mich hier reingebracht haben, nähern sich meiner Zelle.

In mir stellt sich inzwischen eine gewisse Gereiztheit ein, da ich mir bereits vorstellen kann, dass sie nicht gekommen sind, um ein Kaffeekränzchen mit mir zu halten. Zwar finde ich den Nervenkitzel, wann sich Lucia bei mir blicken lässt, äußerst reizvoll, dennoch beschließe ich, ihr einen kleinen Anreiz zu geben. Also greife ich langsam mit meinen Fingern um die massiven Glieder der Ketten, die mich halten, schließe meine Fäuste darum.

Die Kerle schließen das Gitter auf und kommen in die Zelle. Keine Ahnung, was sie auf Spanisch reden, doch durch die Blicke, die sie austauschen, stacheln sie sich gegenseitig an. In ihren Händen halten sie diesmal Schlagstöcke und ich kann mir denken, worauf das hinausläuft. Auf ihren bronzefarbenen Gesichtern liegt ein gewinnendes Lächeln, als sie mir näher kommen und sich bereit machen, mich mit ihren Stöcken zu malträtieren. In dem Moment, in dem sie ausholen und ihre Deckung für ein paar Herzschläge völlig frei liegt, spanne ich meine Oberarme an, ziehe mich an den Ketten hinauf und nutze die erhöhte Position um dem ersten gegen die zum Schlag geöffnete Brust zu treten. Er taumelt nach hinten, prallt gegen das Gitter. Der Schlag des anderen verpufft ohne großen Schaden an meinem Oberschenkel.

Für einen kurzen Augenblick ist er so verdutzt, was gerade passiert ist, dass ich die Chance ergreife, mich schwungvoll zur Seite zu drehen und ihm einen Tritt gegen den Schädel zu verpassen. Seine Reflexe sind gut. Er hebt einen Arm an und schafft es, mich am Schienbein abzuwehren. Mein zweites Bein blockt er jedoch nicht, sondern fängt es mit einer Hand auf und hält es fest. Sein Fehler. Nun muss ich keine Zeit mehr aufwinden, neuen Schwung zu holen, sondern bin ganz nah bei ihm. Im Handumdrehen habe ich mein zweites Bein dazugeholt und ihn zwischen die Schere meiner Schenkel genommen. Meine Knie legen sich fest um seinen Hals und drücken zu. Ich versuche nicht, ihm die Luft zu nehmen, sondern drücke gezielt die Halsschlagadern ab. Innerhalb weniger Sekunden wird sein Kopf zunehmend rot, seine Hände versuchen vergebens, meine Beine von ihm zu zerren.

Inzwischen hat sich auch der andere wieder aufgerappelt, ist jedoch nicht so dumm, wieder zum Schlagstock zu greifen. Stattdessen zieht er seine Pistole und richtet sie mit beiden Händen auf mich.

»¡Detente!«, ruft er aufgebracht. »¡Detente!«

Ich blicke ihn an, lasse seinen Kollegen jedoch nicht los, denn dieser bietet mir einen wunderbaren, menschlichen Schutzschild. Zumindest in den ersten Sekunden, in denen der mit der Knarre sich noch nicht schlüssig ist, ob er mich wirklich umlegen soll oder nicht. Die wenigen Sekunden reichen aus, um den Mann zwischen meinen Beinen langsam und sanft einer Ohnmacht aufgrund des abfallenden Blutdrucks zu übergeben. Er erschlafft in meinem Würgegriff und ich lasse ihn langsam zu Boden gleiten.

Nun kann sein Kumpel sich überlegen, was er macht: Rache an mir nehmen oder seinen Freund in Sicherheit bringen. Er entscheidet sich für letzteres, steckt seine Pistole weg, packt ihn möglichst aus meinem Bewegungsradius entfernt am Bein und zerrt ihn von mir weg. Dabei feuert er spanische Schimpftiraden auf mich ab. Immerhin besser als Bleikugeln.

»Lucia«, sage ich, als er mit seinem halb ohnmächtigen Freund, der es kaum schafft, mit Unterstützung auf die Beine zu kommen, die Zelle verlässt. »Ich will mit Lucia sprechen.«

Es dauert, bis der eine den anderen die Kellertreppen hochgeschleift hat, doch letztendlich wird das Licht wieder ausgeschaltet und die Tür oben geht mit einem Quietschen zu. Dunkelheit umhüllt mich aufs Neue. Nicht, dass ich etwas dagegen hätte.

Mein Körper hat diese kleine Aktivierung genossen, ebenso wie meine Schultergelenke. Die Kälte ist für den Moment gewichen, doch ich bin mir sicher, dass sie zurückkommt. Meine Kleidung ist nach wie vor nass. Langsam lasse ich mich an den Ketten wieder hinabsinken, bis meine Zehenspitzen den Boden berühren.

Ich bin mir sicher, dass sie den Fehler, meine Beine nicht anzuketten, nicht ein zweites Mal machen werden.

Erneut werde ich stundenlang hier hängen gelassen, bin allein mit mir, meinen schmerzenden Gelenken und den zunehmenden menschlichen Bedürfnissen nach Wasser, Essen, einem Toilettengang und auch Schlaf. Ich bin zwar trainiert, all diese Verlangen sehr lange zu unterdrücken, angenehm ist es dennoch nicht.

Inzwischen muss ich etwa seit etwas mehr als vierundzwanzig Stunden gefangen sein, als die Tür wieder aufgeht. Es ist ein einzelner Mann, der zu mir hinabkommt. Als ich das lange Narkosegewehr in seiner Hand entdecke, ist mir klar, was mir jetzt blüht. Er hebt das Gerät, das sonst eher zum Einfangen von flüchtigen Verbrechern oder Wildtieren eingesetzt wird, zielt auf mich und kurz darauf schießt der verdammte, kleine Pfeil direkt in meinen Oberschenkel. Der kurze Schmerz ist kaum zu spüren, doch das sofortige Kribbeln und Brennen, das sich in meiner Muskulatur ausbreitet, verheißt nichts Gutes.

Ich tippe auf Ketamin.

Der Mann blickt mich kurz an, dann lässt er mich allein zurück. Mit jeder Minute, die vergeht, spüre ich, wie die Wirkung der Chemikalie sich mehr und mehr entfaltet. Ein lokales Taubheitsgefühl setzt zuerst ein, nach und nach entspannen sich meine Muskeln und schließlich gleite ich ein paar weitere Minuten später über in eine sanfte Ohnmacht.

»Das hier ist dein Zimmer«, sagt der alte, weißhaarige Greis und hält mir mit seinen krummen Fingern die dünne Holztür auf.

»Danke.« Ich betrete den Raum. Er ist nicht größer als eine Abstellkammer. Es gibt ein Bett, einen Schrank und einen Schreibtisch, der unter dem vergitterten Fenster steht. Der Boden ist aus alten, wackeligen Holzdielen und die vergilbten Tapeten an den Wänden blättern an den Ecken ab.

An der Wand hängt ein Stundenplan, der mich darüber aufklärt, wann es Frühstück, Mittag- und Abendessen gibt, wann Schulstunden sind und wann ich Freizeit habe. Mein Tagesplan ist vollgestopft. Vorwiegend mit Unterricht und verschiedenen Haushaltsdiensten.

»Edward, komm mal her!«, ruft der alte Mann mit rauer Stimme. Kurz darauf trabt ein Junge herbei, der etwa in meinem Alter

sein muss. Er ist blond, hat rosige Pausbacken und aufgeweckte, blaue Augen.

»Was denn, Walter?«, fragt er, aber als sein Blick sich auf mich richtet, hebt er freundlich eine Hand und winkt.

»Bitte kümmere dich um den Neuankömmling.«

Der Opa verschwindet und Edward kommt zu mir heran. Er stopft seine Hände in seine Hosentaschen und lächelt frech.

»Ich bin Edward, aber du kannst mich Ed nennen, so wie alle anderen auch. Wie heißt du?«

»Noah«, antworte ich ruhig und stelle meine Tasche auf dem Bett ab.

»Hallo Noah. Soll ich dich herumführen?«

Ich nicke. Also gehen wir los und Ed zeigt mir das Kinderheim. Er erklärt mir, wo die Badezimmer sind, welche Kinder sich welche Zimmer teilen und auch wer »cool« und wer eher »doof« ist. Ich erkenne eindeutig eine Tendenz dahingehend, dass Mädchen mehr zu »doof« und Jungs eher zu »cool« gehören.

Zudem zeigt er mir die Küche und das Speisezimmer sowie den Außenbereich der Heimanlage.

»Meine Eltern sind beide drogensüchtig, sie haben mich und meine Schwester Luisa geschlagen. Also kamen wir hier ins Heim. Luisa ist schon in einer Pflegefamilie und vielleicht bekomme ich auch bald eine«, erklärt mir Ed ganz offen, als wir uns draußen auf die Schaukeln setzen.

»Oh«, sage ich, weil ich nicht weiß, wie man reagiert, wenn jemand einem so etwas Privates erzählt, was offenkundig etwas Schreckliches ist.

»Wieso bist du hier?«, fragt er mich.

Ich greife fest um die kalten Metallketten der Schaukel und starre geradeaus in das Gebüsch.

»Ich habe meinen Vater getötet.«

Eds Gesichtszüge entgleisen, er wird leichenblass und ein tonloses »Was?«, kommt über seine Lippen.

Ich sehe es in seinen geweiteten Augen. Er hat Angst vor mir.

Seit diesem Tag hielten sich die anderen Kinder von mir fern. Mieden mich, als wäre ich ein bissiges Tier.

Kapitel 21

Lucia

Alle noch lebenden, nicht geflohenen Anhänger meines Familienclans schreibe ich an. Ich lade einen nach dem anderen in die Villa ein, damit ich sie über ihre Erinnerungen an den Tag, als meine Eltern starben, ausfragen kann. Dario ist nun schon seit zwei Tagen fort und noch immer war ich nicht im Keller bei meinem *Gast*.

Ich halte es für besser, erst wieder einen klaren Kopf zu bekommen, bevor ich mich ihm aufs Neue stelle. Doch soeben hat mein Gefangener Camilo ohnmächtig gewürgt. Also musste ich ihn ruhigstellen und völlig fixieren lassen, bevor ich zu ihm gehen kann.

Auch wenn er eventuell nicht der Mörder meiner Eltern ist, ist Grimm dennoch ein gefährlicher Mann. Er ist ein Killer mit jahrelanger Übung. Selbst völlig entwaffnet kann sein Körper noch tödlich sein und ich werde nicht denselben Fehler wie Camilo und Juan machen. Grimm hat mir bereits mehrfach bewiesen, wie überlegen er ist.

Ich schlucke hart, stehe von dem Schreibtisch meines Mannes auf, an welchem ich bis gerade noch nach Hinweisen und Akten von vor sechs Jahre gesucht habe, und blicke auf die dünne, goldene Armbanduhr um mein Handgelenk.

Bald sollte die Wirkung des Narkotikums enden und Grimm wieder zu sich kommen. Es wird Zeit, dass ich mich auf den Weg mache.

Als ich die Kellertür erreiche, wollen zwei der Männer mich begleiten, doch ich lehne entschlossen ab. Diesen Besuch werde ich ihm allein abstatten.

Und dann muss ich entscheiden, was mit ihm passiert. Solange Dario unterwegs ist, droht keine Gefahr. Doch wenn er zurückkommt, wird er ihn vermutlich einfach umlegen und damit wäre eine weitere Möglichkeit, die Wahrheit herauszufinden, von dieser Welt verschwunden.

Vor der Kellertreppe straffe ich mich, atme durch und steige dann hinab. Hier unten ist es dunkel, kalt und muffig. Abgesehen von ein paar Lebensmitteln, Geräten und Werkzeugen, die hier gelagert werden, wird der Keller nur benötigt, wenn wir einen Gefangenen haben. Und das passiert nicht oft. In den sechs Jahren waren es lediglich fünf Männer, die das Pech hatten, hier zu landen. Einer musste daran erinnert werden, seine Schulden bei meinem Mann abzuzahlen und nicht das Geld, was er mit seinem Drogenhandel erwirtschaftet, zunächst in teure Autos zu investieren. Ein anderer hatte Hinweise an die Polizei gegeben und es bedurfte horrender Bestechungsgelder, wieder alles glattzubügeln. Bei den anderen dreien kenne ich keine Details, ich nehme aber an, dass es sich um ähnliche Vergehen handeln musste.

Meine Schritte hallen durch den leeren Flur, welcher nur von nackten Glühbirnen beleuchtet wird. Bei seiner Zelle bleibe ich stehen und drehe mich zu ihm.

Der schwache Lichtschein schafft es kaum zu ihm heran, doch ich erkenne, dass er inzwischen mit Armen und Beinen fest fixiert an der Wand hängt. Um ihn besser sehen zu können, schalte ich das Licht in dem Kerkerraum an. Eine Neonröhre an der Decke flackert, bevor sie endgültig leuchtet und mir das ganze Ausmaß seines Zustandes zeigt.

Meine Männer waren wahrlich nicht zimperlich mit ihm. Ich habe ihnen gesagt, dass sie ihn auf eine *Befragung* vorbereiten sollen. Sein schwarzes Shirt klebt nass und eng an seinem Körper, die Stellen seiner Haut, die freiliegen, sind mit Blessuren und Blut übersäht. An seinem Kopf befindet sich eine Platzwunde, deren Blutung jedoch inzwischen weitestgehend gestoppt hat. Dunkler Schorf hat sich darauf gebildet.

Solange ich die Wahrheit nicht kenne, ist er nach wie vor der Feind. Und selbst wenn sich herausstellen sollte, dass er den finalen Coup nicht ausgeführt hat, so war er doch an jenem Abend hier, um meine Familie zu töten. Ebenso wie seine Kameraden. Egal, was ich also herausfinden sollte, ich werde diesen Mann immer hassen!

Ich balle meine Hände zu Fäusten, während ich ihn betrachte.

Sein tätowierter, blutverschmierter Kopf ist gesenkt, sein Brustkorb hebt und senkt sich regelmäßig, doch die Art, wie er nicht schlaff, sondern angespannt in den Ketten hängt, die seine Arme und Beine in allen Richtungen von ihm wegspreizen, zeigt mir, dass er bei Bewusstsein ist.

Mein Mund ist trocken und in meiner Brust rumort die Anspannung in Form von einem schmerzhaften Ziehen.

Ihn zu sehen, löst etwas in mir aus.

Etwas, das dort nicht hingehört, das ich weit, weit von mir schieben möchte, weil es mir nur im Weg stehen würde.

Aber es gelingt mir nicht. Ich kann nicht verhindern, dass sich zu meiner bitteren Entschlossenheit, der angespannten Nervosität und dem lange antrainierten Hass noch ein weiteres Gefühl gesellt. Es ist etwas Dunkles, Verbotenes. Eine Art Verlangen, welches sich schon zwei Mal heimlich in meinen Kopf geschlichen hat, sodass ich erotische Vorstellungen von ihm hatte.

Ich spüre, wie meine Wangen anfangen zu glühen.

Konzentration, Lucia! Halt deine verdammten Hormone im Zaum!

Denn es ist nichts anders als das. Hormone. Chemische Reaktionen in meinem Körper, die durch irgendetwas von ihm ausgelöst werden. Mein ursprünglichstes, animalischstes Ich reagiert auf ihn. Seinen Anblick. Seine Ausstrahlung. Vielleicht auch seinen Geruch. Aber es wäre ja lachhaft, wenn ich diese simplen Triebe nicht in den Griff kriegen würde.

Also versuche ich, das unangebrachte Flattern in meinem Magen und das erhitzte Pochen zwischen meinen Schenkeln zu ignorieren. Dem kann auch der leichte Uringeruch, der hier unten herrscht, keinen Abbruch tun.

»Hallo, Lucia.«

Der Bass seiner tiefen Stimme vibriert durch den sonst völlig stillen Keller und trifft mich wie ein Blitz.

»Hallo, Grimm.«

Meine Kehle ist trocken und schmerzt, als ich schlucke. Egal, wie sehr ich mich auch auf die Begegnungen mit ihm vorbereite, wenn ich ihm gegenüberstehe, ist es, als wäre mein Innerstes eine rohe, blutende Wunde. Sein Anblick reißt alle Mauern, die ich um meine Emotionen baue, völlig ein. Zu tief hat sich der Gedanke, dass er für den Tod meiner Eltern verantwortlich ist, die letzten sechs Jahre eingebrannt.

»Du hast dir Zeit gelassen«, murmelt er. Langsam hebt er seinen Kopf und sein stechend grüner Blick fixiert mich.

»Wird es ungemütlich?« Ich versuche, wenigstens nach außen meine coole Fassade zu wahren. »Tut mir leid, aber das hier ist eben eine Zelle und kein Luxushotel.«

Mein Blick wandert zu dem Schlüsselloch des groben Metallgitters. Ich lecke mir über die Lippen, unsicher, was ich machen soll. Aber er ist völlig fixiert, also ist es auch nicht gefährlich, zu ihm in die Zelle zu gehen. Andererseits habe ich keinen Grund. Unterhalten können wir uns auch von hier.

»Ich mag es ungemütlich«, erwidert Grimm. Sein Blick folgt meinem zu dem Schloss, findet dann aber zurück in mein Gesicht. Er bettelt nicht darum, dass ich ihn freimache, dass ich ihm etwas zu trinken oder zu essen gebe. Nicht mal eine Emotion ist in seinem totenkopfgleichen Gesicht zu erkennen. Als wäre es kein Problem, dass er wie ein Tier auf der Schlachtbank festgemacht wurde. Wer weiß. Vielleicht ist er ein Masochist und steht drauf. Jedenfalls hat er es genossen, mit mir zu kämpfen.

»Du behauptest, du seist nicht der Mörder meiner Familie«, sage ich mit fester Stimme.

»Korrekt.«

»Aber du warst an jenem Abend dort, als sie gestorben sind. Ich habe dich gesehen und du hast mich gesehen.« Wir haben uns genau in die Augen geblickt. Diesen Moment werde ich niemals vergessen können. Damals glaubte ich, dass ich dem Tod persönlich in die Augen sah. Meine Eltern waren wie viele Kolumbianer sehr katholisch gewesen und hatten mich und meinen Bruder auch in dem Glauben erzogen. In meinem Schockzustand damals hatte ich wirklich an etwas Übernatürliches gedacht und erst später war mir bewusst geworden, dass es sich lediglich um einen tätowierten Menschen gehandelt haben musste.

»Ich habe dich gesehen und ich war dort um dich zu töten«, bestätigt Grimm und reißt mich aus meinen Gedanken.

»Hast du gesehen, wie meine Eltern gestorben sind?«

Intensiv mustert er mich, bevor er nickt.

»Was hast du gesehen?« Ich trete einen Schritt nach vorne und ich umgreife die dicken, rostigen Eisenstäbe so fest, dass meine Fingerknöchel weiß hervortreten. Meine Herzfrequenz beschleunigt sich. »Sag es mir!«

»Sie sind erschossen worden. Von den Männern, die danach ebenfalls umgebracht wurden.« Grimm lehnt seinen Kopf leicht zur Seite und ein wenig nach hinten, sodass er regelrecht von oben zu mir herabsieht. Ich könnte schwören, dass sein Blick eine Art herausforderndes Funkeln in sich birgt. Er weiß mehr, da bin ich mir sicher.

»Das ist nicht alles«, zische ich zwischen zusammengepressten Zähnen und durchbohre ihn mir schmalen Augen.

Ein leichtes Schulterzucken, welches mit dem hallenden Rasseln von Ketten einhergeht, ist die Antwort, die ich bekomme.

»Aber alles, was du kriegst.«

»FUCK!« Ich schlage mit der Unterseite meiner Faust gegen das Gitter, lasse dann davon ab und schließe nun doch die Tür auf. Mit wenigen schnellen Schritten stehe ich dicht vor meinem Gefangenen, habe mein Messer gezogen und halte ihm die Spitze unter sein Kinn. Ebenso scharf wie meine Klinge sind mein Blick und meine Stimme.

»Sag mir, was du weißt, oder ich schwöre, ich schlitze dich auf.«

Das Grün seiner Augen wird dunkler und ein erregter Glanz leuchtet in ihnen auf. Fuck, das ist nicht die verdammte Reaktion, die ich erreichen wollte.

»Und tötest damit die vermutlich einzige Chance, die Wahrheit herauszufinden«, könnte er sagen – tut er aber nicht. Denn er weiß, dass ich mir dessen sehr bewusst bin und er mir diese Tatsache nicht erst vor Augen halten muss. Dieser Mistkerl ist in der Machtposition mir gegenüber, selbst hier festgekettet.

»Ich werde es, wenn nötig, aus dir herausfoltern«, drohe ich leise. »Und ich schwöre dir, mir fallen Foltermethoden ein, die dir nicht gefallen werden.«

»Und ich schwöre dir, dass ich dir nichts verrate.«

Sein Blick bohrt sich in meinen. Keiner von uns beiden blinzelt.

Langsam schiebe ich meinen Kiefer hin und her.

»Das werden wir ja sehen.«

Ich habe nicht viel Zeit, ihm Informationen zu entlocken. Dario wird vermutlich in wenigen Stunden maximal Tagen zurückkommen. Oder ich muss versuchen, ihn zu überreden, dass ich diesen Gefangenen noch ein wenig länger behalten kann, bevor wir ihn umbringen. Doch mein Mann ist genervt von meiner Besessenheit gegenüber meiner Vergangenheit, welche mich schon unsere ganze Ehe verfolgt. Welche mich zu dieser Frau macht, die kämpft anstatt zu kochen. Die Messer schleift, anstatt sich die Nägel zu lackieren. Zu einer Frau, wie er sie nicht haben will.

Aber diesen einen Gefallen wird er mir zugestehen müssen. Wenn ich erst aus Grimm herausbekommen habe, wer der wahre Mörder ist – wenn es denn wirklich einen geben sollte und das alles keine List ist, um von sich abzulenken – hat diese Qual endlich ein Ende.

»Deine letzte Chance, etwas zu erzählen und die Folter zu umgehen«, biete ich ihm an, aber Grimms schwarze Lippen bleiben fest verschlossen.

»Gut. Wie du willst.«

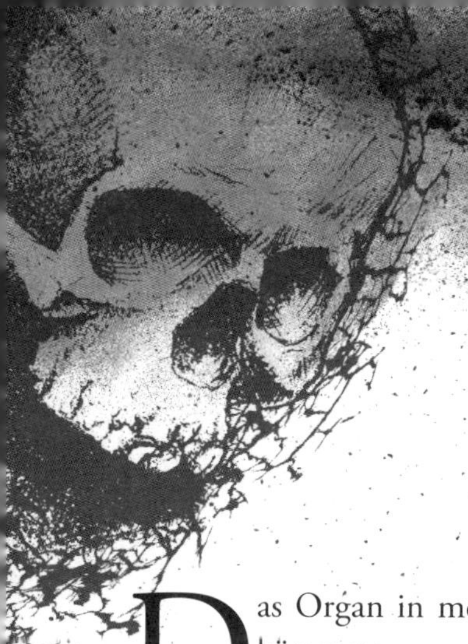

Kapitel 22

Grimm

Das Organ in meiner Brust rast. Mit harten Schlägen hämmert es von innen gegen meine Rippen und ich spüre ein aufgeregtes Rauschen in meinen Adern. Meine Brust hebt und senkt sich im schnellen Takt meiner Atemzüge.

Die schweren Eisenmanschetten um meine Hand- und Fußgelenke schneiden in mein Fleisch und meine Gelenke schmerzen, da sie nach wie vor in dieser Da-Vinci-Haltung auseinandergezerrt sind. Und doch stört es mich nicht. Nicht einmal, dass mein Körper sich in meiner kurzen Zeit der Ohnmacht unter den Betäubungsmitteln von dem Inhalt meiner vollen Blase befreit hat. Wie Lucia es eben gesagt hat: Ich befinde mich in einer Zelle und keinem Luxushotel.

Dennoch weiß sie genauso gut wie ich, dass ich mein Schicksal selbst erwählt habe. Dass ich mich dazu *entschieden* habe, gefangengenommen zu werden.

Und je länger ich an diesem Ort verweile, desto mehr wird mir klar, wieso ...

Lucia steht mir gegenüber. In ihren dunklen Augen glimmt ein Feuer, dessen Funken auf mich überspringen und meinen gesamten Körper in Flammen setzen.

Sie ist wütend und verzweifelt. So voller Gefühl. Voller Leben.

Und in mir windet sich ein Verlangen. Ein dunkler Wunsch. Eine Gier, die ich auf diese Art noch nie empfunden habe. Während diese gebrochene Frau vor mir steht, ihre Fäuste ballt und der Hass sich in ihrem fahlen Gesicht widerspiegelt, kann ich es nicht abwarten, dass sie mir näherkommt. Dass sie einen Schritt auf mich zumacht, ich ihre Wärme spüren und ihren Duft riechen kann. Dass sie mir Schmerzen zufügt, um diese Worte aus mir hervorzulocken, von denen wir beide wissen, dass ich sie ihr nicht geben werde.

Doch Lucia wendet sich ab und geht.

Ihre zierliche Gestalt verschwindet die Treppe hinauf und allein die Tatsache, dass sie sich nicht die Mühe macht, das Licht auszuschalten, verrät mir, dass sie bald zurückkommen wird.

Meine Kehle ist staubtrocken und brennt. Als ich mit meiner Zunge über meine schmerzenden Lippen fahre, fühle ich, wie rissig und wund sie sind. Nicht nur wegen der Schläge, die ich abgekriegt habe, sondern auch, weil ich bereits seit mehr als einem Tag nichts getrunken habe.

Ich bin gespannt, ob dieses Mädchen mich an meine Grenzen bringen kann.

Einige Minuten vergehen, ehe sich die Tür wieder öffnet und sie zurückkommt. Sie hat sich umgezogen. Während sie eben noch ein Kleid trug, ist sie jetzt in ein schwarzes Top und eine gleichfarbige, kurze Jeans gekleidet. In ihrer Hand hält sie einen Koffer und ich kann mir denken, dass es sich dabei nicht um ein paar Akten handelt, die sie mir zeigen möchte.

Mit eiserner Mine kommt sie zu mir in die Zelle, nur, um direkt wieder zu gehen, diesmal jedoch in einen anliegenden Kellerraum. Klappernd schiebt sie einen Metallwagen herein, auf dem sie den Koffer legt. Schnappend öffnet sie die Verschlüsse und klappt ihn auf. Während sie den Inhalt inspiziert, rutscht ihr immer wieder eine schwarze Haarsträhne vor das Blickfeld, die sie zurück hinter ihr Ohr streicht.

Ich habe keine Augen für die Folterinstrumente, die sie auspackt, bin zu fasziniert von ihren filigranen Fingern, die noch an ihrem schlanken Hals verweilen. Bin wie magisch angezogen von der schlanken Linie ihres Halses und ihrer Schultern, die zwar muskulös, aber ein wenig zu dünn erscheinen, ebenso wie sich ihr Schlüsselbein deutlich abzeichnet. Noch nie war ich so hingerissen von einem anderen Menschen. Obwohl mir bewusst ist, dass ich untypisch für mich empfinde, so schäme ich mich keine Sekunde. Und verleugne es auch keine Sekunde. Stattdessen sauge ich diese ungewohnten Emotionen auf wie ein Schwamm. Inhaliere sie, weil sie etwas so Seltenes und Kostbares sind.

Nachdem Lucia ein drittes Mal ihre Haare zurückstreichen musste, zieht sie ein Haargummi von ihrem Handgelenk und bindet sich ihren schwarzen Schopf zu einem strengen Pferdeschwanz, der ihr nun dick und schwer über die Schulter fällt, als sie sich zum Koffer beugt und eine Schere hervorholt.

Sie dreht sich zu mir um und sofort sucht mein Blick den ihren. Sie kommt mit langsamen, bedachten Schritten auf mich zu und als sie dicht vor mir anhält, schießt mein Blut kochend heiß durch meine Venen und verbrennt mich in einer so süßen Qual, dass ich es genieße.

Lucia lässt die Schenkel der Schere aufschnappen und schiebt sie unter den Saum meines Shirts. Während ihre Augen meine gefangen halten, zieht sie die Schneide nach oben und mit einem RATSCH spaltet sich der Stoff über meiner Brust, die sie nun freilegt, indem sie auch den Rest der Kleidung von mir schneidet.

Dann erst senkt sie ihre Lider und ihre Iriden werden von ihrem dunklen, dicken Wimpernkranz verdeckt. Sie mustert meinen Bauch, betrachtet die Linien der Tattoos und an dem kurzen Zusammenzucken ihrer Augenbrauen kann ich den genauen Moment bestimmen, in dem sie die vielen Narben unter der Tinte erkennt.

Fast spüre ich ihren Blick physisch über meine Haut wandern, wie sie jeden Zentimeter in sich aufnimmt und sich fragt, woher all die Verletzungen stammen, wie ich aussehen kann wie in einen Mixer geraten und dennoch lebe.

Langsam arbeiten sich ihre Augen empor, bis sie wieder in meinem Gesicht ankommen und feststellen, dass auch dort feine Linien unter den Tattoos erkennbar sind.

Aber nicht nur ich trage Narben. Auch wenn ihre weniger sind, so kann ich doch die Male auf ihrer Haut erkennen, die davon erzählen, dass ihr Leben nicht leicht war. Ein heller, dünner Strich teilt ihre Augenbraue, ein anderer ziert ihre Wange und noch weitere Lippen und Kinn.

In mir regt sich der Drang, sie zu berühren, und unwillkürlich bewegen sich meine Hände, zerren an den Ketten, weil ich vergesse, dass ich angebunden bin.

Ein lautes Klappern und Rasseln zerreißt die Stille im Keller.

Aus meiner Trance gerissen erschrecke ich nicht weniger als Lucia, die einen Satz zurück macht.

Es ist, als würde sie sich jetzt erst erinnern, was sie eigentlich vorhatte und wer dort wehrlos vor ihr hängt. Denn nun schneidet sie ungeniert und grob meine Hose auf, sieht dabei ärgerlich und verbissen aus. Kurz darauf hänge ich völlig entblößt vor ihr und meine Kleidung ist nur noch ein unbrauchbarer Stoff zu meinen Füßen.

Seine Opfer nackt zu foltern, hat in erster Linie einen psychologischen Hintergrund. Soll mich verletzlich fühlen lassen, mich erniedrigen. Aber keines der Gefühle stellt sich, wie zu erwarten, bei mir ein.

Es ist mir einfach egal. Denn ich habe ja noch meine Tätowierungen, die sich, wie sie jetzt feststellt, über meinen gesamten Körper erstrecken. Solange sie mir diese nicht nimmt, gibt es nichts, was mich unwohl fühlen lassen könnte.

Nachdem sie mich also nach allen Regeln der Kunst entkleidet hat, wendet sie sich erneut dem Koffer zu. Nahrungs- und Wasseraufnahme verweigern hat sie auch bereits abgehakt, mich allein der Dunkelheit und Ungewissheit ausharren lassen, ebenfalls. Mich frieren lassen – check. Einige Punkte auf der Folterliste haben wir also schon durch. Ich bin also gespannt, was sie sich einfallen lässt.

Sie nimmt ein Skalpell heraus. Die scharfe Klinge blitzt kurz in dem kalten Licht der Halogenlampe an der Decke auf.

Nun kann ich nicht verhindern, dass mein Mundwinkel hinaufzuckt.

Lucia stellt sich erneut dicht vor mich, sieht mir kurz in die Augen und setzt die Klinge dann, ohne zu zögern, an meiner Brust an.

Langsam neige ich den Kopf schief und genieße das aufgeregte Flattern in meiner Brust, beobachte, wie sie, ohne zu zögern, in mich schneidet und das Skalpell meine Haut hinab bis kurz vor meinen Bauchnabel gleiten lässt. Ich rechne es ihr hoch an, dass sie das mit chirurgischer Kälte vollzieht, denn ich glaube nicht, dass sie bereits häufig Menschen gefoltert hat – wenn überhaupt.

Rotes Blut quillt aus dem Schnitt hervor, nicht sehr viel, da sie nicht tief eingedrungen ist. Doch es sind einige Tropfen, die hinabperlen.

Als ich jedoch nicht einmal mit der Wimper zucke, kräuseln sich ihre Brauen irritiert. Ihr Ausdruck pendelt zwischen Verwunderung und Ärger.

»Weiter«, fordere ich sie sanft, aber mit von der Dehydration rauer Stimme auf.

Ihre Augen weiten sich.

»Was?« Nur ein fassungsloses Hauchen.

»Schneide mich weiter, Lucia«, verdeutliche ich. Doch das Skalpell in ihrer Hand verharrt wenige Zentimeter von meiner Haut entfernt und langsam beginnen ihre Finger zu zittern.

Als sie auf meine Aufforderung nicht reagiert, mir nur ungläubig mit leicht geöffneten Lippen in die Augen starrt, lehne ich mich vor. Erneut erfüllt das Rasseln der Ketten den Keller, doch diesmal springt sie nicht zurück. Den wenigen Spielraum, den ich habe, nutze ich aus. Komme ihr entgegen. Bis meine Nasenspitze eine Hand breit vor ihrer anhält und sich die Klinge in mein Fleisch drückt.

Ihr Atem stockt. Bleibt in ihrer Luftröhre stecken wie der Biss vom Apfel in Schneewittchens Kehle.

Ich bemerke aus dem Augenwinkel, wie eine Gänsehaut über ihre weiße Haut kriecht und jedes Härchen aufstellt. Und während ein Wirbelsturm aus Gefühl in mir wütet, meine Glieder mit Leben und mein Innerstes mit Wärme füllt, flackert ein Lächeln um meine Lippen. Nicht wegen des Schmerzes, den ich nicht wirklich wahrnehme, nicht wegen der Freude darüber, etwas zu empfinden, sondern weil sie in ihrem Schock so wunderschön aussieht.

Ihr Blick reißt sich von meinen Augen los, senkt sich hinab zu der Stelle, in der das Skalpell meine Haut durchbohrt. Unglauben, Fassungslosigkeit und auch ein wenig Angst spiegeln sich in ihrem Gesicht wider.

»Tiefer«, hauche ich dicht vor ihr. »Schenk mir all deinen Hass, all deine Verzweiflung und schneide mich so tief du kannst. Lass mich bluten. Lass mich schreien. Lass mich leben, Lucia!« Mit jedem Wort, das meine Lippen verlässt, wird sie unsicherer. Verstörter. Und die Gier in mir größer. Wenn ich könnte, würde ich um ihre Hand fassen und sie führen. Sie anleiten, wie sie mich am besten verletzt, ohne mich umzubringen. Wie tief sie eindringen kann, ohne Organe zu verletzen.

Wo es am meisten schmerzt, wo es am wenigsten oder am meisten blutet. Doch ich kann nicht. Alles, was mir übrig bleibt, ist, sie mit meinem Blick aufzufordern.

Ich erreiche jedoch schlicht das Gegenteil.

Lucia macht einen Schritt zurück, zieht das Skalpell aus mir heraus und wirft es fort, als wäre es glühend heiß.

»Was bist du?!«, ruft sie mit bebender Stimme.

»Ein Monster«, antworte ich. »So wie du. Bloß dass ich ein hässliches bin und du dagegen wunderschön. Aber unsere Seelen sind gleich. Wir atmen, unser Fleisch ist warm, aber wir sind innerlich längst tot.«

»Wir sind nicht gleich! Das ist Schwachsinn!« Sie schüttelt ihren Kopf, macht noch einen Schritt von mir weg.

»Du weißt, dass es so ist. Ein Kind der Dunkelheit erkennt das andere, wenn es vor ihm steht. Ich kann spüren, dass ich Emotionen in dir hervorrufe. Dass du anfängst zu leben, wenn du in meiner Nähe bist, ebenso wie ich anfange zu leben, wenn ich in deiner bin.«

Der kurze Moment der Stille zwischen uns, in dem sie mich fassungslos und verleugnend ansieht, wird von einem leisen Tropfen unterbrochen, als das Blut von meinen Wunden auf dem Boden aufkommt.

»Halt den Mund!«, ruft sie schließlich, als ich meine Lippen erneut öffne, um zu sprechen. »Sag mir verdammt noch mal, was du in dieser Nacht gesehen hast! Du kannst mich mit deinen Worten nicht einschüchtern! Du bist krank! Ein Irrer! Mehr nicht! Gib mir, was ich wissen will, und ich überlege, ob ich dein erbärmliches Leben verschone!«

Ihre Nasenflügel weiten sich leicht, weil sie so angestrengt atmet, und ich sehe den Puls an ihrer Halsschlagader schnell arbeiten.

Ich durchbohre sie mit meinem Blick, während sie am ganzen Körper bebt.

»Gut«, sage ich schließlich, atme tief ein und lehne meinen Kopf nach hinten an die Wand. »Ich werde dir sagen, was ich weiß, wenn du mich leben lässt.«

»Okay. Dein Leben gegen die Informationen.« Sie zuckt die Schultern und nickt. »Vorausgesetzt, sie bewahrheiten sich.«

»Das meine ich nicht, Lucia.« Jetzt fällt mir auf, dass meine Formulierung missverständlich war.

»Was dann?« Verwirrt kräuseln sich ihre Brauen.

»Gib mir Emotionen. Gib mir Gefühle. Und lass zu, dass ich sie dir ebenso gebe. Als Dank dafür werde ich es dir verraten.«

Die Irritation in ihrem Gesicht wächst, vermischt sich mit Unverständnis und Ablehnung. Im Gegensatz zu mir, der sich selbst und die Gefühle, die er hat, anerkennt, verleugnet sie ihre, schiebt sie von sich, weil sie ihr nicht logisch erscheinen.

Ich weiß nicht viel über menschliche Empfindungen, doch das, was ich weiß, ist, dass sie nur selten einer Logik folgen, die wir verstehen.

»Du kannst auch weiter versuchen, es aus mir herauszufoltern. Oder mich umbringen. Mir ist beides recht.« Ich zucke die Schultern.

Lucia reagiert nicht. Sie starrt mich regungslos an. Blinzelt nicht einmal.

Während sie mit sich ringt, warte ich ab, wofür sie sich entscheiden wird.

Ich weiß, dass meine Forderung ungewöhnlich ist. Vielleicht auch verstörend oder beängstigend. Daher habe ich keine Ahnung, wie sie entscheiden wird.

Das Zittern ihres Körpers verstärkt sich, ihre Atemfrequenz beschleunigt sich.

»Das ist doch völlig krank!« Mit diesen Worten wirbelt sie herum, lässt alles stehen und liegen und mich in der Ungewissheit und blutend hängen. Sie stürmt aus der Zelle, macht sich nicht mal die Mühe, hinter sich abzuschließen, und verschwindet die Kellertreppe hinauf.

Als das Licht ausgeschaltet wird, erfasst die Dunkelheit nicht nur den Raum um mich herum, sondern auch mein Herz.

Ich habe keine Ahnung, für welche Option sie sich entscheiden wird.

Kapitel 23

Lucia

Ich brauche Abstand zu ihm und zu seinen toxischen Worten. Diesen Worten, die ich nicht wahrhaben will, von denen ich aber tief in mir weiß, dass sie es sind. Dieser Mann löst etwas in mir aus, vertreibt all diese emotionale Leere und füllt sie mit so viel Feuer, dass ich wie Funken im Sturm hin und her gerissen werde. Zwischen Wut, Trauer, Entschlossenheit, Bitterkeit, Verzweiflung, Hass, Faszination. Von allem ist etwas dabei und das überfordert mich vollkommen. Bin ich doch sonst innerlich völlig verwelkt und abgestorben, dass selbst von meinem Ehemann missbraucht zu werden nicht mehr ist als eine lästige Notwendigkeit, die ich ertragen kann, die mein taubes Innerstes aber nicht mal im Entferntesten noch berührt.

Oben angekommen schlage ich mit der Faust frustriert gegen die raue Wand des Gebäudes und bereue es noch im selben Moment. Denn das Gemäuer besteht aus massivem Stein, der definitiv härter ist als meine Knochen und meine Haut, welche aufschürft. Taubheit breitet sich in meiner Hand aus, die ich zischend und fluchend schüttele.

Inzwischen ist es spät am Abend und ich halte Grimm seit zweiundvierzig Stunden gefangen und er hat noch nicht ein Mal gefleht oder gebettelt. Weder nach Freiheit noch nach Essen oder Trinken. Stattdessen hat er sich selbst in das Skalpell hineingedrückt, welches ich ihm an die Brust gehalten habe.

Ich muss die Luft halb fassungslos, halb lachend ausstoßen, als ich daran denke, und schüttele meinen Kopf. Der Kerl ist anders als alles, was ich bisher erlebt habe. Noch immer rast mein Puls von meinem Besuch bei ihm und ich weiß, dass es mehr ist, als der Hass, der in mir brodelt.

»Gib ihm etwas zu trinken und spritz ihn mit kaltem Wasser ab. Sonst pack ihn nicht an, verstanden?«, befehle ich einer der Wachen. »Sieh auch zu, dass sonst niemand mehr zu ihm geht. Er ist *mein* Gefangener, verstanden?«

Der Mann nickt gehorsam. Auch wenn ich nicht dieselbe Stellung besitze wie mein Mann Dario, so würde niemals einer der Angestellten gegen meine Anordnung verstoßen. Jedenfalls, solange sie mit keiner meines Mannes kollidiert.

Ich muss meine Gedanken sortieren, mich sammeln. Also schnappe ich mir die beiden Dobermänner Alien und Predator, befehle ihnen mit einem Zungenschnalzen, mir zu folgen und verlasse das Anwesen durch das Haupttor. Sofort falle ich in einen schnellen Lauf. Zusammen mit den beiden langbeinigen, schlanken Hunden jogge ich in straffem Tempo die verlassene, hügelige Straße entlang, die nur von dem Schein des Mondes erhellt wird. Bald biege ich in einen Waldweg ab und meine Schuhsohlen berühren Erdboden anstatt harten Asphalts.

Von der Hitze des Tages ist der Untergrund noch so aufgewärmt, dass ich die Wärme meine nackten Beine hinaufstrahlen spüre. Das tropische Klima ist so voll hoher Luftfeuchtigkeit, dass schon nach wenigen Minuten mein Shirt nass an meinem Körper klebt. Ich kenne diesen Weg auch im Dunkeln auswendig. Das Gelände um das Anwesen ist mein Revier. Ich kenne jeden Ast, jede herausstehende Wurzel und jeden Schleichweg. Das Knacken in der Dunkelheit irgendwo im Wald, das Krächzen, Jaulen und Rufen von nachtaktiven Tieren macht mir längst keine Angst mehr.

Ich habe schon lange herausgefunden, dass die Tierwelt nicht das ist, wovor ich mich fürchten muss. Es sind die Menschen, die allein zu unendlicher Grausamkeit in der Lage sind. Ebenso wie die Finsternis mich nicht mehr ängstigt, denn sie ist keine Bedrohung, sondern Schutz.

Fünf Kilometer Wald- und Feldweg mit Abhängen und steilen Steigungen später verlangsame ich mein Tempo, laufe aus, bis ich in einen schnellen Schritt verfalle. Mein Atem geht hart und tief und ich höre das Hecheln der beiden Hunde neben mir, die mir nicht von Seite weichen.

Fünf Minuten später erreiche ich mein Ziel. Es ist eine Klippe, an der es steil in die Tiefe geht. Von hier aus kann ich auf die Lichter des Dorfes am Fuß des Berges hinabblicken. Das wilde Gras wächst mir bis zu den Knien hoch und ich lasse mich in es hineinsinken. Weich fängt es mich auf, die kühlen Halme streicheln angenehm über meine verschwitzte Haut. Ich richte meinen Blick in den sternenklaren Himmel. Lautes Zirpen der Insekten aus dem Gras erfüllt die Nacht und langsam schließe ich meine Augen.

Mein Ausflug hat mich längst nicht an meine Grenzen gebracht und doch fühle ich mich jetzt befreiter.

Träge hebe ich eine Hand und kraule einem Hund hinter dem Ohr.

Ich muss wissen, wer meine Eltern auf dem Gewissen hat. Ich muss wissen, was Grimm gesehen hat. Er war hier – an jenem unheilvollen Tag, hat alles mit angesehen. So viel steht fest. Ich glaube ihm auch, dass er hier war, um mich zu töten. Er ist ein verdammter Auftragsmörder, so viel weiß ich definitiv durch meine Recherchen. Und ich weiß auch, dass er für den Valenti-Clan arbeitet, mit dem Dario eine Handelsbeziehung führt. Diejenigen, die damals für den Mord an meinen Eltern erschossen wurden, waren definitiv die Todesschützen. Aber ob meine

Annahme, dass Grimm den Befehl gegeben hat, korrekt ist? Bekommt er nicht auch einfach nur Befehle von weiter oben? Von dem Anführer des Clans? Mario Valenti ist sein Name. In seinen Kreisen wird er jedoch Ace genannt. Auf vielen Fotos, die ich von Grimm habe machen lassen, ist er zu sehen. Die beiden scheint nahezu eine Freundschaft zu verbinden. Aber ich verstehe nicht, wieso Grimm oder Ace meine Familie töten wollten. Sie haben meinen Bruder umgebracht! Hatten sie Angst vor der Rache meines Vaters und mussten uns deshalb schnell loswerden?

Es dauerte, bis ich herausgefunden hatte, was los war, und als ich feststellte, dass mein eigener Ehemann eine geschäftliche Beziehung mit dem Clan führte, der für den Tod meiner Familie verantwortlich ist, bin ich in ein tiefes Loch aus Entsetzten gefallen.

»Wie kannst du nur! Diese Männer haben meine Familie ermordet!«, brülle ich Dario an. Sein Gesicht ist versteinert, ohne Gefühl. Er zuckt nicht mal mit den Wimpern, als ich anfange, mit flachen Händen auf ihn einzuschlagen. Stattdessen ergreift er schlicht meine Handgelenke und hält sie eisern fest. Sein Griff ist brutal um meine Haut, schmerzt.

»Das sind Sachen, in die Frauen ihre Nase nicht hineinstecken sollten, weil sie es ohnehin nicht verstehen«, knurrt er. »Hör auf, der Vergangenheit nachzujagen, und lerne endlich, eine vernünftige Ehefrau zu sein, Lucia!«

Irgendwie schaffe ich es, mich von ihm loszureißen. Sehe ihn schwer atmend und voller Zorn an.

»Ach ja?! Was soll ich denn denken, Dario?! Nenn mir einen guten Grund, wieso du meine Familienehre mit Füßen trittst und gemeinsame Sache mit den Mördern machst?«

Als ich erneut auf ihn losgehen will, hebt er seine Hand und mit einem lauten Klatschen, gefolgt von einem brennenden Schmerz, trifft sein Handrücken meine Wange. Von der Wucht des Schlages falle ich zu Boden. Sehe ihn erschrocken an und halte mein pochendes Gesicht.

»Damit endlich Frieden herrscht, verfickt noch mal. Willst du, dass sie weitermachen? Dass DU die nächste bist? Es ist der einzige Weg, das Blutbad zu beenden, bevor dein gesamter Clan ausgerottet ist!«, schreit er mich an. Spucke fliegt mir entgegen. Sein Gesicht ist rot und die Adern an seinem Hals treten pulsierend hervor.

Ich zucke zusammen. Rutsche aus Angst, noch mal geschlagen zu werden, von ihm weg. Doch sein Gesichtsausdruck ändert sich. Er wird weicher, wärmer, wohlwollender.

»Mein Liebling, meine Schöne ...« Ich will vor ihm zurückweichen, doch er umfasst meinen Oberarm und zieht mich sanft, aber gegen meinen Willen in seine Arme. Umschlingt mich, hält mich. Ich fühle mich wie im Würgegriff einer Schlange und erstarre. »Ich tue das alles doch nur für dich. Dafür, dass eure Familie weiterbesteht und mächtiger wird. Schau, ich erlaube dir doch sogar, diesen Mann zu jagen, damit du deine Rache bekommst. Welcher Mann würde das tun? Welcher Mann würde zulassen, dass seine eigene Ehefrau sich zur Mörderin ausbilden lässt? Ich will dir nichts Schlechtes. Nur dein Bestes. Bitte verstehe das doch endlich.«

Und er hatte recht. Ich verstand, dass ich nicht jeden töten konnte, der mit dem Mord meiner Familie in Verbindung stand. Aber ich durfte diesen einen jagen, den ich damals mit eigenen Augen gesehen hatte. Auf ihn fokussierte ich all meinen Hass, meinen Zorn ... um nicht zu zerbrechen. Um weiterzuleben. Ich brauchte ihn als Sündenbock, steigerte mich in etwas hinein, von dem ich von Anfang an wusste, dass es vielleicht gar nicht stimmte. Aber es war mir egal und ist es auch noch, denn er *war* da, um uns zu töten. Und wäre es nicht wer auch immer gewesen, dann hätte er es getan. Definitiv.

Der Gedanke schmerzt in meiner Brust, legt sich wie ein schwerer Stein auf sie und ich weiß nicht, warum.

Vor meinem inneren Auge taucht sein Anblick auf, wie er angekettet an der kalten Betonwand hängt. Arme und Beine von sich gespreizt und völlig nackt. Bis auf die Tattoos, die seinen Körper zieren und unzählige Narben überdecken. Hart muss ich schlucken. Bei der Erinnerung an seine so ruhige, tiefe Stimme, die danach verlangt, ihn tiefer zu schneiden, durchfährt mich ein Schauer.

»Lass mich bluten, lass mich schreien, lass mich Leben, Lucia!«

Ein tiefes Verständnis erfasst mich plötzlich.

»Unsere Seelen sind gleich. Wir atmen, unser Fleisch ist warm, aber wir sind innerlich längst tot.«

Ich wollte es in dem Moment nicht wahrhaben, aber letztendlich ist es genau so, wie er sagt. Er und ich, wir versuchen, diese unendliche Leere in unserem Inneren mit irgendetwas zu füllen. Wären unsere Positionen vertauscht gewesen, hätte ich ihn ebenso aufgefordert, weiterzumachen. Verdammt, habe ich ihn nicht sogar schon darum gebeten, mich zu töten?

Weil alles besser ist, als nichts zu fühlen. Weil Schmerz besser ist als Taubheit. Und wenn wir uns gegenüberstanden, wenn ich versucht habe, ihn zu töten, war stets dieser aufgeregte Glanz in seinen Augen. So wie mein Herz anfing zu schlagen, musste es auch seines. Im selben dunklen Rhythmus.

Er hat auch gesagt, dass ich wunderschön bin. Ein wunderschönes Monster.

Als ich daran denke, spüre ich Wärme in meine Wangen steigen, weil es mich seltsam schmeichelt. Ich weiß, dass er nicht viele Frauen hatte. Immerhin habe ich ihn lange genug beobachten lassen. Und nachdem er mich bei meinem ersten Versuch, ihn um den Finger zu wickeln, so hatte abblitzen lassen, hätte ich nicht gedacht, dass er überhaupt Augen für mein Aussehen hat. Dass jemand wie Grimm mich aber dennoch auf diese Weise bemerkt, lässt mich fühlen, als sei ich etwas Besonderes.

Verdammt, du bist etwas Besonderes, sonst wäre er dir nicht hierher gefolgt, nur um dich zu sehen!

Nachdem ich versucht hatte, ihn umzubringen, und sogar beinahe erfolgreich war, war es doch Wahnsinn, hierherzukommen, wenn nicht aus Rache. Doch nach allem wollte er mich noch nie töten. Er wollte dieses Gefühl von Leben, das ich in ihm auslöse.

So wie er in mir.

Okay, wie bin ich von *›Ich muss die Wahrheit herausfinden‹ zu diesen schauer-romantischen Gedanken gekommen?*, frage ich mich stirnrunzelnd.

Einer der Hunde leckt über meine Hand, als wolle er mir seinen Beistand zeigen und entlockt mir damit ein kleines Lächeln.

Kapitel 24

Grimm

Kurz nachdem Lucia gegangen ist, kommt jemand die Treppe herunter. Er hat eine Flasche Wasser dabei, die er mir nach und nach einflößt. Im Anschluss kommt er mit einem Gartenschlauch an, den er aus einem anderen Raum zieht, und dann spritzt er mich mit kaltem Wasser ab. Ich versuche meinen Kopf von dem Wasser wegzudrehen. Dennoch trifft er auch mein Gesicht, meine Wunde an der Brust und meine Männlichkeit mit dem harten, eisigen Wasserstrahl.

Ich will mich aber nicht beschweren. Es tut gut, auch wenn es schweinekalt ist. Hinterher fühle ich mich sauberer, denn auch der verlorene Urin ist von mir gewaschen.

Nett, der Zimmerservice hier.

Schließlich werde ich wieder allein gelassen und alles, was in dem Keller zu hören ist, ist das Herabfallen der Tropfen von meinem nassen Körper.

Ich friere erneut, doch ohne die Kleidung an meinem Leib trockne ich recht schnell, und Haare, die sich mit Wasser vollsaugen könnten, habe ich auch keine.

Also hänge ich wieder hier. Und harre der Dinge, die da kommen werden.

Einige Stunden später, ich weiß nicht genau, wann, aber es muss mitten in der Nacht oder früh am Morgen sein, verfalle ich immer wieder in Sekundenschlaf. Mein Kopf nickt zur Seite weg und ich wache wieder auf.

So geht es eine ganze Weile, bis meine Schläfe schließlich an meinen ausgestreckten Oberarm gelehnt liegen bleibt.

Erneut beziehe ich das kleine Einzelzimmer im Kinderheim. Wieder räume ich meine Sachen aus, die ich vor wenigen Monaten erst zusammengepackt habe, um zu meiner neuen Pflegefamilie zu ziehen.

Es waren nette Menschen. Eine Frau und ihr Ehegatte, die selbst eine Tochter in meinem Alter hatten, aber nie das Glück gehabt hatten, ihr ein Geschwisterchen schenken zu können, und die sich seither den armen Fällen aus dem Heim angenommen hatten. Dort hatte ich mein eigenes Zimmer, welches viel üppiger eingerichtet war als die kleine Kammer im Heim. Die Tapeten waren bunt, die Fenster hatten Vorhänge und auch die Bettwäsche war mit irgendeinem Superhelden bedruckt. Das Essen war lecker und selbstgekocht. Das Mädchen – Julia – war ebenso nett zu mir. Aber es dauerte nicht lange, bis ich ihr und nach und nach auch ihren Eltern Angst zu machen begann. Julia, die anfangs noch versucht hatte, sich mit mir anzufreunden, gab irgendwann frustriert auf. Und irgendwann kam es, wie es kommen musste, und hier bin ich wieder – zurück im Heim.

Aber es macht mir nichts. Ich brauche keine Familie. Alles, was ich bräuchte, wäre meine Mutter. Meine eigene, für die ich das alles getan habe. Aber ich darf nach wie vor nicht zu ihr und sie muss weiter psychiatrisch betreut werden. Es wird den Familien nicht verschwiegen, dass ich meinen Vater umgebracht habe. Aber nach einigen Therapiesitzungen bei einer Therapeutin bin ich zur Vermittlung freigegeben worden. Sie hat bei mir eine »Alexithymie« diagnostiziert. Die Unfähigkeit, Gefühle zu empfinden, zu deuten und auch bei anderen nachzuvollziehen. Aber sie meint, es sei keine Krankheit, sondern gehört einfach zu mir und ist ein Teil meiner Persönlichkeit. Dennoch ist sie sich sicher, dass auch eine Persönlichkeitsstörung vorliegt, wobei ihre Begriffe dort stark zwischen »Borderline«, »Soziopathie« und »Schizophrenie« sowie »Depression« schwanken. Keine Ahnung, was mit mir los ist. Warum ich anders bin als andere Kinder. Es ist mir auch egal, denn ich bin nicht unglücklich. Nicht glücklich. Ich bin einfach da und existiere. Ich habe auch nicht den Wunsch, mich zu ändern.

Dafür aber habe ich den Wunsch, die Leere in meinem Inneren zu füllen. Mit Emotionen. Mit Leben. Aber wie? Seitdem ich meinen Vater umgebracht habe, habe ich nie wieder so etwas Aufregendes gespürt.

Ein paar Monate nach meiner Rückkehr ins Heim, ruft mich einer der Jungs nach draußen. Er hat mir einen heimlichen Brief zugesteckt, in dem ein Treffpunkt und eine Uhrzeit stehen. Also schleiche ich mich nachts aus dem Gebäude und treffe ihn am alten Bahnhof. Es ist Herbst und es nieselt und stürmt. Der kühle Wind kriecht unter meine Jacke, mein Haar wird mir in Stirn und Augen geweht.

Mit in den Taschen vergrabenen Händen komme ich am Treffpunkt an. Jonas wartet bereits auf mich. Er sucht Schutz vor dem ungemütlichen Wetter, in dem er sich dicht an das verlassene Bahnhofsgebäude presst. Seine Augen huschen unruhig umher und nervös verlagert er sein Gewicht ständig vom einen auf das andere Bein. Bei ihm steht ein anderer Junge, den ich nicht kenne. Dieser wirkt ebenso ruhelos wie Jonas.

Ich habe keine Ahnung, was er von mir will, also bleibe ich bei ihnen stehen, sage nichts und warte ab.

»Hallo Noah«, begrüßt er mich. »Ich dachte schon, du kommst nicht mehr.«

Doch. Hier bin ich. Ich habe keinen Grund, nicht zu erscheinen. Er sieht mich erwartungsvoll an, aber ich weiß nicht, was ich tun soll, also stehe ich einfach da und glotze zurück.

Jonas leckt sich über die Lippen. Er ist zwei Jahre älter als ich. Also vierzehn. Denn inzwischen bin ich zwölf. Daher überragt er mich auch mindestens um einen Kopf, denn bei ihm hat die

Pubertät bereits eingesetzt. Bei mir noch nicht. Meine Stimme ist hell, meine Arme und meine Beine dünn und es wächst kein einziges Haar an meinem Körper außer auf meinem Kopf. Jonas dagegen hat bereits Flaum über der Oberlippe und seine Stimme klingt brüchig. Ebenso wie die des anderen Jungen, der nun spricht.

»Ed hat mir gesagt, dass du deinen Vater abgestochen hast. Stimmt das?«

Ich nicke.

Die beiden weiten ihre Augen, dann lachen sie los, halten sich dabei die Faust vor den Mund und wechseln einen Blick.

Ich weiß nicht, wie ich ihre Reaktion interpretieren soll, denn bisher hatte ich nicht den Eindruck, dass Menschen einen Mord zum Lachen finden.

»Krass, Alter«, sagt der fremde Junge.

Die beiden werden wieder ernst, sehen sich kurz um und Jonas sagt:

»Denkst du, du könntest das noch mal?«

Da muss ich nicht überlegen. Ich nicke wieder.

»Pass auf, du würdest dir doch sicher gerne ein paar Kröten dazu verdienen, oder?« In den Augen der beiden Jungs blitzt es auf. Sie rücken näher an mich, stecken unsere Köpfe zusammen, sodass wir nicht so laut reden müssen.

Wieder nicke ich, denn ich will sparen, um meine Mutter versorgen zu können, wenn sie aus der Klinik kommt. Mein Vater ist tot, es ist jetzt meine Aufgabe, sie zu versorgen. Also stecke ich jeden Penny, den ich kriegen kann, in meine Spardose. Und sobald ich alt genug bin, besorge ich mir einen richtigen Job. Aber was auch immer die beiden mir anbieten, Geld kann ich gebrauchen.

»Was würdest du sagen, wenn wir dir ... sagen wir mal ... 200 dafür geben, dass du jemanden für uns umlegst?«

200? Ich weite meine Augen. Das würde meine Ersparnisse auf einen Schlag verdoppeln! Und das nur, indem ich fünf Minuten aufwende, um jemandem ein Messer durch die Kehle zu ziehen?

»Klar.«

Wieder dieses Lachen. Die beiden schlagen sich gegen den Oberarm und führen sich auf, als hätten sie einen Preis gewonnen. Dabei kommen Wörter wie »Krasse Sache« und »Kranke Scheiße!« über ihre Lippen.

Es kommt mir fast vor, als würden sie das alles für einen Witz halten. Aber als Jonas einen dicken Stapel Scheine aus seiner Tasche zieht, bin ich mir sicher, dass es keiner ist.

Als ich einige Minuten später wieder auf dem Heimweg bin, kann ich mein Glück kaum fassen. Ich werden 200 Euro verdienen. Innerhalb weniger Herzschläge. Ich habe nicht vor zu trödeln.

Die beiden Jungs haben mir eine Adresse gegeben. Es geht um einen Lehrer, der sie hat sitzen lassen. Sie sind überzeugt davon, dass er ihnen absichtlich schlechte Noten gegeben hat, weil er sie nicht mag. Die Gründe, wieso dieser Mensch sterben soll, sind mir jedoch egal.

In der darauffolgenden Nacht schleiche ich mich abermals nach draußen. Der Sturm und der Regen haben sich noch nicht gelegt. Ich beobachte das kleine Einfamilienhaus, welches völlig still und dunkel daliegt. Um dreiundzwanzig Uhr sind die letzten Lichter ausgegangen.

Ich weiß, dass ich vorsichtig sein muss. Wenn man herausfindet, dass ich noch mal einem Menschen das Leben genommen habe, dann werden sie mich sicher einsperren und ich werde Mutter nie wiedersehen. Also darf ich keine Spuren hinterlassen und muss zusehen, dass ich nicht erwischt werde.

Es bedarf Vorbereitung. Oder Glück.

Also gehe ich um das Haus herum, halte mich im Schatten und stelle sicher, dass mich niemand sieht. Aber bei dem Wetter bleiben die meisten Menschen im Haus und sind auch nicht sehr motiviert, aus dem Fenster zu sehen.

Nur ab und zu rauscht ein Auto vorbei und durchbricht mit den Scheinwerfern die Dunkelheit der Nacht.

Ich finde keine Alarmanlage, keine Kamera und auch keinen Wachhund beim Haus. Bloß eine Katze springt miauend aus der Hecke und verschwindet im Nachbargarten.

Überlegend, wie ich das jetzt am besten anstellen soll, bleibe ich auf dem kleinen Fußweg neben dem Haus hocken. Kann ich einen Weg hineinfinden, ohne jemanden zu wecken? Oder muss ich einen anderen Weg finden? Aber ich brauche einen unbeobachteten und wehrlosen Moment, denn ich kann körperlich keinen wachsamen, erwachsenen Mann überwältigen. Daher ist der Schlaf meine einzige Möglichkeit. Ich suche mir ein Fenster, bei dem die Rollläden nicht heruntergelassen sind, und finde auf der Rückseite ein kleines Kellerfenster, an dem es gar keine Jalousien gibt. Perfekt, denn ich denke nicht, dass sie ihr Schlafzimmer im Keller haben. Also klettere ich über den hölzernen Gartenzaun, nehme mein Klappmesser, das ich mir heimlich gekauft habe und seitdem an der Heimleitung vorbeischmuggle, aus meiner Jackentasche und lasse auf aufschnappen. Die dünne Klinge lasse ich seitlich bei der Dichtung eindringen und hebele. Unten, oben ... schon nach wenigen Sekunden springt das Fenster auf. Ich bin erstaunt, wie schnell und einfach das ging.

Kein Wunder, dass so viel eingebrochen wird. Das war wirklich kinderleicht.

Ich bin schmal und klein genug, um durch das kleine Fenster nach innen zu huschen, und komme in einem Raum an, in dem Wäsche gewaschen und getrocknet wird. Damit ich keine Spuren im ganzen Haus verteile, ziehe ich meine Schuhe und meine nasse Jacke aus, und stecke sie durch das Fenster nach draußen.

Auf Socken bin ich ohnehin lautloser.

Mein Weg führt durch das stille Haus die Kellertreppe nach oben. Da es sehr dunkel ist, die Rollos unten sind und ich kaum etwas erkennen kann, schalte ich die kleine Taschenlampe an, die ich dabeihabe. Ihr kühles Licht weist mir den Weg.

Ich suche die Küche und nehme mir dort ein großes Messer aus dem Messerblock. Natürlich schiebe ich dafür den Ärmel meines Pullis über meine Finger. Denn ich möchte, dass allein die Fingerabdrücke seiner Frau zu finden sind, die das Messer mit Sicherheit in den Block gesteckt hat.

Mit der Klinge gehe ich die Wohntreppe hinauf. Sie ist aus Holz und knarrt. Also halte ich inne und lausche. Aber keiner reagiert. Niemand hat mich gehört.

Während ich durch das Haus schleiche, spüre ich eine seltsame Veränderung in meinem Körper. Mein Herz, welches sonst still und tot in meiner Brust liegt, klopft so laut, dass es in meinen Ohren hämmert. Ein Flattern geht von meinem Bauch aus und verströmt eine angenehme Wärme in meine kalten Glieder. Bis in meine Finger- und Zehenspitzen. Ich schwitze leicht und verspüre das Bedürfnis zu grinsen. Wieso es so ist, weiß ich nicht, aber ich fühle mich seltsam lebendig. Erfüllt. Diese Emotionen vertreiben die Leere in mir und es fühlt sich einfach verdammt gut an!

Die erste Tür, die ich im Obergeschoss öffne, entpuppt sich als Badezimmer.

Die zweite jedoch wird von einem leisen Atmen erfüllt. Als ich näherkomme, stelle ich aber fest, dass es ein Kinderzimmer ist. Auf dem Boden liegt Spielzeug herum und das Bett ist auch viel zu klein für zwei Leute.

Wieder falsch.

Erst hinter der dritten Tür finde ich ein großes, hölzernes Ehebett. Die Taschenlampe halte ich auf den Boden gerichtet, damit der Schein niemanden weckt. Für mich reicht das wenige Licht aus, da sich meine Augen an die Dunkelheit gewöhnt haben. Leise begebe ich mich auf die Bettseite des Mannes. Er liegt auf der Seite, das ist schlecht, da ich gerne sein Herz erwischen würde. Ich habe wenig Ahnung von menschlicher Anatomie, aber dass jemand stirbt, wenn man ins Herz sticht, das weiß auch ich.

Ich verharre im Dunkel des Zimmers, schalte meine Lampe aus und warte ab. Es dauert einige Zeit, aber dann bewegt sich jemand. Als ich erneut das Licht anschalte finde ich den Mann auf dem Rücken liegend vor.

Perfekt.

Auf Zehenspitzen komme ich näher. Jetzt bin ich ganz dicht bei ihm. Kann seinen regelmäßigen Atem hören und rieche seinen Geruch nach Nachtschweiß und Waschmittel. Das Flattern in meinem Körper wird stärker. Es kriecht durch meine Brust hinauf zu meinem Hals. Mein Herz schlägt so, wie sein Herz schlägt.

Mein Atem geht stoßweise, ich muss mich zusammenreißen, um nicht zu laut zu sein. Als wäre ich gejoggt und nicht leise geschlichen.

Ganz langsam fasse ich nach der Bettdecke, packe sie und ziehe sie Zentimeter für Zentimeter hinunter, um seinen Oberkörper freizulegen.

Er trägt einen Schlafanzug.

Als die Wärme über seiner Brust fehlt, rührt er sich, dreht den Kopf zur Seite und schmatzt.

Ich verharre ganz still, halte die Luft an.

Warte. Lausche. Er schläft weiter.

Nur ganz vorsichtig lasse ich die Luft aus meiner Lunge weichen.

Dann hebe ich das Messer, umfasse es mit beiden, von Ärmeln verdeckten Händen und lasse die Klinge über seinem Oberkörper schweben.

Wo ist das Herz? Ich habe mal gehört, dass es links sitzt. Jemand anderes hat behauptet, es wäre doch mehr in der Mitte.

Ich entscheide mich für ein Mittelding. Zentral, leicht nach links verrückt.

Nicht eine Sekunde denke ich darüber nach, es nicht zu tun. Nicht eine Sekunde fühle ich Zweifel, Reue oder Mitleid. Nicht, dass ich überhaupt wissen würde, wie sich das anfühlt. Aber alles, was ich empfinde, ist etwas Positives. Etwas, das mir gefällt.

Also steche ich beherzt genug zu, um durch die Haut und Knorpel zu dringen und vorsichtig genug, um die Frau nicht zu wecken. Das Messer dringt tief ein, ich ziehe es wieder raus, bereit, noch mal zuzustechen, doch ich bin mir ziemlich sicher, dass ich das Herz getroffen habe. Denn der Mann wacht nicht auf. Seine Lider flattern kurz, doch seine Augen bleiben geschlossen. Für immer.

Ich verliere keine Zeit, bleibe nicht hier, um seine letzten Sekunden mitzuerleben, sondern mache mich sofort auf den Weg zurück. Zurück in den Keller, zurück nach draußen, zurück ins Heim. Das Messer lasse ich natürlich auf dem Bett der Eheleute liegen.

Alles, was ich im Kopf habe, als ich durch die verregnete, stürmische Nacht zurückeile, ist, dass es leichter war, als gedacht, dass ich mal eben so 200 Euro verdient habe und dass es ein schönes Erlebnis war.

Mein schmerzender Körper weckt mich. Ich bin zwar ziemlich schmerzresistent, meist eher völlig taub, was das angeht, aber so langsam kann selbst ich das Drücken und Ziehen in meinen Gelenken nicht mehr ignorieren. Stöhnend schlage ich die Augen auf. Aber es macht keinen Unterschied. Denn es ist sowohl mit geöffneten als auch mit geschlossenen Lidern einfach stockdunkel.

Das Rasseln meiner Ketten erscheint ungewöhnlich laut und hallt an den nassen Wänden wider.

Plötzlich frage ich mich, was aus Jonas und seinem Kumpel geworden ist. Damals haben sie mir leichenblass die 200 Euro übergeben, als der Mord des Lehrers im Fernsehen zu sehen war. Die Ehefrau war nie verdächtigt worden, da sie am nächsten Morgen die Polizei gerufen hatte und auch kein Motiv hatte. Man stellte fest, dass sich der Einbrecher wohl über ein Kellerfenster Zugang verschafft hatte. Wer es war, kam letztendlich nie heraus. Denn den kleinen Jungen aus dem Kinderheim verdächtigte niemand und auch Jonas und sein Kamerad verrieten nichts.

Heute glaube ich, dass sie nicht damit gerechnet haben, dass ich es wirklich schaffe. Vermutlich wollten sie ihrem ungeliebten Lehrer nur einen Schrecken einjagen.

Im Dunkeln hebe ich einen Mundwinkel.

Irgendwie fühle ich mich rührselig bei dem Gedanken daran, dass es mein erster Auftragsmord war.

Eine ganze Zeit passiert gar nichts, ehe wieder jemand zu mir in den Keller kommt. Es ist ein Mann, das erkenne ich bereits an den Schritten. Als ich meinen Kopf hebe, sehe ich einen älteren Kerl vor der Zelle stehen. Er hat dichte, dunkle Haare, einen Dreitagebart und trägt einen schicken, schwarzen Anzug. Er kommt mir bekannt vor.

»Da ist ja unser Ehrengast«, sagt er in fast einwandfreiem Deutsch. Auch die Stimme erkenne ich.

Jetzt fällt es mir wieder ein. Es war der Kerl, der Lucia damals aus meinem Apartment abgeholt hat, nachdem sie mich vergiftet hatte. Wie hieß er noch gleich? Kenne ich seinen Namen überhaupt?

»Tut mir leid, dass ich Ihre angenehme Nachtruhe stören muss, aber ich habe ein wirklich wichtiges Anliegen«, erklärt er weiter und kommt zu mir in die Zelle. »Ich bin Curcio Gonzales und ja, ich möchte auch behaupten, ich bin die gute Fee des Hauses.«

Ich runzle die Stirn, weil der Kerl allem anderen ähnlicher sieht als einer Fee.

Wie selbstverständlich und ohne Angst, aber auch ohne einen sadistischen Glanz in seinen Augen, kommt er näher, kehrt das Häufchen nasse Stofffetzen zu meinen Füßen zusammen und klatscht es mit gerümpfter Nase auf den Metallwagen mit den

Folterinstrumenten und fährt diesen vor die Zelle. Anschließend kommt er wieder zu mir herein.

»Durst?«, fragt er und zieht eine kleine Flasche Wasser aus seiner Jackettasche.

Ich nicke, also schraubt er sie für mich auf und hält sie mir an die Lippen. Er ist nicht sonderlich groß, bemerke ich, als er vor mir steht.

Das kühle, erfrischende Nass fühlt sich fantastisch auf meinen Lippen und in meiner Kehle an. Mein von den letzten Stunden dehydrierter Körper kann jeden Tropfen gebrauchen.

»Sicher hast du auch Hunger, oder? Zu essen hast du noch nichts bekommen, nehme ich an.«

In dem Moment, in dem er das Wort »essen« nur in den Mund nimmt, macht mein Magen sich lauthals knurrend bemerkbar, woraufhin er schief lächelt. Während mein Körper diese unverkennbare Reaktion zeigt, kräusele ich allerdings die Stirn.

»Was willst du?«

»Ich habe doch bereits gesagt, ich bin die gute Fee«, meint er, als wäre das die Erklärung für alles.

»Es gibt keine Feen«, bin ich mir sicher.

Curcio weitet die Augen und öffnet den Mund zu einem erschrockenen Gesicht.

»Du hattest wohl keine Kindheit, was?!«

»Doch. Sonst wäre ich ja nicht erwachsen.« Ist doch logisch.

Er scheint noch etwas erwidern zu wollen, lässt es dann aber mit einem kurzen Kopfschütteln.

»Also gut«, beginnt er, »wem mache ich etwas vor? Ich bin tatsächlich hier, weil ich etwas will. Aber keine Sorge, es ist nichts Schlimmes. Also, nun iss erst mal.« Mit diesen Worten holt er einen Riegel aus seiner anderen Jackettasche. Da er spanisch beschriftet ist, kann ich nicht erkennen, was draufsteht, aber anhand des Verpackungsdesigns denke ich, dass es sich um einen Proteinriegel handelt. Das einzig Wichtige ist aber, dass er verschlossen war und Curcio das Plastik erst abreißen muss. Das gibt mir ein wenig Sicherheit, dass er nicht vergiftet ist. Auch wenn man durchaus Gift einfach durch die Verpackung mit einer Spritze hätte hineinbekommen können und ich hätte keine Chance, es zu bemerken. Dagegen machen mir ein paar Tage Fasten nichts aus.

Als er mir den Riegel vor den Mund hält, rieche ich dennoch zunächst mal dran. Ich kann keinen verdächtigen Geruch erkennen, zumal mich Curcio, wenn er es wollte, auch einfach mittels einer Spritze vergiften könnte, da ich momentan völlig wehrlos bin. Also zögere ich nicht und beiße hinein. Kaue, schlucke, beiße. Zwischendrin wird mir fürsorglich die Wasserflasche an die Lippen gehalten, sodass ich den kalorienschweren Riegel hinunterspülen kann. Innerhalb kürzester Zeit habe ich alles gegessen und mein Magen quittiert die plötzliche Nahrungsquelle mit einem zufriedenen Grummeln.

»Sehr schön. Ich nehme an, dir fehlt auch Schlaf, denn, Junge, du hast wirklich ungesunde Schatten unter den Augen.«

»Das sind Tattoos«, antworte ich, schweige ansonsten. Sicher wird er mir bald sagen, warum er hier ist. Ich habe recht, denn nach einer kurzen Pause erklärt er:

»Es geht um Lucia. Wir müssen über sie reden ... nein. Wir müssen über das reden, was sie von dir wissen will. Sie ist auf der Suche nach den Mördern ihrer Eltern und die letzten Jahre hat sie einen guten Sündenbock in dir gefunden. Sie hat jeden Tag hart mit unseren besten Männern trainiert, um dich irgendwann zu finden und zu töten. Aber jetzt kommst du an, läufst mitten ins Spinnennetz, lässt dich fangen und behauptest, dass du es gar nicht warst.«

Es klingt nicht nach einer Frage, sondern nach einer durchaus korrekten Zusammenfassung. Also sage ich nichts und warte ab.

»Du weißt, wer der wahre Drahtzieher ist, oder? Du weißt, wer Lucias Eltern getötet hat, noch bevor du und deine Kumpanen es konnten, richtig?«

Langsam nicke ich. Jetzt wird es gefährlicher. Denn es klingt danach, als ob Curcio es ebenso wüsste. Und wenn er es Lucia noch nicht gebeichtet hat, wovon ich ausgehen muss, da sie völlig ahnungslos ist, dann will er mit Sicherheit, dass ich schweige. Dass ich ihr nichts sage.

»Lucia hat keine Ahnung und das ist auch besser so.« Er sieht sich kurz um, als ob er sich vergewissern müsste, dass niemand hier ist, der uns belauschen kann. »Die Wahrheit herauszufinden, würde sie zerstören. Ihr Leben ist beschissen genug. Das arme Ding hangelt sich von Tag zu Tag in dem Versuch zu überleben und nicht an ihrem Schicksal zu zerbrechen. Sie braucht etwas, woran sie sich festhalten kann. Was sie hassen kann. Was sie jagen kann. So hat es die letzten Jahre wunderbar funktioniert. Sollte sie herausfinden, wer es war, wird die Verzweiflung sie in ein Loch reißen, aus dem sie nicht mehr entkommen kann. Sie steht vor einer Klippe, Grimm. Wenn du sie dort herunterschubst, wird sie am Boden zerschellen. Und ich bin mir sicher, dass dich das interessiert. Du hast sie damals nicht getötet, du hast sie vor einigen Tagen in Deutschland nicht getötet und jetzt bist du hierhergekommen, um sie abermals am Leben zu lassen. Das kann nur bedeuten, dass sie dir nicht egal ist. Dass du Gefühle für sie hast, denn andernfalls wärst du niemals hierhergekommen. Mitten in das Wespennest. Also bitte ich dich um nur eine einzige Sache: Sag es ihr nicht. Sag ihr nicht die Wahrheit und sei ein wenig länger ihr Anker aus Hass und Vergeltung in dieser See aus Trauer!«

Seine dunklen Augen blicken fest in meine, seine Brust hebt und senkt sich nun deutlicher.

Und ich weiß nicht, was ich denken oder sagen soll. Er hat recht. Ich will Lucia nicht töten. Ich fühle mich mit ihr auf einer ganz besonderen Ebene verbunden. Sie zu betrachten, ihr nah zu sein, in ihre Augen zu blicken und Tod und Leben darin zu erkennen, lässt mein Herz schneller schlagen. Sind das Gefühle? Und wenn ja, was für welche? Ich habe doch keine Ahnung von diesem Kram. Aber selbst wenn – ich bin kein Lügner. Genaugenommen habe ich erst wenige Male in meinem Leben gelogen. Ein Mal zum Beispiel, als ich meinen Freunden gegenüber behauptet habe, Lucia damals getötet zu haben. Wieso habe ich sie damals angelogen? Nicht, weil ich mich geschämt habe. Sondern weil ich befürchtete, sie würden meinen Fehler korrigieren.

Langsam senke ich meinen Blick und stoße die Luft aus.

Curcio deutet meine Reaktion als Zustimmung.

»Danke. Du rettest ihr damit das Leben«, sagt er und verharrt noch einen Moment in der Zelle, ehe er hinausgeht, hinter sich abschließt. Er wirft mir noch einen Blick zu, dann geht er die Treppe hinauf.

Kurze Zeit darauf kommt erneut jemand in den Keller. Diesmal sind es vier Kerle gleichzeitig. Zuerst befürchte ich, dass sie nun auf mich einprügeln werden, doch stattdessen machen sie mich mit vereinten Kräften von den Metallmanschetten los, drehen mich mit Gewalt um und drücken mir die Läufe ihrer Waffen in den Rücken, bis sie sich rückwärts entfernt haben und die Zelle von außen verschließen. Kraftlos sinke ich an der rauen Wand hinab, da meine Kniegelenke und meine Füße das plötzliche Gewicht nicht mehr gewohnt sind. Schmerzt zuckt durch all meine Glieder. Vor allem aber durch meine Schultern, als ich nach Tagen das erste Mal wieder meine Arme senken kann. Sogar Shorts haben die Kerle mir dagelassen, sodass ich nicht mehr völlig nackt sein muss. Nicht, dass es mich überhaupt gestört hätte. Curcio muss das alles befohlen haben als Zeichen seines Wohlwollens.

Es scheint ihm wirklich sehr wichtig zu sein, dass ich Lucia die Wahrheit nicht verrate. Er hätte mich auch durchaus einfach töten können. Das wäre die einfachste und sicherste Art, mein Schweigen zu garantieren. Stattdessen verlässt er sich auf Gefühle. Auf *meine* Gefühle. Ich, der für gewöhnlich gar keine besitzt.

Kapitel 25

Lucia

Als ich am nächsten Morgen aufwache, habe ich einen endgültigen Entschluss gefasst. Ich *muss* wissen, was Grimm weiß. Selbst wenn es eine Lüge sein sollte, die er mir auftischt, ich muss es wenigstens versuchen.

Bevor ich jedoch zu ihm in den Keller gehe, dusche ich mich und ziehe mich an. Während ich mir mein Holster umschnalle, meinen Colt darin verstaue, die Wurfmesser anlege und noch weitere Schneiden in meinem Stiefel verstecke sowie meinen Armreif mit der verborgenen Klinge anziehe, fühlt es sich auf merkwürdige Weise an, als würde ich mich für ein verdammtes Date fertig machen.

Kurz verharre ich sogar vor dem Spiegel und überlege, mich zu schminken, verwerfe den Gedanken jedoch kopfschüttelnd. Flippe ich jetzt völlig aus oder warum will ich mich für Grimm zurechtmachen?

Aber auch wenn ich es energisch von mir schiebe, kann ich das aufgeregte Rumoren in meinem Bauch und das schnelle Schlagen meines Herzens nicht ignorieren.

Und diesmal ist es definitiv nicht vor Zorn.

Ich sehe mir selbst im Spiegel in die Augen und werfe mir einen anklagenden Blick zu.

Andererseits ist es vielleicht sogar natürlich, dass ich so empfinde. Er und ich, wir sind uns ähnlich. Und die letzten sechs Jahre hat dieser Mann mein gesamtes Denken beherrscht. Ich habe mich mehr mit seinem, als mit meinem Leben auseinandergesetzt. Und diese Dunkelheit, die ihn umgibt – ist doch ganz klar, dass ich mich zu diesem Nervenkitzel hingezogen fühle, oder? Immer noch besser, als wenn ich plötzlich Dario mögen würde.

Hingezogen? Mögen? Was denke ich da?! Das sind keine Worte, die in Verbindung mit Grimm in meinen Gedanken sein sollten!

Ich schnaube, drücke mich vom edlen Marmorwaschtisch und dem riesigen, beleuchteten Spiegel weg und verlasse das Bad und auch das Schlafzimmer, um nach unten in den Keller zu gehen. Kurz vor der Tür, hinter der sich die Treppe hinab befindet, bleibe ich jedoch stehen. Ich beiße mir auf die Unterlippe und versuche, das Gefühlschaos in meinem Inneren zu sortieren. Es gelingt mir nicht. Mit jedem Schritt, den ich mich ihm nähere, werden meine Emotionen mehr von dem stillen See, der sie normalerweise sind, zum tosenden Meer. Welle für Welle schwappt auf mich ein. Lässt meinen Atem schneller werden und beschleunigt meinen Puls.

Plötzlich bekomme ich Angst, dann es fühlt sich an, als würde es mich verletzlich machen. Wo keine Gefühle sind, können auch keine verletzt werden. Wo kein Herz schlägt, kann keines gebrochen werden.

Endlich gebe ich mir einen Ruck, öffne die Tür, schalte das Licht an und gehe hinunter.

Inzwischen sind einundfünzig Stunden vergangen, seitdem ich ihn habe einsperren lassen.

Als ich vor seiner Zelle ankomme und hineinblicke, finde ich ihn anders vor, als ich ihn zurückgelassen habe. Halbnackt und nicht mehr angebunden an die Wand. Stattdessen lehnt er mit verschränkten Armen und der Schulter an diese gelehnt, den Kopf gesenkt. Über seine Brust zieht sich ein langer roter Strich, für welchen ich verantwortlich bin. Zwar sehe ich nur einen Teil davon, weil seine gekreuzten Arme vieles verdecken, aber bei genauerer Betrachtung erkenne ich, dass dieser saubere Schnitt bereits aufgehört hat zu bluten und die Wundränder mit Schorf überdeckt sind und beginnen, zusammenzuwachsen. Dennoch leuchtet die Haut um die Wunde rot und gereizt.

Seine gut gebaute Statur treibt mir jedoch die Schamesröte in die Wangen und ich versuche bewusst, mich nicht von den harten, definierten, aber keineswegs übertriebenen Muskeln überall an seinem Körper ablenken zu lassen. Besonders schwer fällt es mir dabei, die ausgeprägten Wölbungen an seinem flachen Bauch zu ignorieren. Währenddessen wummert mein Herz wie der Bass in einer Disco in meiner Brust – nicht, dass ich je in einer gewesen wäre.

Was habe ich mir nur dabei gedacht, seine Kleidung zu zerstören?! Zum Glück hat er wenigstens wieder eine Hose an.

Vor allem, da ich zuvor ja bereits regelrecht feuchte Träume von ihm hatte.

Oh Mann, Lucia! Denk jetzt nicht daran. Frag ihn lieber, wer ihn losgemacht hat!

Der Wagen mit den Folterinstrumenten steht inzwischen wieder vor der Zelle und diese wurde abgeschlossen. Meine Männer haben, wie es scheint, hinter mir aufgeräumt. Sogar seine zerfetzte Kleidung haben sie aufgehoben und liegt nun als noch immer klammes Knäuel auf dem Wagen.

»Da bist du ja.« Seine ruhige Stimme durchbricht die Stille, reißt mich aus meinem Zögern und fährt mir wie ein sanftes Streicheln über meine Haut, sodass sich die Härchen an dieser aufstellen. Sie treibt meinen Puls an, sich noch etwas mehr zu beschleunigen.

Grimm hebt seinen Kopf ein paar Zentimeter und im dunklen Schatten der schwarzen Augenhöhlen kann ich diese jadegrünen Juwelen ausmachen, die mich aufmerksam beobachten. Mir entgeht nicht, dass auch sein Brustkorb sich in einem schnelleren und intensiveren Takt zu heben und zu senken beginnt – ebenso wie meiner. Ich möchte mir einbilden, dass es an meiner Anwesenheit liegt, dass er ein ähnlich dunkles, krankes und verbotenes Verlangen empfindet. Aber tief in meinem Inneren weiß ich, dass das bloß Wunschdenken ist. Dass es lediglich die Anstrengung der Gefangenschaft ist, die ihn schwer atmen lässt.

»Ja. Und ich kann mich nicht daran erinnern, dich losgemacht oder dir etwas zum Anziehen gebracht zu haben«, antworte ich und verstecke meine Frage hinter ein wenig Zynismus, der mich stärker erscheinen lassen soll, als ich es gerade bin.

Er antwortet jedoch nicht, weshalb ich konkreter werde:

»Wer hat dich losgemacht?«

»Vier Männer. Keine Ahnung, wie sie hießen.«

»Wer hat den Befehl gegeben?« Ich kann nicht verhindern, dass mich eine Welle heißer Wut erfasst. Wer auch immer ihn hat losmachen lassen – ich war es nicht. Derjenige stellt sich also über mein Wort. Ich habe ausdrücklich gesagt, dass ihn niemand außer mir anfasst. Welcher Bastard erdreistet sich, meinen Gefangenen loszumachen?

»Ein Mann namens Curcio war zuvor hier«, fährt Grimm fort.

Ich weite meine Augen. Cio?! Warum sollte er das tun?

»Was wollte er von dir?«

»Er hat mir Wasser gegeben und etwas zu essen.«

»Wieso?« Ich schmälere meine Augen. Curcio ist nicht gerade dafür bekannt, Mutter Theresa zu sein. Zumal er von Anfang an dagegen war, dass ich mich überhaupt auf Grimm einlasse.

»Er bat mich darum, dir keine Informationen über den Mörder deiner Familie zu geben.«

Die heiße Wut in mir schlägt um und wird zu kalter Angst. Mein Magen wird zu einem festen, bleischweren Klumpen in meinem Bauch und meine Kehle knotet sich zu. Ich verstehe nicht, wieso Cio das von ihm verlangen sollte, doch es fühlt sich augenblicklich an wie Verrat. Hinter meinem Rücken kommt er hierher, manipuliert meinen Gefangenen, um das Einzige zu zerstören, was überhaupt noch von Bedeutung ist!

»Was?« Meine Stimme ist genauso kratzig, wie sich mein Hals anfühlt. »Hat er ... hat er dir einen Grund genannt?«

»Er sagt, es würde dich zerstören, wenn du die Wahrheit erfährst.«

Das schwere Gefühl in meinem Magen weitet sich aus, Blei scheint durch meine Venen zu fließen, manifestiert sich in meiner Brust und erschwert mir das Atmen, sammelt sich in Armen und Beinen, um mich hinabzuziehen. Ich fühle, wie meine Schultern hinabsinken. Wie sich nach dem Pech eine Leere in mir ausbreitet. Eine dunkle, kalte, tote Leere, die mich verschlingt, so wie sie mich die letzten Jahre verschlungen hat, wenn ich nicht gerade in meiner Rachsucht schwelgte.

Curcio kennt die Wahrheit. Er kannte die Wahrheit all die Zeit und ließ mich den falschen Weg entlang irren. Ließ mich den Falschen jagen.

Ich schnaube zynisch über mich selbst, denn ich hätte nicht gedacht, dass mein Herz noch brechen kann. Dieses tote Etwas in meiner Brust jedoch schmerzt, als hätte Curcio ein Messer direkt hineingetrieben.

»Und was ist die Wahrheit?« Die Frage fühlt sich hoffnungslos an, denn ich bin mir darüber bewusst, dass ich keine Antwort erhalten werde.

Stattdessen drückt sich Grimm von der Wand, an der er lehnt, ab. Er löst seine Arme aus der Verschränkung und kommt mit langsamen Schritten auf mich zu.

Ich senke meinen Blick auf den Boden. Höre, wie mein Instinkt schreit, zurückzuweichen. Mich aus der Reichweite seiner Arme zu bringen, doch mein Körper ist wie gelähmt. Vielleicht, weil ich mich eigentlich nicht in Sicherheit bringen will, sondern weil ich mich danach verzehre, mit offenen Armen ins

Verderben zu stürzen. In den Tod zu stürzen. Am Rande meines Sichtfeldes bemerke ich Grimms Gestalt vor mir aufragen wie ein bedrohlicher Schatten. Er bleibt direkt vor mir stehen. Nur die massiven Eisenstäbe seiner Zelle trennen uns noch voneinander und ich kann die Hitze seines nackten Körpers spüren, wie sie über meine Haut tanzt, direkt in meine Brust fährt, dort das zerbrochene Herz am Boden zucken lässt. Gleichsam fährt sie meinen Körper hinab in meine Beine, lässt meine Knie weich werden.

Er hebt seine Hand an.

Ich erkenne rote, wunde Stellen an seinen Handgelenken. Dort, wo die Metallmanschetten in sein Fleisch geschnitten haben.

Für einen Moment stelle ich mir vor, wie es wäre, wenn er jetzt durch die Gitterstäbe greifen würde, seine langen, starken Finger um meinen Hals legen und zudrücken würde. Innerhalb weniger Sekunden würde ich durch den Blutdruckabfall ohnmächtig werden und wenige Herzschläge später sterben. Es ist eine gute Vorstellung, denn dann hätte alles endlich ein Ende.

Und seine Fingerspitzen umspielen tatsächlich meine empfindliche Kehle. Doch als sie sich um diese schließen, ist ihr Druck sanft und alles andere als tödlich. Bestimmt aber vorsichtig dirigiert er meinen Kopf. Zieht mich noch ein Stück näher zu sich. Zwingt mich, das Kinn leicht anzuheben. Gefolgt von meinem Blick.

Warmer Atem streift meine Haut. Meine Augen treffen seine. Sie sind nur wenige Zentimeter von mir entfernt und seine Pupillen weiten sich mit einem Mal wie die eines Raubtieres kurz vor dem Sprung. Vertreiben das intensive, hypnotisierende Grün und überlagern es mit Dunkelheit. Mein kaputtes Herz zuckt erneut in meiner Brust. Mein nächster Atemzug bleibt mir in der Kehle stecken und ich spüre, wie etwas Nasses meine

Wange hinunter perlt und sich in meinem Mundwinkel sammelt.

Grimms Blick folgt der Träne, ich sehe, wie seine Lider sich leicht senken. Spüre seinen Atem wie meinen stocken. Ohne, dass ich es bemerkt habe, ist die Leere in mir von heißen Flammen vertrieben worden, deren Funken mich in meinem ganzen Leib gleichsam schmerzen wie kitzeln.

Dann lehnt er sich vor. Senkt seinen Kopf zu mir. Drückt meinen noch näher zu sich herauf.

Ich reiße die Augen auf. Spüre seine Lippen, die meinen Mundwinkel berühren. Mit all meiner Körperbeherrschung schaffe ich es, auf den Beinen zu bleiben und nicht zusammenzusinken, weil meine weichen Knie mich nicht mehr tragen. Doch als ich fühle, wie seine warme Zunge sanft über die Kuhle meines Mundwinkels fährt, das salzige Nass hinausleckt, öffnen sich meine Lippen einen Spalt breit und ein ersticktes Stöhnen entflieht ungewollt meiner Kehle. Ich erschrecke mich vor meinem eigenen Geräusch, welches viel zu sehr verrät, was Grimms Berührung für einen Feuersturm in meinem Körper auslöst.

Als hätte mich dieser leise Laut aus einer Trance befreit, will ich zurückweichen.

Doch dann schließen sich plötzlich die Finger seiner anderen Hand um mein Handgelenk, welches schlaff und zittrig an der Seite meines Körpers hängt.

Mit einem Ruck zieht er mich näher, sodass ich gegen die Eisenstangen pralle. Aber auch gegen ihn. In den Zwischenräumen der Gitter berühren sich unsere Körper. Er hat meinen Arm bereits regelrecht in die Zelle gezogen, seine andere Hand gräbt sich fester in meinen Hals, aber anstatt dass mir das Blut in den Adern gefriert, peitscht es plötzlich schnell und heiß durch meinen Körper.

Er hatte recht. Seine Nähe lässt mich leben. Er lässt mich fühlen und leben. Füllt die Leere aus. Lockt Gefühle hervor.

Sein Blick verzehrt mich. Wie der eines Tieres, welches Blut gewittert hat. Und dann senkt sich sein Mund erneut auf meinen. Diesmal jedoch mittig. Lippen auf Lippen. Voller Gier, Hunger und Verzweiflung presse ich mich ihm entgegen. Will mich verlieren. Will mich dem Schwindel hingeben, der mich plötzlich erfasst.

Hart und bedingungslos presst er seinen Mund auf meinen, nimmt mir die Luft zu atmen vollends. Hält mich eisern in seinem Griff gefangen. Doch ich will nicht fliehen. Nicht von ihm weg. Sondern zu ihm hin.

Ein Feuerwerk rauscht in kleinen Explosionen durch meinen gesamten Körper, lässt mich lichterloh in Flammen aufgeben, verbrennt mich bis auf die Knochen und zurück bleibt nichts als eine heiße, begierige Glut zwischen meinen Schenkeln.

Er löst den Kuss. Schwer atmend bleiben wir voreinander stehen. Hängen an Augen und Lippen des jeweils anderen.

Und als ich spüre, wie sich etwas hart und prall gegen meinen Bauch presst, weiß ich, dass ich ihn ebenso verbrannt habe wie er mich. Es ist wie ein Lufthauch auf der glimmenden Hitze meiner Erregung, lässt sie aufleuchten, Funken sprühen und pulsieren. Ich spüre, wie sich Nässe zwischen meinen Beinen sammelt und mein Höschen benetzt. Meine Brüste werden schwer und meine Knospen ziehen sich eng und hart zusammen. Ich kann fühlen, wie sie wie kleine Perlen mit jedem Atemzug über den Stoff meines BHs reiben. Und ein verdorbener Teil in mir, der, der noch nicht durch den ständigen Missbrauch von meinem Mann zerstört wurde, wünscht sich, dass er mir gleich die Hose vom Leib reißt, mein Bein anhebt und mich durch die Eisenstäbe der Zelle hindurch fickt. Ich weiß, dass es schändlich ist. Dass ich mich für diesen Wunsch schämen muss und doch kann ich diesen Gedanken nicht gänzlich von mir abschütteln.

Grimms Blick jedoch streicht über mein Gesicht, seine Hand schraubt sich um mein Handgelenk, die andere an meiner Kehle wird wieder zärtlicher. Sein rauer Daumen fährt über meine vom Kuss geschwollenen Lippen und hinterlässt dort eine prickelnde heiße Spur.

Wir zucken beide zusammen, als oberhalb der Treppe die Kellertür aufgerissen wird.

»Lucia?«, brüllt eine Stimme hinab. »Dario kommt zurück!«

Augenblicklich erstarrt meine Erregung wie flüssiges Metall, das in Wasser gegossen wird. Die Kälte kehrt in meinen Körper zurück und mit ihr die Verzweiflung.

Ich werde aus einem Traum gerissen. Aus dieser kleinen, schützenden Blase, die Grimm und mich umgeben zu haben schien.

Ich will mich von ihm lösen, doch noch einmal hält er mich fest, als wolle er mich nicht gehen lassen. Aber er muss. Das wissen er und ich gleichermaßen. Also löst sich langsam der Griff seiner Finger um meinen Hals und um mein Handgelenk. Ich mache einen Schritt zurück, dann zwei, dann drei. Noch ein letztes Mal blicke ich in sein wie ein Totenkopf erscheinendes Gesicht, dann drehe ich mich um und eile nach oben.

Als ich den Keller verlasse, höre ich bereits das laute Brüllen des Helikopters. Die Maschine landet auf dem großen Landeplatz einige hundert Meter von dem Haupthaus entfernt, wo sie später im Hangar untergebracht werden wird.

Mit mir auf dem Hof wartet auch Curcio, welcher einige Armlängen entfernt von mir stehen geblieben ist und mit der Hand vor der Stirn in Richtung des Landeplatzes späht.

Wieso hast du mich hintergangen?

Er, von dem ich dachte, dass er der einzige Freund ist, den ich habe.

Kapitel 26

Lucia

»Mein geliebter Schatz« sind Darios erste Worte, als er auf mich zukommt und seine muskelbepackten Arme für mich ausbreitet. Auch jetzt, bei seiner Rückkehr, trägt er einen schicken Anzug, der ihn nur umso krimineller anmuten lässt. Denn über seinen kahl rasierten Schädel, die Tattoos, welche sich seinen Hals hinaufschlängeln, und die mit schweren Ringen geschmückten Hände kann auch das Designerhemd nicht hinwegtäuschen. Ganz im Gegenteil. Es schreit quasi danach, dass es mit Blut erkauft wurde.

Ich gehe wie eine leere Puppe, die allein von ihren Marionettenfäden gelenkt wird, auf meinen Mann zu und lasse mich von ihm umarmen und küssen.

Er sieht mich danach an, streicht mit seinen Händen über meine noch von dem Besuch bei Grimm geröteten Wangen und in seinen Augen spiegelt sich plötzlich ein erfreutes Funkeln. Wahrscheinlich weil er denkt, mein Körper zeigt wegen ihm diese Reaktion.

»Hast du mich vermisst, Liebling?«

Nein, ich habe mir gewünscht, dass du nie wiederkommst.

»Natürlich.« Ich quäle mir ein Lächeln auf die Lippen. Mein Vorhaben, mich auf Dario einzulassen und zu versuchen, meine Ehe mit ihm zu akzeptieren, kommt mir plötzlich wie eine unzumutbare Aufgabe vor. Eine Mauer, die ich nicht überwinden kann. Jetzt, da ich vor wenigen Sekunden noch gespürt habe, wie sich wahres Verlangen anfühlt, erscheint meine verquere Beziehung zu meinem Ehemann wie pures Gift.

Er fasst mich an meinen Schultern und lässt seinen Blick über meinen Körper auf- und abwandern.

Ich kann an seinen zusammengezogenen Augenbrauen sein Missfallen erkennen. Er mag es nicht, dass ich vollgehangen mit Waffen bin wie ein Weihnachtsbaum mit Kugeln.

»Wie wäre es, wenn du schon mal reingehst und dich ein wenig schick machst?«, sagt er daher, schiebt mich von sich und als ich mich zähneknirschend von ihm abwende, gibt er mir einen Klaps auf den Hintern.

Als wäre ich ein verdammter Gaul!

Ich unterdrücke den Drang, meine Hände zu Fäusten zu ballen und meinen Nacken anzuspannen. Stattdessen bleibe ich die seelenlose Puppe und gehe ins Gebäude. Mein Weg führt mich durch den großen Empfangssaal die Treppen hinauf zu unserem Schlafzimmer, wo ich vor dem Spiegel in der Ankleide stehen bleibe.

Warum mache ich das alles mit? Warum bringe ich nicht erst Dario um und anschließend mich selbst?

Weil ich zuerst Rache will. Ich werde meine Familie rächen. Und weil ich die letzte Überlebende dieses einst so stolzen Clans bin. Weil irgendwo in mir der Wille ist, das Erbe meiner Eltern mit Würde zu erfüllen.

Verdammt! Leben ist so schwer, aber sterben scheint nicht viel einfacherer zu sein!

Langsam entkleide ich mich, betrachte mich dabei hasserfüllt im Spiegel, wie ich das ablege, was ich bin und mit dem Kleid, was ich anschließend überziehe, eine Maske aufsetze. Die Maske der armen, kleinen Lucia, die von ihrem Mann missbraucht wird und nichts ist als eine Trophäe und ein Zepter, um die Organisation zu leiten, die meine Ahnen aufgebaut haben.

Während ich meinen Colt und meine Messer alle abnehme bis auf den Armreif, von dem auch mein Mann nicht weiß, was sich in ihm verbirgt, fällt mir auf, dass eines der Messer fehlt.

Irritiert kräusele ich meine Stirn, suche mich überall ab, sogar an den Brüsten, als ob es sich auf magische Weise in meinen BH hätte verirren können. Krieche sogar auf dem Boden rum, um diesen zu inspizieren. Doch ich finde es nicht mehr. Es ist verschwunden.

Plötzlich höre ich die Tür zum Schlafzimmer aufgehen und springe auf. Im nächsten Moment erscheint Darios Gestalt in der Ankleide.

Er mustert mich von oben bis unten wie eine Ware im Schaufenster, dann nickt er zufrieden.

»Das ist doch schon viel besser. Du bist so eine wunderschöne Frau, mein Liebling. Versteck deine Weiblichkeit nicht hinter schäbiger Kleidung.«

Dein Gesicht ist schäbig, knurrt es innerlich in mir.

»Hätte ich gewusst, wann du wiederkommst, hätte ich dich hübscher erwartet«, antworte ich spitz. »Tut mir leid, wenn du meine ungeschminkte Visage ertragen musst.«

An Darios Stirn zuckt ein Nerv, während er sich seine Krawatte weitet und anschließend sein Hemd öffnet.

»Vorsicht, Lucia. Ich liebe dich, aber ich bin immer noch dein Mann. Hüte deine Zunge.« Er hat sein Hemd noch nicht über seine Schultern geschoben, als er auf mich zukommt und seine Hände meine Taille umfassen.

»Lass uns nicht streiten«, sagt er nun sanfter. »Ich bin gerade erst heimgekommen und ich möchte meine Frau viel lieber vernaschen, als sie zu züchtigen.«

»Du solltest dich erst mal ausruhen. Du musst erschöpft sein.« Mit diesen Worten versuche ich seine Hände von mir zu schieben, doch alles, was ich schaffe, ist, dass er sie danach an meine Wangen legt und mich zu sich zieht.

Schon wird mein Mund von seinem überdeckt und seine Zunge dringt gegen meinen Willen in mich ein. Ich kneife meine Augen zu, versuche wie immer, den Würgereflex zu unterbinden, und bin so sehr darauf konzentriert, dass ich mich nicht dagegen wehren kann, wie er mich aus der Ankleide in Richtung des Bettes treibt.

Fieberhaft überlege ich, wie ich dieser Situation entkommen kann, ohne ihn wütend und damit alles noch schlimmer zu machen. Leider war ich bereits oft genug in dieser Situation, um zu wissen, dass meine Chancen schlecht stehen.

Schon werde ich nach hinten auf unser Ehebett gelegt, sein massiger Körper schiebt sich über mich und seine Hände finden den Weg unter den Rock des Kleides. Er berührt meinen Oberschenkel, liebkost dort meine zarte Haut und knurrt erregt, als er die Gänsehaut bemerkt, die mich überzieht.

Dass diese nicht vor Lust entstanden ist, sondern vor Abscheu, weiß er nicht.

»Dario, warte«, sage ich eilig, bevor er meinen Slip runterziehen und mit seinem Kopf zwischen meinen Schenkeln verschwinden kann.

Er hält inne und sieht mich an.

»Was ist los?«

»Schatz, ich ... ich kann nicht.«

»Wieso nicht?« Sein Tonfall klingt bereits genervt.

»Ich kann einfach nicht.«

»Du wirst es wollen, wenn wir erst mal angefangen haben.« Diese Worte besiegeln mein Schicksal, dem ich nicht mehr entkommen kann. Alles, was mir bleibt, ist, es über mich ergehen zu lassen. Während seine Hände überall an meinem Körper sind, er an mir saugt und leckt, bleibt mein Unterleib tot. Keine Hitze, keine Feuchte, nichts. Als er sich über mich lehnt, meine Beine auseinanderdrückt und sein Schwanz gegen meine Öffnung stößt, kneife ich die Augen zu, halte die Luft an. Ich versuche, mich gedanklich in die Situation von vor wenigen Minuten zurückzufinden. Als ich vor der Zelle stand und Grimms Griff mich umfangen hat. Als er diese ungeahnte Glut in mir entfachte und ich mir gewünscht habe, er würde mich nehmen. Schon einmal habe ich es geschafft, mich mit den Gedanken an den gefährlichen Auftragsmörder aus der Situation mit Dario zu fliehen. Sodass ich feucht werden konnte.

Mit aller Gewalt stelle ich mir vor, ich stünde noch im Keller. Würde noch seine Nähe spüren. Das elektrisierende Knistern zwischen uns.

Als Dario sich in mich treibt, meine Wände teilt, stelle ich fest, dass er tatsächlich leichter hineingleitet als gedacht. Der zerreißende Schmerz bleibt aus. Ich bin auf einem guten Weg. Doch dann beginnt er, mir verdorbene Worte ins Ohr zu flüstert, und verhindert so, dass ich mich gedanklich zu jemand anderem fliehe.

Seine Stimme nagelt mich fest, während er sich an meinem Körper vergeht.

Wenigstens dauert es nicht allzu lange, sodass er bald schon seinen Samen in mich pumpt und stöhnend und grunzend auf mir zusammenbricht.

Ich schiebe ihn von mir, winde mich unter ihm heraus und eile ins Badezimmer, um mich umgehend zu duschen. Auch wenn es erst eine knappe Stunde her ist, dass ich unter dem Wasserstrahl stand. Wenigstens meine intimste Zone will ich bestmöglich von ihm reinigen.

Als ich kurz darauf zurück ins Schlafzimmer komme, ist mein Mann bereits wieder auf den Beinen und zieht sich ein weißes Muskelshirt und eine schwarze Cargohose an. Er schließt gerade seinen Gürtel, als er mich bemerkt.

»War während meiner Abwesenheit alles ruhig hier?«, fragt er mich.

»Ja ...«

Seine Augen werden schmaler.

»Es ist also gar nichts vorgefallen?«

Jetzt erst bemerke ich, dass er längst etwas weiß und es keinen Zweck hat, die Unwissende zu spielen.

»Wir haben einen Gefangenen«, murmele ich unwillig hervor.

»Einen Gefangenen, so so. Und wen? Wieso ist er hier?«

»Dario, ich will dir gerne alles erzählen, aber bitte versprich mir, ruhig zu bleiben, okay?« Ich hebe bereits beschwichtigend meine Hände, weil ich weiß, wie sehr ihn das Thema meiner Vergangenheit nervt. »Es ist jemand, der vermutlich weiß, was damals wirklich mit meinen Eltern geschehen ist. Oder eher, der den wahren Verantwortlichen für ihren Tod kennt.«

»Wer ist es genau?«, presst er zwischen seinen Zähnen hervor. Eine Ader an seinem Hals schwillt an, während Zornesröte an diesem hinaufkriecht. »Und was soll das heißen: den wahren Verantwortlichen?«

»Ich ... habe mich, wie es scheint, geirrt. Er war nicht der Mörder.«

»Er?«

Ich schlucke.

»Ja ... er. Aber er weiß, wer es war. Bitte, Dario, reg dich jetzt nicht auf. Gib mir bloß noch ein oder zwei Tage, bis ich herausgefunden habe, wer es war. Dann ist mir egal, was mit ihm geschieht.«

»Du meinst, dieser verrückte Meuchelmörder befindet sich in unserem Verlies?«

»J-ja.«

»Und er behauptet, er würde irgendeine wahnwitzige Wahrheit kennen?«

Mit jeder Frage kommt Dario etwas näher auf mich zu, während ich nach hinten zur Tür zurückweiche.

»Es stimmt. Curcio hat ihn zum Schweigen bringen wollen. Also muss er auch die Wahrheit kennen und es muss stimmen, dass Grimm es gar nicht war.«

»Genug«, seine Hand donnert an mir vorbei und drückt die Tür mit Schwung auf. Während er an mir vorüber geht, zieht er seine Pistole hinten aus dem Gürtel.

»Warte! Was hast du vor?!« Panik erfasst mich, denn es ist offensichtlich, was er vorhat.

Er wird ihn töten.

Dario wird Grimm erschießen. Und dieser hat keine Chance zu entkommen, denn nach wie vor sitzt er in unserem Kerker fest.

Kapitel 27

Grimm

Ich höre ein Poltern an der Tür und dann die Treppe hinab.

»¡Darío, detente ahí!«, Lucias Stimme klingt schrill und panisch. »¡Por favor, Darío! Sólo dame un día.«

Ich verstehe ihre spanischen Rufe nicht. Aber was ich verstehe, ist, das tiefe, grollende, darauffolgende »No«.

Mit schnellen Schritten kommt Dario durch den Flur und nähert sich meiner Zelle. Noch im Gehen entsichert er die Waffe in seinen Händen und lädt sie durch.

Dicht hinter ihm eilt Lucia ihm nach und redet unentwegt auf Spanisch auf ihn ein. Ein dunkles Kleid weht ihr um die Beine.

Als der kolumbianische Mafioso vor meiner Zelle ankommt und den Waffenarm hebt, will ich das Messer, welches ich Lucia abgenommen habe, nach ihm werfen, doch Lucia greift bereits ein und stürzt sich mit bloßen Händen auf ihn.

PENG.

Der Schuss hat sich gelöst. Das Projektil pfeift an mir vorbei, schlägt irgendwo in der Wand hinter mir ein.

Ein leises ›Pling‹ ist zu hören, als die leere Hülse aus der Halbautomatik hüpft und auf dem Boden aufkommt. So ein süßes, zartes Geräusch wie das Klingeln einer kleinen Glocke. Direkt nach dem ohrenbetäubenden Krachen des Schusses.

»Grimm!«, kreischt Lucia erschrocken, wird dann von Dario am Hals gepackt und regelrecht von den Füßen gerissen.

»¡Cállate, perra!«, zischt dieser ihr entgegen.

Ich neige meinen Kopf leicht schief, während ich die beiden betrachte. Dass er sie so grob anfasst, löst etwas in mir aus. Etwas Gefährliches, Brodelndes. Wut. Doch bevor ich meine Gefühle analysiert habe, hat sie sich aus seinem Griff befreit und es geschafft, ihm die Waffe aus der Hand zu schlagen. Die schwarze Halbautomatik landet klappernd am Boden.

Lucia versetzt Dario einen Schlag unter den Kiefer, sodass er einen Moment braucht, um sich zu fangen. In dieser Zeit ist sie zur der heruntergefallenen Pistole geeilt und hebt sie auf. Sie richtet sie mit ausgestrecktem Arm auf ihren Ehemann.

Dieser hat sich inzwischen gefangen und als er sieht, dass er mit der Waffe bedroht wird, verlässt alle Farbe sein Gesicht, bevor es purpurrot anläuft.

»Lucia«, knurrt er tief.

»Halt den Mund oder ich schieße!«, zischt sie ihm entgegen. Dann wendet sie sich plötzlich an mich. Jedoch ohne Dario aus den Augen zu lassen oder die Waffe zu senken. »Grimm. Schnell. Geh.« Mit der freien Hand wirft sie mir klimpernd einen Schlüssel zu, den ich im Flug auffange.

Ohne zu zögern, strecke ich meine Hände durch die Gitter und öffne mit einer Umdrehung das schwere Eisenschloss. Ich bin freiwillig hierhergekommen. Für Lucia. Und nicht, um mich von ihrem wildgewordenen Arschlochehemann abknallen zu lassen. Also nutze ich die Gelegenheit und verlasse die Zelle, in der ich die letzten Tage eingesperrt war.

Zwar sehe ich ihn nicht an, da meine Augen unentwegt auf Lucias verbissenem Gesicht ruhen, doch ich spüre Darios mörderische Blicke auf mir.

Als ich an den beiden vorbei gehe, bleibe ich auf Lucias Höhe stehen, sodass ihre Schulter meine berührt.

»Komm mit mir«, sage ich leise.

»Lucia ...« Darios Art, ihren Namen auszusprechen, kommt einer Morddrohung gleich.

In ihren dunklen Augen entsteht ein Glanz und sie presst ihre Lippen aufeinander, bis sie nur noch ein schmaler Strich sind. Ich bin versucht, ihr genau in diesem Moment die Wahrheit in ihr Ohr zu flüstern.

›Dario hat deine Familie ermorden lassen.‹

Meine Zunge bleibt unbeweglich in meinem Mund liegen. Curcios beschwörende Worte geistern durch meinen Kopf und ich sehe Lucia ob dieser Erkenntnis jetzt und hier zusammenbrechen.

Also schweige ich und gehe weiter.

Als Lucia sich hinter mir in Bewegung setzt, mir folgt und Dario umrundet wie ein scheues Lamm den Wolf, weiß ich, dass sie ihre Entscheidung getroffen hat.

Ich gehe vorwärts die Treppe hinauf, sie rückwärts, um ihren Ehemann nicht aus den Augen zu lassen.

Oben angekommen drücke ich die Tür auf und sofort landet das Messer in meiner Hand an der Kehle des Typen rechts neben der Tür. Noch bevor er erschrocken nach Luft schnappen kann, habe ich seinen Hals durchtrennt und gurgelnd und sprudelnd spritzt das Blut aus ihm heraus. Ich nehme sein Maschinengewehr an mich, ebenso wie sein Kampfmesser, welches ich mir eilig in den Bund meiner Shorts stecke.

Von der Kellertüre höre ich nun Dario spanische Befehle brüllen und wüste Beschimpfungen hinter uns her donnern.

»Schnell!«, haucht Lucia und zieht mich am Arm weiter.

Mehrere Männer kommen auf uns zu, als wir loslaufen.

»He! Stehen bleiben!«, ruft einer in gebrochenem Deutsch, doch als er sieht, dass Lucia bei mir ist, bleibt er verwirrt stehen, und weiß offenbar weder, was geschieht, noch was er tun soll.

Als wir uns bereits einige Meter entfernt haben, platzt Dario aus der Kellertür und deutet mit ausgestrecktem Arm auf uns. Er brüllt etwas, das sich nach Schussbefehl anhört.

Einen Wimpernschlag später ertönt das laute RATTATAT eines Maschinengewehrs und Kugeln schlagen zu unseren Füßen in den Boden ein. Asphalt und Erde splittern nach oben. Aber ich habe im Gefühl, dass dieser Mann uns mit Absicht nicht trifft. Vielleicht, weil er noch loyal zur Angelo-Familie steht, deren letzte Erbin dicht an meiner Seite rennt.

Hundegebell mischt sich zu dem Knallen der Pistolen und dem Brüllen von Befehlen.

»Alien! Predator!«, ruft Lucia erschrocken.

An uns vorbei preschen zwei Dobermänner schnell und elegant und tödlich.

Doch die Tiere greifen nicht uns an. Stattdessen verbeißen sie sich in den Hosenbeinen unserer Verfolger, sodass die Feuersalve für einen Moment aussetzt.

»Wir brauchen einen Wagen«, sage ich.

»Nein! Schnell! Ich kenne die besten Verstecke in der Gegend!«

»Lucia!« Es ist Curcios Stimme, die uns dieses Mal erreicht. Der kleine, dunkel gekleidete Kolumbianer fängt uns von der Seite ab und greift Lucias Handgelenk, sodass sie aus vollem Lauf strauchelt und beinahe fällt. Im letzten Moment fängt sie sich. Ich bleibe stehen, drehe mich um und sehe die beiden sich gegenüberstehen.

»Lass mich los«, zischt sie mit verletzt glänzenden Augen. Mit einem Ruck befreit sie ihre Hand, bringt den Mann mit einem vernichtenden Blick zum Schweigen.

Wir laufen weiter.

»Soll ich schießen?«, fragt Curcio hinter uns offenbar an Dario gewandt.

»Auf ihn«, seine Stimme klingt jetzt näher. »Lass Lucia laufen. Ich werde sie zurückholen und ihr ein für alle Mal zeigen, wo ihr Platz ist. Sie kommen ohnehin nicht weit.«

»Wie Ihr wünscht, Sir.«

Die kurz darauf herrschende Stille verheißt nichts Gutes.

PENG.

Erneut zerreißt ein Schuss die Luft.

Etwas schlägt von hinten in meine Schulter ein. Ich stolpere, aber ich laufe weiter.

Dabei spüre ich, wie ein kleines Lächeln an meinen Mundwinkeln vorbeisieht, denn ich fühle das Organ in meiner Brust laut und aufgeregt schlagen.

»Grimm! Hier lang!«, ruft Lucia und biegt in einen kleinen Feldweg ab. Ich folge ihr.

Mit einer Hand ergreife ich ihre und renne mit ihr zusammen in die Freiheit.

Oder in unser beider Tod.

Wo auch immer unser Weg endet, ich bin zu allem bereit.

Stolpernd und schwer atmend halten wir nach etwa einer Viertelstunde Dauerlauf an. Wir mussten einige Hänge hinauf und hinabklettern, was durch meine verletzte Schulter nicht so einfach war. Doch das unwegsame Gelände verheißt auch Sicherheit, denn mit Fahrzeugen können uns Darios Männer hierher nicht folgen. Und das Umland ist riesig, sodass eine Suche zu Fuß lange und schwierig werden wird.

Wolken schieben sich zum Glück vor die vormittägliche Sonne. Dennoch ist es beinahe unerträglich heiß. Nicht zuletzt wegen der hohen Luftfeuchtigkeit.

Nun gehen wir langsam weiter, bis wir an einem Felsvorsprung des Berges ankommen, worunter eine kleine Höhle verborgen ist. Lucia zieht ein Gestrüpp zur Seite und lässt mich zuerst hineingehen.

Ich sinke auf den kalten Steinboden und habe jetzt zum ersten Mal die Möglichkeit, meine Wunde genauer zu betrachten. Es ist ein glatter Durchschuss, sodass aus dem kleinen Wundkanal lediglich dunkelrotes Blut über meinen Oberkörper nach unten läuft.

»Lass mich mal sehen«, verlangt Lucia und kniet sich vor mich. Während sie ausgiebig meine Verletzung betrachtet, kneift sie ihre Augen leicht zusammen und legt ihre Stirn in Falten.

»Wir brauchen sauberes Wasser, um die Wunde auszuspülen. Außerdem müssen wir die Blutung stoppen! Du benötigst dringend ärztliche Versorgung.«

Ich umgreife ihre zarte, blasse Hand mit meiner und ziehe sie von dem Einschussloch weg.

»Es geht mir gut«, versichere ich ihr. »Ich habe Schlimmeres überlebt. Meine Lunge ist nicht getroffen, nur Fleisch und Knochen. Eine Arterie ist auch nicht getroffen worden, sonst wäre ich inzwischen schon tot.«

»Nur«, wiederholt sie und sieht mich tadelnd von unten herauf an. Sie entzieht mir ihre Hände entschlossen. Dann nimmt sie den Saum ihres Kleides und das Messer und schneidet grob rings herum ihren Rock ab. Nach einem RATSCH hat sie einen langen Stofffetzen in der Hand, schneidet auch noch ein paar weitere ab, die sie zu provisorischen Kompressen faltet. Schnell und behände versorgt sie damit die Austrittsstellen an meiner Brust und meinem Rücken, benutzt anschließend die langen Stoffstücke, um mir einen Druckverband anzulegen.

Ich lasse sie machen, beschwere mich nicht und genieße lediglich das gelegentliche Zerren, Pochen und Stechen in meinem Körper, welches mir beweist, dass ich noch am Leben bin. Dass ich fühle.

Und während Lucia mich umsorgt, ihre langen Haare dabei über meine Haut kitzeln und ihr weiblicher Duft in meine Nase steigt, breitet sich eine wohltuende Wärme in meinem Körper aus. Allein dieses Gefühl ist diese Schussverletzung wert. Diese Frau hat eine einzigartige Wirkung auf mich. Sie ist wie eine süße Blüte und ich das hilflose Insekt, das sich in ihrem Staub laben will. Nie zuvor habe ich eine solche Anziehung gespürt, nie zuvor hat mein Körper derart auf den eines anderen Menschen reagiert, dass es in mir den Wunsch ausgelöst hätte, demjenigen nah zu sein.

Aber ich weiß, dass meine Adern noch vollgepumpt mit Adrenalin sind, ebenso wie ihre. Noch reden wir nicht darüber, aber wir werden uns der Realität stellen müssen.

Ihre Flucht mit mir wird weitreichende Folgen haben.

»Wie geht es dir?«, frage ich aus ehrlichem Interesse.

»Gut«, ist ihre knappe Antwort. »Ich bin ja nicht angeschossen worden.«

»Ich meine seelisch.«

Sie zuckt die Schultern und tut beschäftigt an meinem Verband herum, obwohl sie längst fertig ist. Da sie nicht darüber reden möchte, lasse ich sie damit in Ruhe.

»Wir bleiben am besten erst mal hier«, sagt sie schließlich und setzt sich neben mich auf den Boden. »Dario wird Drohnen benutzen, um uns zu suchen. Sie sind mit Wärmebildkameras ausgestattet und der Fels schirmt uns vor ihnen ab. Unsere einzige Chance ist der Abstieg vom Berg hinunter ins Dorf. Dort gibt es ein Krankenhaus, in dem wir dich wenigstens notdürftig versorgen lassen können. Anschließend müssen wir schleunigst aus der Gegend verschwinden. Das Gebiet gehört großflächig unserem Clan. Über den Luftraum werden wir kaum unter seinem Radar bleiben können. Also müssen wir erst mit einem Auto weit genug ...«

»Schht«, mache ich und lege meine Hand auf ihr angewinkeltes Knie in der Hoffnung, dass diese Geste sie ein wenig beruhigt. »Ruh dich einfach etwas aus, Lucia.«

Sie verstummt, blickt mich an und presst dann ihre Lippen aufeinander.

Ob sie bereits daran zweifelt, die Richtige Entscheidung getroffen zu haben?

Kapitel 28

Lucia

Was habe ich nur getan? Jahrelang habe ich mich durch die Ehe mit Dario gequält. Jahrelang habe ich seine Misshandlungen und Vergewaltigungen ertragen, bis er irgendwann sogar sanft wurde. Bis er behauptete, mich zu lieben. An seiner Seite hätte ich wenigstens noch Teil meines Clans sein können. Doch stattdessen habe ich verhindert, dass er den Mann erschießt, den ich die letzten Jahre selbst gejagt und verachtet habe. Den ich tot sehen wollte. Und nicht nur das. Ich bin auch mit ihm gegangen. Habe meiner Heimat ein für alle Mal den Rücken gekehrt.

Den ›Point of no Return‹ habe ich mit einer einzigen Entscheidung überschritten. Und wieso? Wofür?

Weil wir uns ... geküsst haben? War es das? Meine Hormone? Oder war das Fass einfach voll und kein weiterer Tropfen der Qual hätte mehr hineingepasst?

Während wir den Berg hinabklettern, immer auf der Hut vor Drohnen und Patrouillen sowie dem Helikopter, der unentwegt seine Kreise um den Berg zieht, sehe ich wehmütig zurück.

Ich lasse nicht nur meine Zukunft zurück, sondern auch meine Vergangenheit. Die Villa, in der ich groß geworden bin, in deren Garten ich mit meinem älteren Bruder Fangen gespielt habe, in deren Bibliothek ich stundenlang mit der Nase zwischen Büchern verbracht habe, in deren Küche ich zusammen mit Mama gebacken habe, in deren Schlafzimmern sie mich abends sanft in den Schlaf gesungen hat. Ich lasse Gutes und Schlechtes zurück. Das Blutbad in Vaters Büro, die Schandtaten an meinem Körper und meiner Seele in meinem Ehebett. Ich lasse Xavier zurück, der mich jahrelang ausgebildet hat, Curcio, der mir trotz seines Verrats all die Zeit ein Freund gewesen war. Und ich lasse die beiden Hunde zurück, von denen ich nicht mal weiß, ob sie noch leben oder ob Dario sie hat erschießen lassen. Aber am meisten schmerzt es mich, dass ich das Gefühl habe, meine Familie zu verlassen und ihre Ehre mit Füßen zu treten, indem ich fliehe wie ein verdammter Feigling.

»Runter!« Grimm reißt mich an meinem Arm ohne Rücksicht auf Verluste in ein stacheliges Gebüsch. Mit lautem Dröhnen fliegt Darios Helikopter über uns hinweg. Die Bäume, Sträucher und Gräser wackeln im Wind der Rotoren. Meine Haut wird durch die Dornen aufgerissen, aber Schmerzen sind mir egal. Sie sind uns egal. So wie Grimm sich nicht über seine Schulter beschwert, so werde ich nicht wegen ein paar Kratzern jammern.

Den Rock meines Kleides habe ich fast gänzlich abgeschnitten, da er mich beim Klettern aufhält. In Fetzen hängt der dunkle Stoff an meinen Körper hinab, während Grimm nach wie vor nur eine Shorts anhat. Nun gut – und den provisorischen Verband, den ich ihm angelegt habe, sowie seine Tattoos, die ohnehin fast seine gesamte Haut bedecken. Mit diesen Malereien, der halb zerfetzten Hose, den Kampfmessern an seiner Seite und dem dünnen Schweißfilm, der die Wölbungen seiner ausgeprägten Muskeln hinabläuft, sieht er fast aus, als wäre er ein australischer Buschmann, der dafür geschaffen ist, das bergige, tropische Gelände zu erklettern. Wäre da nicht das schwarze MG3 von Heckler & Koch, welches am Tragegurt um seinen Torso geschlungen ist.

Wenn wir wie Crocodile Dundee und Sue Charleton unten ins Dorf spazieren, werden wir vermutlich so viel Aufsehen erregen, dass wir sofort von Darios Schergen, die er mit Sicherheit auch dort aufgestellt hat, abgefangen werden.

Ich habe noch keine Ahnung, wie es jetzt weitergehen soll. Weder in naher, noch in ferner Zukunft. Möglicherweise werden wir geschnappt und getötet – nein. Das wäre zu einfach. Wenn ich geschnappt werde, erwartet mich nicht der Tod, sondern die Hölle an der Seite meines Zwangsehemannes. Die sanfte Seite an ihm habe ich ein für alle Mal verspielt.

Als der Helikopter weitergeflogen ist, trauen wir uns wieder aus dem Gebüsch heraus und setzen unseren Weg fort.

Wir brauchen den gesamten Tag für den Weg nach unten, da wir ständig warten und ausharren müssen, um nicht gesehen zu werden. Von Versteck zu Versteck, von Deckung zu Deckung schleichen wir uns vor, bis wir bei Anbruch der Dunkelheit schweißgebadet unten ankommen.

»Ich habe im Dorf eine Freundin, sie wird uns helfen«, flüstere ich. »Sie betreibt eine kleine Boutique. Bei ihr können wir uns wenigstens waschen und unauffälliger kleiden.«

Wir warten auf den Schutz der Dunkelheit, bis wir uns trauen, unser derzeitiges Versteck zu verlassen und schmutzig und blutverschmiert in das Dorf zu gehen. Über die kleinsten Seitengassen schlängeln wir uns weiter. Spät am Abend ist kaum mehr ein Mensch auf den Straßen und nur wenige Autos sind unterwegs. Daher können wir die Schritte anderer Personen schnell und einfach ausmachen, können ihnen ausweichen und schaffen es so ungesehen zu der Boutique. Diese hat natürlich geschlossen, da es bereits sehr spät ist. Aber ich drücke auf den Klingelknopf direkt obendrüber, auf dem MARTINEZMartinez steht. Bis nach unten höre ich das laute Drrrrrrt der Klingel.

Das Licht im Fenster des ersten Stocks geht an, ich höre eine Frauenstimme fluchen und lächele schief. Kurz darauf wird das Fenster geöffnet und der Kopf von Sofia erscheint über uns, weil sie wie die meisten Gebäude hier keine Freisprechanlage besitzt.

»Wer ist da mitten in der Nacht?«, fragt sie.

»Psssst! Ich bin es, Lucia! Bitte lass mich rein, Sofia! Es ist wichtig!«

»Jesus Maria, Lucia? Was tust du hier um diese Uhrzeit? Und wer ist das bei dir? Herr im Himmel, er sieht ja aus wie der Tod persönlich!«

»Ich erkläre dir alles, nur mach bitte die Tür auf!«

»Wartet.«

Es dauert nur ein paar Momente, bis die Tür unten geöffnet wird. Sofia steht vor uns und bekreuzigt sich schockiert, als sie unseren Zustand nun von näherem sieht.

»Kommt rein!«

Da sie spanisch spricht, übersetze ich für Grimm, und gemeinsam betreten wir das kleine Reihenhaus, an dessen Außenseite der blaue Putz bereits abbröckelt und dessen terracottafarbenes Dach sich vortrefflich unter all den anderen gleichfarbigen Dächern tarnt.

Sofia führt uns die schmale, steile Holztreppe nach oben zu ihrer privaten Wohnung. Dort angekommen, lässt sie einen ganzen Hagelschauer an Fragen auf uns niederprasseln, sodass ich sie mit angehobenen Händen stoppen muss.

»Sofia, das ist Grimm«, stelle ich meinen gruseligen Begleiter vor.

Dieser streckt der Ladenbesitzerin souverän seine große, tätowierte Hand hin, welche sie zögerlich und mit offenem Mund ergreift und schüttelt.

»Grimm, das ist Sofia. Sie ist eine Freundin von mir. Ich habe schon oft bei ihr eingekauft und sie hat sich nicht von meiner unterkühlten Art abschrecken lassen.«

»Was ist passiert, meine Liebe?«, fragt Sofia erneut. Die Sorge steht deutlich in ihr rundes, rosiges Gesicht geschrieben. Obwohl das Nachthemd und der Bademantel, in die sie gekleidet ist, beweisen, dass sie eben aus dem Bett gepurzelt sein muss, sind ihre großen, braunen Augen jetzt hellwach.

»Ich bin abgehauen und Dario sucht nach mir. Nach ... uns.« Ich nicke zu Grimm herüber, der von unserem spanischen Gefasel abermals wenig verstehen kann und stattdessen starr wie ein wahrhaftiges Skelett neben uns stehen bleibt. Ich dagegen laufe zu allen Fenstern und kontrolliere, ob die Läden geschlossen sind, sodass niemand uns von draußen sehen kann.

»Was? Wieso das?« Sofia schlägt sich die Hand vor den Mund. »Bist du von allen guten Geistern verlassen?«

»Weil ich es nicht mehr ertragen konnte. Ihn, mein Leben, alles! Er wollte ihn umbringen. Dabei weiß Grimm was wirklich mit meinen Eltern geschehen ist. Ich... habe überstürzt gehandelt, ich weiß. Aber es ist, wie es ist und wir brauchen deine Hilfe, Sofia. Können wir uns bei dir kurz frisch machen und kannst du uns vielleicht etwas zum Anziehen geben?«

Sofia nimmt meine Hände in ihre, drückt sie sachte und nickt entschlossen.

»Natürlich, Lucia. Fühlt euch ganz wie zu Hause. Ihr könnt so lange bleiben, wie ihr wollt. Hier, trinkt erst mal was, ihr müsst vollkommen verdurstet sein!«

»Wenn wir hier bis morgen bleiben könnten, wäre das fantastisch«, sage ich zu unserer Gastgeberin. »Wir sind erschöpft von dem langen Weg hierher.«

Schon wuselt sie los, holt uns jedem ein Glas Wasser, legt uns Handtücher im Bad bereit und bringt anschließend Kleidung aus ihrem Laden nach oben. Frische Unterwäsche und T-Shirts für die Nacht, ein viel zu schickes Sommerkleid für mich und eine Bermudahose für Grimm.

So viel zu *unauffällige* Kleidung, aber ich möchte nicht auch noch Ansprüche stellen, wo sie uns so selbstlos hilft.

Grimm legt seine Waffen auf dem Wohnzimmertisch ab, aber Sofia verstaut sie geflissentlich in einem Schrank, sodass sie niemand direkt sieht, sollte das Haus gestürmt werden.

Während wir wie selbstverständlich beide ins Badezimmer gehen, macht Sofia für uns das kleine Ausziehsofa im Wohnzimmer bereit.

Kaum schließe ich die Tür hinter mir, wird mir bewusst, dass ich mich mit Grimm gemeinsam in dem kleinen Badezimmer befinde, welches nicht mehr als ein Klo, ein einfaches Waschbecken und eine Dusche mit Plastikvorhang besitzt. Das alte, winzige Fenster zeigt in den Hinterhof und ist mit einer gehäkelten Gardine verdeckt.

Der Raum misst kaum drei Schritt in Länge und Breite und so stehen wir dicht an dicht in dem hellblau gefliesten Zimmer.

Mir ist klar, dass wir weitaus andere Probleme haben, als uns voreinander zu schämen, und doch schießt mir die Hitze in die Wangen. Meine Augen werden von Grimms jadegrünem Blick eingefangen und er mustert mein Gesicht intensiv.

Als seine Stirn sich verwirrt kräuselt, wird mir bewusst, dass er das Problem und die Ursache meines plötzlichen Zögerns gar nicht versteht. Schon als er völlig nackt war, hatte er nicht einen Moment lang so gewirkt, als würde er sich für seinen Körper schämen.

Warum auch? Der Typ ist ein verdammter griechischer Todesgott.

»Brauchst du Hilfe beim Duschen?«, frage ich und räuspere mir den Frosch aus der Kehle.

Seinen darauffolgenden verständnislosen Blick beantworte ich, in dem ich auf seinen provisorischen Verband deute. Dieser ist inzwischen völlig durchgeblutet und sein Oberkörper rotbräunlich verschmiert.

Grimm folgt meinem Fingerzeig mit seinen Augen.

»Das geht schon.«

»Okay, weißt du was? Mach du dich hier zuerst fertig. Ich werde mit Sofia erst mal einen neuen Verband organisieren, ok?« Ich stemme meine Hände in die Hüften, warte seine Antwort nicht ab, sondern nicke mir selbst zustimmend zu. Bevor er etwas erwidern kann, bin ich aus dem Bad gestürmt, um weitere Peinlichkeiten zu vermeiden.

Sofia hebt verblüfft den Kopf, während sie gerade ein Bettlaken über dem Sofa ausbreitet.

»Willst du dich nicht waschen?«

»Doch, aber, ähm ... nicht solange er im Bad ist.« Meine Wangen glühen, was Sofia mit einem wissenden Lächeln quittiert.

»Hast du einen Verband? Ich brauche Wundkompressen und Mull. Eigentlich braucht er einen Arzt, aber er ist stur und will nicht hin. Jedenfalls nicht hier.«

Sofia legt zwei dicke, flauschige Sofakissen als Kopfkissen bereit und breitet eine Wolldecke für uns aus. Dann überlegt sie.

»Ich nicht, aber Paolo hat einen Verbandskasten in seiner Garage. Ich gehe es schnell holen.« Mit diesen Worten eilt sie abermals los nach unten in den Hinterhof, wo sich der Zugang zu Paolos Garage befindet. Sie hat kein Problem damit, sich ungefragt Dinge von ihrem Nachbarn zu borgen. Dieses Dorf ist so klein, dass ohnehin fast jeder jeden kennt und die Menschen sind unheimlich kameradschaftlich und hilfsbereit. Manchmal kommt es mir vor, als wären sie alle eine große Familie.

Inzwischen lasse ich mich geschafft an den kleinen Esstisch in der Küche sinken, der mit einer wasserabweisenden Wachstischdecke überzogen ist. Im Bad höre ich es Rauschen.

Sofia braucht ungewöhnlich lange, sodass ich mir bereits Sorgen mache. Gerade will ich nach ihr sehen, als sie schnaufend die schmale Treppe hochkommt. Als sie mich sieht, lächelt sie mich an und drückt mir nicht nur Verbandszeug, sondern auch eine Zahnbürstenpackung in die Hand.

»Entschuldige. Paolo war noch wach, seine Frau wollte wissen, was los ist. Ich habe ihr gesagt, ich habe einen spontanen Gast und der hätte sich beim Kochen schwer geschnitten. Maria war so nett, mir gleich noch eine Gäste-Zahnbürste mitzugeben.«

Dankbar nehme ich sowohl die medizinischen Utensilien als auch die Zahnbürste entgegen.

»Das ist nett, danke.« Ich bringe ein hölzernes, aber ehrliches Lächeln zustande. Sofia ist so ziemlich die einzige Person außerhalb der Villa, die ich als Freund bezeichnen würde. Tagtäglich umgeben von chauvinistischen Mafiosi und ihren ständig wechselnden Vorzeige-Tussis mit manikürten Stiletto-Nägeln und tätowierten Augenbrauen, hatte meine soziale Ader einfach wenig Möglichkeit gehabt, sich zu entfalten. Nicht, dass auch Menschen, die sehr auf ihr Äußeres bedacht sind, nett sein können – aber in diesem Fall waren diese Frauen nicht meine Welt. Schon als kleines Mädchen war ich eher der introvertierte Bücherwurm gewesen, hatte mir wenig aus Make-up und Mode gemacht. Wozu auch? Mit einem Buch vor dem Gesicht sah mich ohnehin niemand. Sofia aber scherte sich gar nicht um meine zurückhaltende Art. Sie hatte nie gezögert, mich zu umarmen oder in Gespräche zu verwickeln. Deswegen bin ich jetzt hier und erbitte **ihre** Hilfe, auch wenn ich weiß, dass ich sie damit in Gefahr bringe. Denn wenn Dario herausfindet, dass sie mir geholfen hat, wird er keine Gnade walten lassen.

Mit vollbepackten Händen klopfe ich an die Badezimmertür. Das Rauschen von Wasser im Inneren ist verstummt. Kurz darauf wird mir die Tür geöffnet.

Grimm steht nur mit einem Handtuch um die Hüften vor mir und sofort fällt mein Blick auf seine blanke Brust, in der das kleine Austrittsloch der Pistolenkugel zu sehen ist. Dieses blutet inzwischen nur noch leicht nach. Während ich wie hypnotisiert auf die Schussverletzung starre, spüre ich seinen durchdringenden Blick auf mir liegen. Zunehmend steigt dadurch Hitze in mir auf, staut sich wie in einem Heißluftballon in meiner Brust, bis ich es nicht mehr aushalte.

»Lass mich die Wunde neu verbinden«, sage ich und deute ihm, auf der geschlossenen Toilette Platz zu nehmen. So ist seine Brust auf einer guten Höhe für mich, um ihn zu versorgen, und ich kann mich zwischen seine Beine stellen, um nahe an ihn heranzukommen.

»Ich hatte Glück. Dein Freund hatte Vollmantelgeschosse geladen. Andernfalls sähe ich jetzt anders aus«, murmelt Grimm, während er geduldig und ohne mit der Wimper zu zucken meine Verarztung über sich ergehen lässt. Er hat recht. Vollmantelgeschosse verformen sich durch ihre komplette Metallhülle beim Aufprall nicht. Nur so konnte ein so glatter Durchschuss entstehen, der auch keine Bleireste in der Wunde hinterlässt. Die wirklich miesen Verletzungen gibt es meist bei Deformationsgeschossen, die beim Aufprall aufplatzen. Dadurch können sie eher stecken bleiben oder haben eine Austrittsstelle, die weit größer ist als das Eintrittsloch. Hätte Curcio ihn mit solcher Munition getroffen, wäre vermutlich eine große Ader zerstört und damit Grimms Leben innerhalb weniger Minuten, vielleicht auch nur Sekunden, beendet worden.

»Ist er ein guter Schütze?«, will er wissen.

»Der Beste.«

»Dann hat er mich absichtlich nicht tödlich verwundet?«

Auf diese Frage weiß ich keine Antwort, daher hebe ich nur leicht eine Schulter.

Als ich den Verband fertig angelegt habe, trete ich einen Schritt zurück und betrachte zufrieden meine Arbeit. Ich werde mit Sicherheit keine Sanitäterin, aber mein Wissen über die Erstversorgung von Verletzten hat mir gute Dienste geleistet. Der cremefarbene Verband sitzt straff um seine Schulter und wird hoffentlich so lange halten, bis wir weit genug entfernt sind, um irgendwo ein Krankenhaus aufzusuchen.

Zufällig huscht mein Blick nach oben in sein Gesicht, wo seine Augen mich sofort gefangen nehmen. Jetzt, wo ich ihn nicht mehr anfallen und ihm eine Klinge durch die Kehle ziehen will, macht mich seine Anwesenheit plötzlich unsicherer. Mit seinem starren, unverhohlenen Blick aus diesen intensivgrünen Iriden und seiner ruhigen Art, der tiefen Stimme und den immerzu absolut bedachten und kontrollierten Bewegungen, ruft er einen ganzen Hummelschwarm in mir hervor, der wild in mir herumsummt, sodass ich nicht mal weiß, wohin mit meinen Händen. Ich will nichts Falsches machen, nichts Peinliches, will ihn nicht belästigen und nicht nerven. Dabei sollte ich diesen Mann nach all den Jahren der Recherche besser kennen als mich selbst.

Scheiß drauf, Lucia. Du hast gerade echt andere Probleme.

Ja. Einen Zwangsehemann, der im gesamten Umkreis nach mir sucht, damit er mich in die Hölle jagen kann, zum Beispiel.

Also entferne ich mich von Grimm, der das ausdruckslose Starren und Schweigen so ziemlich perfektioniert hat und packe die Zahnbürste aus.

»Es gibt nur eine Zahnbürste für uns. Da du die letzten Tage in Gefangenschaft warst, darfst du sie gerne haben.«

»Mir macht es nichts aus, sie nach dir zu verwenden«, antwortet er.

Hinter meinem Rücken höre ich, wie er aufsteht und sich seine Short zum Schlafen anzieht. Das T-Shirt wirft er sich lediglich über die Schulter. Dann verlässt er das Bad, ohne noch ein Wort zu sagen.

Als die Tür hinter ihm ins Schloss fällt, atme ich geräuschvoll aus. Anschließend ziehe ich mir die Überreste meines zerfetzten Kleides aus und steige unter die Dusche.

Das lauwarme Wasser spült all das verkrustete Blut und den Schmutz fort. Als braunrote Brühe verschwindet es im Abfluss. Ich borge mir Sofias Duschgel und säubere mich zum dritten

Mal an diesem Tag und während das sanfte Nass meine schmerzenden Glieder umschmeichelt, merke ich erst, wie kaputt ich eigentlich bin. Wie weh mir alles tut. Wie sehr meine Augen brennen. Wie müde ich bin. Ich will mir gar nicht vorstellen, wie es Grimm gehen muss, der die letzten drei Tage in Gefangenschaft verbracht hat und angeschossen wurde. Er muss mehr tot als lebendig sein.

Bei dem Gedanken stiehlt sich mir ein Lächeln auf die Lippen.

Ist er das nicht immer?

Schließlich steige ich aus der Dusche, trockne mich ab und schlüpfe in den Slip und das T-Shirt, welches Sofia mir für die Nacht gegeben hat. Es ist groß und lang, dennoch reicht es mir nicht ganz über den Po, egal, wie sehr ich dran herumzupfe. Ich binde mir meine Haare zu einem pragmatischen Pferdeschwanz und verlasse anschließend das Bad.

Sofia hat inzwischen auch Wasserflaschen für uns organisiert und bereitet schnell ein paar Toasts mit Spiegelei für uns zu.

»Mach dir nicht solche Mühe«, sage ich schuldbewusst, als ich in die Küchentür trete. Grimm sitzt bereits erwartungsvoll am kleinen Küchentisch.

»Ich mache, was ich will«, entgegnet Sofia, sieht mich an und hebt bedeutungsschwer ihren Pfannenwender. Sie wedelt damit drohend in meine Richtung und brät dann weiter. »Setz dich, Lucia. Es ist gleich fertig. Ihr könnt die Energie sicher gut gebrauchen.«

Also lasse ich mich ebenfalls an dem Tisch nieder und kurz darauf wird uns das köstlich duftende Toast mit den Eiern serviert. Just in dem Moment spüre ich das Loch in meinem Magen und wir stürzen uns regelrecht auf unsere Mahlzeit. Noch nie habe ich so etwas Gutes gegessen. Nicht, weil die teuren Köche, die Dario engagiert hatte, oder die Sternerestaurants, in die er mich ab und an mitgenommen hatte, schlecht gewesen wären – doch nach diesem Tag der absoluten Angst und Anstrengung, ist es die reinste Wohltat für den Gaumen. Und vor allem für Magen und Körper.

»Gracias«, bedankt sich Grimm auf Spanisch, als er fertig ist und seinen Teller in die Spüle räumt. Vermutlich das einzige Wort, das er kennt.

Sofias Lächeln wird daraufhin breiter und sie nickt ihm freundlich zu.

Alle drei zusammen betreten wir nach diesem Mitternachtsmahl das Wohnzimmer.

Sofia deutet auf ihre kleine Schlafcouch, die sie für uns ausgezogen und bereitgemacht hat.

»Ruht euch etwas aus. Ich weiß, es ist nicht viel und nicht sehr luxuriös, aber es ist besser als nichts. Morgen suchen wir dann einen Weg, euch ungesehen von hier wegzuschaffen«, sagt Sofia, kommt auf mich zu, nimmt abermals meine Hände und drückt diese beistehend. »Es war die richtige Wahl. Ich habe gesehen, wie sehr du unter ihm gelitten hast. Dein Vater war ein guter Mann, auch wenn er auf dem falschen Weg ging. Aber er kannte Güte und hat deine Mutter wie eine Königin behandelt. Er war kriminell, aber nicht nur schlecht. Aber Dario, er ist anders. Ihn interessieren die Leute im Dorf nicht, er sieht nur Geld und Macht.«

In meiner Brust knirscht es bei dem Gedanken an meinen Vater wie rostige Zahnräder, die nach jahrelangem Stillstand wieder in Bewegung kommen. Nur ein verständiges Nicken bringe ich zustande.

»Wer ist dieser Mann bei dir, der aussieht wie der Tod? Ist er dein neuer Freund?«, fragt Sofia weiter und schielt kurz zu Grimm herüber.

»Was? Nein! Wir sind bloß zusammen geflohen.« *Und wir haben uns geküsst und noch nie habe ich mich so sehr zu einem Mann hingezogen gefühlt.* Aber das sage ich nicht, kann es nicht, auch wenn Grimm es nicht verstehen würde, weil wir spanisch sprechen. Ich kann es nicht, weil ich meine eigenen Gefühle noch nicht ganz akzeptieren kann.

»Hmmh«, macht Sofia und unterzieht uns beide einer genaueren Musterung. Mit Sicherheit entgeht ihr nicht, dass ich rot werde, aber sie sagt nichts weiter.

»Schlaft gut«, mit diesen Worten lässt sie mich los, winkt Grimm, welcher zurückwinkt, und dann verschwindet sie in ihrem Schlafzimmer.

Ich sehe ihr noch einen Moment hinterher, starre auf die geschlossene Holztür, fühle warme Dankbarkeit, dass sie uns hilft, Bewunderung für ihre Güte und ihren Optimismus und kalte Angst um sie, dass ihr etwas wegen mir zustoßen könnte. Seufzend begebe ich mich ins Bad, um mir die Zähne zu putzen. Dabei interessiert es mich brennend, ob Grimm mir zusieht. Ob er meinen halbnackten Po bemerkt, der unter dem Shirt hervorblitzt, oder ob es ihn überhaupt nicht interessiert. Aber ich kann mich nicht umdrehen, nicht nachsehen, was würde er dann denken? Erst als ich die Badezimmertür hinter mir schließe, kann ich einen Blick durch den Spalt werfen und sehe ihn die Wasserflasche aufdrehen und trinken. Ein schmerzhaftes Ziehen macht sich in meiner oberen Magengegend breit. Bin ich enttäuscht?

Ohne meine Gefühle weiter zu analysieren, weil das immer noch nicht mein Hauptproblem ist, putze ich mir die Zähne und spüle die Zahnbürste danach gründlich aus. Wasche sie sogar noch mal mit Seife ab, damit mein armer Begleiter sich nicht ekeln muss. Als alle Schaumblasen verschwunden sind und nur noch klares Wasser in den Abfluss läuft, lege ich die Bürste auf die Ablage unter dem kleinen Spiegel.

Ich gehe ins Wohnzimmer zurück und setze mich aufs Sofa, während Grimm aufsteht und schweigend das Bad betritt, um sich jetzt ebenfalls fertig zu machen. In der Zeit, in der er darin beschäftigt ist, mache ich es mir bereits auf unserem Nachtlager bequem.

Die Couch ist nur ein Zweisitzer, den man nach vorne hin ausziehen kann. Ohne uns breitzumachen, können wir wahrscheinlich gerade so nebeneinander hierrauf Platz finden. Es gibt auch nur eine Wolldecke, die wir uns teilen müssen. Wobei das nicht schlimm ist, da es im Haus ebenso warm und schwül ist wie draußen. Während ich meine Hand unter das Kopfkissen schiebe und mich auf die Seite drehe, schlägt mein Herz ungewöhnlich schnell. Ob es die Angst ist, dass wir heute Nacht hier gefunden werden oder der Gedanke daran, dass Grimm sich gleich dicht hinter mich legen wird, weiß ich nicht.

Doch ich erfahre es nicht, denn noch bevor er aus dem Bad zurückkommt, hat mich die Erschöpfung bereits in einen tiefen Schlaf gezogen.

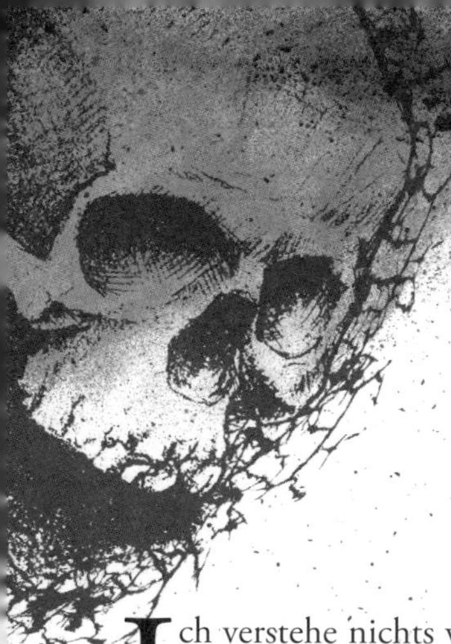

Kapitel 29

Grimm

Ich verstehe nichts von dem, was die beiden Frauen ständig auf Spanisch miteinander reden. Aber es stört mich nicht. Ich bin es gewohnt, dass ich wenig an den Gesprächen anderer Menschen teilhabe. Wenn es nicht gerade um das Handwerk des Tötens geht, habe ich auch kein großes Interesse daran.

Sofias Toast war sehr lecker. Nachdem ich in den letzten Tagen nur einen kleinen Energieriegel zu mir genommen habe, gierte mein Körper nach Nahrung. Ich brauche jede Energie, die ich kriegen kann, um meine Selbstheilungskräfte zu aktivieren. Die Wunde in meiner Schulter pocht und brennt, je nach Bewegung. Leider muss ich davon ausgehen, dass mein Schulterblatt durchschossen ist. Ich habe keine Ahnung, ob die Knochenreste herausgespült wurden von meinem Blut oder ob sie sich in mein Fleisch gegraben haben und sich dort entzünden werden.

Wir werden es sehen.

Ich putze mir die Zähne. Nach all den Tagen fühlt es sich unheimlich erfrischend an. Es macht mir nichts aus, dass Lucia die Zahnbürste zuvor verwendet hat. Immerhin habe ich sie bereits geküsst. Also ist ihr Mund nichts Unbekanntes mehr für mich.

Meine Faust, die den Stiel der Bürste umfasst, hält inne und ich hebe meinen Blick an, sehe mir selbst im Spiegel in die Augen.

Ich habe sie geküsst! Das kann ich nicht fassen. Bis jetzt kann ich mir nicht erklären, warum. Es war einfach so ein Impuls. Ein Verlangen. Wie der Wunsch zu trinken, wenn man durstig ist. Und ich war durstig. Bin es noch. Nach ihr und ihrem Geschmack. Nach ihrem ...

Was ist bitte mit mir los? Das Organ in meiner Brust schlägt ungewöhnlich schnell und laut bei dem Gedanken an Lucia. Bei der Erinnerung an unsere Lippen, die sich berühren. Bei der Erinnerung an ihren zarten, warmen Körper so nah an meinem.

Plötzlich kribbelt es meine Wirbelsäule hinab und ich spüre ein schweres Ziehen in meinen Lenden. Als ich meinen Blick hinabsenke, stelle ich stirnrunzelnd fest, dass mein Glied hart ist und sich deutlich unter den Shorts abzeichnet.

Dasselbe ist mir auch beim Kuss passiert.

Die Wirkung von ihr auf meinen Körper ist nicht zu leugnen.

Manchmal kam es vor, dass ich einen inneren Druck gespürt habe. Nicht oft, vielleicht ein, höchstens zwei Mal im Jahr. Dann habe ich mir eine Frau mitgenommen oder eine bezahlt und mich meinen Trieben hingegeben. Den Druck abgebaut. Wobei ich nicht mal sagen kann, dass es ein besonders erfreuliches Erlebnis war. Eher eine Notwendigkeit.

Von meinen beiden sexbesessenen Kumpels Seth und Ace weiß ich, dass es für sie etwas ganz Berauschendes ist. Auch die Frauen stöhnen und keuchen dabei um die Wette. Bislang konnte ich dieses Verhalten jedoch nicht nachvollziehen.

Ob das bei Lucia anders wäre?

Ich schüttele meinen Kopf und damit diese Gedanken ab. Stattdessen setzt sich meine Hand endlich wieder in Bewegung und reinigt meine Zähne gründlich. In den Spiegel blickend stelle ich fest, dass mir auch eine Rasur ganz guttun würde. Es dauert nicht mehr lange, bis mein Kiefer mit schwarzen Stoppeln so zugewuchert ist, dass meine Tattoos kaum mehr zu erkennen sind. Auch auf meinem Kopf sprießen die dunklen Haare. Mit einer Hand fahre ich darüber und höre das reibende Geräusch meiner Haut auf den kurzen Stoppeln.

Ich bin kein eitler Mensch. Aber meinen Kopf und Körper habe ich gerne kahlrasiert.

Da es sich aber jetzt nicht ändern lässt, kehre ich eben rau und stoppelig ins Wohnzimmer zurück. Noch bevor ich zum Schlafsofa gehe, trete ich an den Schrank heran, in den Sofia meine Waffen verstaut hat und nehme sie heraus, lege sie in direkte Griffreichweite. Wir wissen nicht, ob wir die Nacht hier sicher sind, und ich will vorbereitet sein, falls das Haus hochgenommen werden sollte.

Dann erst richte ich meinen Blick auf Lucia. Ihre schmale Gestalt liegt auf der Seite, ihre Augen sind geschlossen und ihr Mund steht einen Spalt breit offen. Friedlich sieht sie aus. Ganz harmlos sogar.

Dunkel und schön wie ein gefallener Engel.

Nicht wie die mordlustige Walküre, der ich kürzlich begegnet bin, die mit brennendem Hass auf mich losgegangen ist und mich beinahe umgebracht hat.

Ja, erstaunlich. Da lege ich mich mein Leben lang mit hartgesottenen Mafiosi und gestandenen Männern an, aber noch nie war ich dem Tod so nah wie durch diese unscheinbare Frau.

Langsam und leise, um sie nicht zu wecken, lege ich mich zu ihr auf das Sofa, überlasse ihr die einzige Wolldecke allein und ignoriere das brennende Ziehen in meiner Schulter, als ich mich auf den Rücken drehe. Ganz nah spüre ich ihre Anwesenheit bei mir. Ihre Wärme dringt zu mir und streichelt über meine Haut. In meinen Fingerspitzen kribbelt es. Der Drang, Lucia zu berühren, ist groß, aber ich halte mich zurück. Sie braucht den Schlaf.

Ich habe keine Ahnung, wie es jetzt weitergehen soll. Natürlich könnte ich versuchen, meinen Chef und Freund Ace anzurufen. Immerhin ist er der Anführer des mit Dario befreundeten Valenti-Clans. Befreundet ist vielleicht etwas übertrieben. Es ist mehr eine fragile Handelsbeziehung. Ace bezieht über Kolumbien Drogen, die er dann in Deutschland, genauer gesagt in Frankfurt, verkaufen lässt. Und Dario wiederum wäscht sein Geld mit Hilfe von Ace. Dario und Ace sind sich jedoch nicht gut Freund, da Ersterer mit einer ausgewachsenen Portion Selbstgefälligkeit seine Handelspartner behandelt und Ace' Ego ebenfalls um den Mond schwebt. Aber wenn sich Ace an dieser Stelle in das Geschehen einmischt, wird diese Beziehung in die Brüche gehen, da ich nicht davon ausgehe, dass Dario das auf sich sitzen lassen wird.

Und ich möchte die wenigen Freunde, die ich habe, nicht in diese Schwierigkeiten mit reinziehen, die ich mir selber eingebrockt habe.

Wer weiß, ob Ace überhaupt helfen würde.

Er würde, spricht eine Stimme tief in meinem Inneren. *Er hat seine Freunde nie im Stich gelassen.*

Und genau deswegen werde ich mich *nicht* bei ihm melden.

Langsam schließe ich meine Augen und warte auf den Schlaf, den ich so dringend brauche.

Kapitel 30

Lucia

Mein Bruder ist tot. Meine Eltern sind tot. Meine Familie ist tot. Nie wieder werde ich Mutters Lächeln sehen, Vaters strenge Stimme hören, Bruders Lachen vernehmen. Sie sind mit Blut und Tücke aus dieser Welt gerissen worden..

Ich aber, ich bin noch hier. Schwebe in einer unendlichen Leere. Treibe in einem schwarzen Meer aus Nichts.

»Lucia.« Curicos Stimme lässt mich aufblicken. Ich sitze in meinem Zimmer auf meinem Bett, habe mein Kissen mit beiden Armen umschlungen und als ich in das Gesicht des Kolumbianers vor mir sehe, bemerke ich erst, dass meine Augen von einem Tränenschleier getrübt sind.

Er hockt sich vor mir hin, sodass er zu mir aufsehen muss, und löst vorsichtig meine Hände von dem Kissen, nimmt sie in seine.

»Ich weiß, es ist noch früh und der Schmerz sitzt tief, aber du solltest jetzt wirklich zu ihm gehen. Es ist leider die einzige Chance, den Clan fortbestehen zu lassen. Du weißt, dass dein Vater Dario als einen seiner engsten Vertrauten angesehen hat. Fast alle im Clan akzeptieren ihn bereits als ihren neuen Anführer. Es fehlt nur noch dieser eine Schritt.« Seine Stimme ist weich und warm, aber das, was er mir damit sagt, kommt einem Todesstoß gleich.

»Ich werde Dario nicht heiraten!«, rufe ich, entziehe ihm meine Hände und bin erstaunt über die Festigkeit in meiner Stimme.

»Bitte, Lucia, sei doch vernünftig! Es ist deine einzige Wahl!«

»Wenn man nur EINE Wahl hat, ist es keine Wahl!«, presse ich hervor.

Curcio seufzt und lässt den Kopf für einen Moment hängen. Schließlich steht er wieder auf.

»Du hast recht. Du hast keine Wahl. Die Heirat wird stattfinden, ob mit oder gegen deinen Willen. Aber du kannst dich wehren und alles nur noch schlimmer machen, oder du kannst dich fügen und das Beste aus der Situation rausholen. Mit Dario an deiner Seite kannst du in die Fußstapfen deiner Eltern treten.«

»Ich will nicht in ihre Fußstapfen treten. Ich habe keine Ahnung von all den illegalen Geschäften …« Ich mache eine wegwischende Bewegung mit meiner Hand und verziehe meine Lippen. »… von Drogen, Waffen, Bestechungen oder wie man all diese Geschäfte vertuscht! Mein Bruder war für diesen Weg bestimmt. Nicht ich!«

»Dein Bruder ist aber tot.«

Ich schlucke.

»Das weiß ich …«

»Es tut mir leid, Lucia. Niemand hat gewollt, dass es so endet und dass du all das Leid ertragen musst. Aber es ist, wie es ist, und alles, was übrig bleibt, ist das Beste daraus zu machen. Im Leben kommen nur die weiter, die sich anpassen, umdenken und eine Lösung finden, wenn sich ein Weg versperrt. Du kannst starr sein wie ein Baum und im Sturm brechen oder biegsam sein wie ein Grashalm, der sich jederzeit wieder aufrichtet. Denk darüber nach.«

Mit diesen Worten verlässt er mein Zimmer und schließt die Tür. Während ich seine Schritte im Flur verhallen höre, fühle ich, wie die Verzweiflung meine Eingeweide zerwühlt.

Ich soll einen Mann heiraten, den ich kaum kenne, und das, was ich von ihm weiß, ist, dass er ein kriminelles Arschloch ist, so wie fast alle in meinem Umfeld. Ja, er ist auch ein enger Vertrauter meines Vaters gewesen. Aber ich werde nicht irgendeinen Kerl heiraten! Niemals!

»Zieh das an.« Wenige Tage später steht Dario vor mir. Er zieht mich am Oberarm in mein Schlafzimmer, stößt mich voran, sodass ich auf den Boden falle, und wirft ein weißes, langes Kleid auf mich wie Tomaten auf einen dreckigen Dieb. Der Stoff aus Spitze und Seide sinkt dagegen sanft wie eine Feder auf mich nieder und schmeichelt meine Haut, als wolle er mich trösten.

»Du kannst mich mal!«, zische ich, verenge meine Augen und durchbohre ihn mit einem giftigen Blick.

Dario mahlt mit dem Kiefer. Sein voller, schwarzer Bart bewegt sich dabei hin und her. Ein bedrohliches Funkeln erreicht mich durch seine Augen.

»Tu, was ich dir sage, oder du wirst es bereuen«, knirscht er.

Ich stehe auf und will erneut davonlaufen, da packt er mich abermals am Arm, reißt mich zurück und im nächsten Moment landet sein Handrücken mit einem lauten Klatschen auf meiner Wange. Sein Schmuck prallt gegen meinen Wangenknochen, reißt über meine Haut, und mein Kopf fliegt von der Wucht des Schlages zur Seite. Heißer, glühender Schmerz verbrennt mein Gesicht. Laut rauscht es in meinen Ohren.

Zwischen meinen schwarzen Haaren hervorsehe ich zu ihm auf. Mein Atem geht schnell und stoßweise. In mir pulsiert ein Gefühl. Schwarz und brodelnd wie heißes Pech. Ich will aufspringen und ihm seinen Stiernacken mit bloßen Händen zerquetschen. Von diesem Impuls getrieben gehe ich wie eine Furie auf ihn los. Beiße, kratze, schlage, schreie.

Aber all meine verzweifelten Bemühungen sind eben nicht mehr als das: verzweifelte Bemühungen.

Dario schlägt mich erneut, greift mit der Faust in mein Haar, hält mich daran fest und verpasst mir noch eine Ohrfeige.

KLATSCH.

Mit der Handfläche.

KLATSCH.

Mit dem Handrücken.

KLATSCH.

Mit der Handfläche.

Dann wirft er mich zurück zu Boden, kniet sich jedoch zu mir und packt mir grob ums Kinn, sodass sich seine Finger in das Fleisch meiner Wangen bohren. Er zwingt mich, ihn anzusehen.

»Zieh. Das. Kleid. An.«

Ich rege mich nicht. Kauere auf dem Boden und umklammere mein schmerzendes Gesicht. Mir ist schwindelig. Und schlecht. Vielleicht habe ich eine Gehirnerschütterung.

Schließlich ruft Dario nach ein paar seiner Männer. Es sind Männer, die früher meinem Vater gedient haben und sich nun auf seine Seite und gegen mich stellen. Sie packen mich an den Armen, zerren mich herauf und gemeinsam mit Dario ziehen sie mich aus.

Wie eine Wilde wehre ich mich, aber ich bin machtlos. Letztendlich schaffen sie es, mir das Kleid anzuziehen, wohingegen ich mich völlig verausgabt habe.

Meine Muskeln, Knochen und Sehnen brennen vor Überanstrengung.

Sie zerren mich zu meinem Schreibtischstuhl und zwingen mich, darauf Platz zu nehmen. Kurz darauf kommt eine Frau herein und fängt an, mich zu schminken. Sie überdeckt die Blessuren, die mein Gesicht verunstalten mit Make-up, macht mich schön und mir eine Brautfrisur.

All die Zeit steht Dario mit verschränkten Armen daneben, immer bereit, mich zu zwingen, sollte ich mich weigern.

Als die Frau mich fertig gestylt hat, gibt er den Männern mit einem leichten Winken seiner Finger zu verstehen, dass sie mich hochheben sollen. Also packen sie mich unter den Armen und ziehen mich in den Stand.

»Hübsch …« Mein Zukünftiger umrundet mich wie ein Raubtier seine Beute. Dabei gleitet sein Blick lüstern über meinen Körper. Mit einem Schlag wird mir klar, dass eine Ehe mit ihm mehr

kostet als meinen Stolz. Dass es mehr bedeutet, als angekettet sein. Es bedeutet, dass er meinen Körper haben wird. Egal, ob ich es will oder nicht, ebenso wie ich ihn heiraten muss, egal, ob ich will oder nicht.

»Bringt sie in einer viertel Stunde nach draußen zur Trauung.«

Mit diesen Worten wendet sich Dario ab und geht. Wahrscheinlich, um sich selbst für die Heirat fertigzumachen.

Die folgenden fünfzehn Minuten vergehen viel zu schnell und schon werde ich durch mein eigenes Elternhaus geführt wie eine Gefangene. Nein. Nicht wie eine Gefangene. Als die Gefangene, die ich bin. Nur kurz vor dem Ausgang lassen mich die Männer los und stattdessen kommt Curcio zu mir. Er hakt meinen Arm bei sich ein und legt beistehend eine Hand auf meine.

Ich schweige, kämpfe mit den Tränen und versuche, nicht auszusehen wie eine gebrochene Frau, nicht auszusehen wie die Verliererin in dieser Schlacht. Mit trotzig angehobenem Kopf verlasse ich die Villa.

Draußen erwartet mich die brütende, schwüle Hitze Kolumbiens.

Der Hof wurde zurechtgemacht. Runde Stehtische wurden mit weißen Stoffen überzogen, die am Tischbein mit einer opulenten Schleife zusammengehalten werden. Prachtvolle, dicke Sträuße roter Rosen stehen überall als Dekoration und ein ebenso roter, langer Teppich wurde ausgerollt. Gesäumt wird dieser von den Gästen der feinen Hochzeitsgesellschaft. Die Frauen sind aufgetakelt wie pinke Pfaue, die Männer adrett in schwarzen Anzügen. Sie alle drehen sich zu mir und sehen mich an, als ich einen Fuß auf den Teppich setze. Am Ende von diesem sehe ich ihn stehen. Fein herausgeputzt wartet er auf mich. Wie der Teufel auf die nächste Seele.

Jeder Schritt, den ich auf ihn zumache, fühlt sich an wie Selbstmord.

Und als ich bei ihm ankomme, lässt Curcio mich los und überlässt mich meinem Schicksal.

Der Trauredner vor uns saugt sich irgendwelche Worte aus den Fingern. Aber er fragt uns nicht, lässt uns keine Gelübde ablegen, sondern erklärt uns am Schluss nur für verheiratet. Meine Zustimmung wird offenbar nicht benötigt.

Das ist er.

Der schönste Tag im Leben einer Frau – oder in meinem Fall: mein Abstieg in die Hölle.

Eine Ehe, die nur dazu da ist, Dario den Thron besteigen zu lassen. Die nur dazu da ist, auch noch die letzten Zweifler an seinem Erbe, das eigentlich mir zustehen würde, zu besänftigen. Sieht denn niemand, dass das alles nur ein Schauspiel ist? Ist es allen egal, dass ich nur eine Schachfigur bin? Dass ich gezwungen werde?

Die Antwort ist so simpel wie schmerzhaft.

Ja.

Für mich gibt es keinen Retter.

»Lucia.«

Nass geschwitzt und nach Luft schnappend wache ich aus dem allzu realistischen Traum auf. Panisch sehe ich mich um, brauche einige Momente, um mich zu orientieren. Über mir blicke ich in Augen, die sogar im Dunkel des Zimmers noch blassgrün zu schimmern scheinen. Aus einem Skelettschädel sehen sie in die meinen und erden mich langsam. Nach und nach kehre ich in diese Welt zurück.

Grimm lehnt über mir und die schwarzen Elemente seiner Tattoos verschwimmen mit der Finsternis der Nacht. Sanft umgreifen seine kräftigen Finger meine Schultern, an denen er mich wachgerüttelt haben muss. Er sagt nichts, fragt mich auch nicht nach meinem Alptraum und ich bin mir sicher, dass ich im Schlaf genug geredet habe, dass er jetzt weiß, welche Dämonen mich dieses Mal verfolgt haben. Fast bin ich erleichtert, dass es diesmal der gute Alptraum war. Denn es gibt nur zwei Ereignisse, die mich nachts heimsuchen. Zwei Erinnerungen.

Der andere, der schlechte Traum ist jener, in dem ich aufs Neue meine Eltern sterben sehe. In dem ich in dem Schwall aus Blut zwischen den Leichen meiner Familie ertrinke.

Dennoch lässt mich der kalte Schweiß frösteln. Gleichzeitig facht der intensive Blick des Mannes über mir die Glut in meinem Inneren aufs Neue an, sodass die Kälte schnell wieder vertrieben wird.

Ich weiß nicht, wie lange wir hier liegen und einander einfach nur anblicken. Vermutlich sind es nur einige Sekunden, doch es fühlt sich an, als wären wir in kleinen Spähren gefangen, in der die Zeit für uns still steht. Schließlich bekommt diese Blase einen Riss, als Grimm sich zaghaft von mir lösen will und den Blick abwendet.

Nein, ist alles, was ich denken kann und im selben Moment ergreife ich ohne darüber nachzudenken seinen Oberarm, um ihn abzuhalten.

Er hält inne.

Ich spüre, wie sich seine Muskeln unter meiner Berührung verhärten, und die Angst, von ihm abgelehnt zu werden, trifft mich wie ein Dolchstoß in die Brust. Meine Herzfrequenz schnellt augenblicklich wieder in die Höhe.

Langsam heben sich seine dunklen Wimpern und seine Augen finden zurück zu meinen.

Schweigend schiebt er seine Arme um mich herum, zieht mich zu sich heran und umfängt mich vollkommen. Meine Wange drückt gegen seine warme Brust und ich blicke gegen den Verband, dessen Ränder sich leicht rötlich verfärbt haben. Klein und zerbrechlich fühle ich mich in seinem Griff, doch auf eine schöne Weise. Eine beschützte Weise. Wie ein kleines Vögelchen in der Höhle großer, starker Hände, wo es Schutz und Geborgenheit finden kann.

Gleichmäßig und kräftig höre ich sein Herz unter meinem Ohr schlagen, während die Wärme seines Körpers auf mich übergeht. Sie fährt kribbelnd durch meine Adern und sammelt sich letztlich in meiner Brust.

Ich kann mich nicht erinnern, wann ich zuletzt so behutsam und gleichzeitig kraftvoll gehalten wurde. Wann ich mich zuletzt so sicher gefühlt habe, dass all die Grausamkeit der Welt weit entfernt und wie nichts weiter als eine blasse Erinnerung scheint. Wann ich mich zuletzt so zu Hause gefühlt habe.

Mit Kloß im Hals schmiege ich vorsichtig mein Gesicht an seinen Körper, erlaube es mir, mich an ihm einzurollen wie ein Tier und mich mit einer Hand an der Bandage festzuhalten. Ich schließe meine Augen, atme seinen Geruch ein, sauge seine tröstende Nähe in mich auf und versuche, dieses Gefühl und diesen Moment tief in meinem Inneren zu verschließen. Wie einen Schatz, den mir niemand mehr wegnehmen kann.

Ich weiß, dass dieser Moment enden wird. Ich weiß, da draußen wartet die harte Realität auf uns. Aber es ist mir egal. Es ist mir auch egal, dass ich in den Armen des Mannes liege, der bis vor wenigen Stunden noch fester Bestandteil meiner Alpträume war.

Nie hätte ich gedacht, dass ich ausgerechnet in dieser Nähe nach all den Jahren ein Stück Glück finden könnte.

Ich muss verrückt sein, Grimm nicht nur zu begehren, sondern auch so tiefe Gefühle für ihn zuzulassen.

Die Selbsterkenntnis kommt langsam, schmerzhaft aber unausweichlich.

Ich bin in ihn verliebt.

Das darf nicht sein. Es wird mich zerstören. Für ihn und mich gibt es kein Happy End.

Ihn zu lieben, ist Selbstmord.

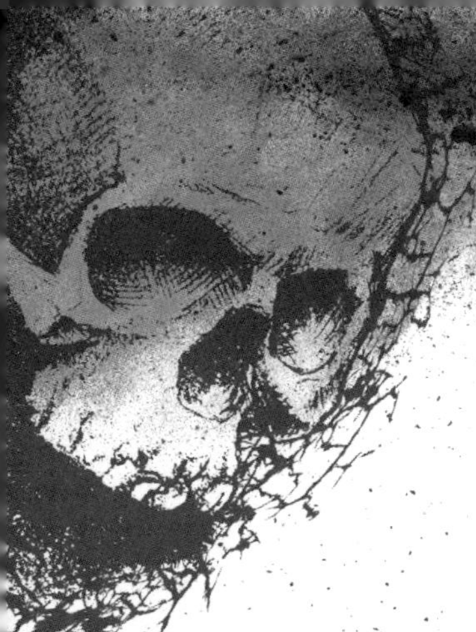

Kapitel 31

Grimm

Es gab nicht viele Momente in meinem Leben, in denen ich einem anderen Menschen so nah war. Jedenfalls nicht, wenn diese Person nicht wenige Momente später in meinen Armen gestorben ist. Aber Lucia ist nicht verletzt. Regelmäßig hebt und senkt sich ihr Brustkorb, wenn sie atmet, und sie ist warm.

Sie festzuhalten löst etwas in mir aus. Es erweckt mein Herz zum Leben, lässt es pumpen und schlagen. Fast so, als würde ich gerade kämpfen, jagen oder morden. Doch die Befriedigung, etwas zu Empfinden hält nicht lange an. Die Gefühle sind kostbar, aber sie sind nicht genug. Ich will *mehr*. Aber ich weiß nicht wie.

Also liege ich einfach da, versuche, in mich hinein zu horchen und mich zu verstehen. Bloß war ich noch nie gut darin, die Empfindungen meines Körpers zu deuten. Alles, was ich weiß, ist, dass es sich gut und schlecht zur gleichen Zeit anfühlt. Gut, weil ein kribbelndes Feuer durch meine Adern fließt und die Taubheit vertreibt. Schlecht, weil diese Flammen nicht zu löschen sind, sondern hungrig ihren Weg durch mich hindurchbahnen und mich von innen auffressen.

Lucia zuckt leicht in meinen Armen und als ich meinen Kopf senke, um sie anzusehen, bemerke ich, dass sie wieder eingeschlafen ist. Ohne dass ich es will, lockt ein Lächeln meine

Mundwinkel nach oben und ich schließe ebenfalls meine Augen.

Der nächste Morgen kommt zu früh. Meine innere Uhr weckt mich beim ersten Sonnenstrahl. Als ich meine Augen aufschlage, liegt Lucia noch immer fest von meinen Armen umschlungen an meiner Brust. Die Klappläden des kleinen Häuschens sind geschlossen, doch durch die Ritzen ringsherum und den Spalt in der Mitte dringt das Licht in schmalen Strahlen ins Zimmer. Staubflocken bewegen sich im Schein der Sonne. Langsam bewege ich mich und lasse Lucia los.

Sie wacht auf, reibt sich verschlafen die Augen und blinzelt müde.

Wir haben die Nacht überlebt, sind nicht aufgespürt worden und konnten uns ein wenig erholen. Das halte ich für ein durchaus zufriedenstellendes Ergebnis. Es ist mehr, als ich erwartet habe.

»Guten Morgen«, murmelt sie und streckt sich. »Wie geht es dir?«

»Gut«, antworte ich das, was ich über all die Jahre gelernt habe, was Menschen auf diese Frage erwarten. Lucia jedoch runzelt ihre Stirn und mustert mich misstrauisch.

»Was ist mit der Wunde?«

»Nicht der Rede wert. Wir sollten keine Zeit mehr vergeuden und aufbrechen.« Meine Intuition sagt mir, dass uns die Zeit davonläuft. Und selten haben sich meine Instinkte getäuscht.

Sie sieht mich einen Moment lang an, dann nickt sie. In der Nacht hat sich ihr Pferdeschwanz gelockert und Strähnen ihres dunklen Haares umspielen locker ihr Gesicht. Trotz meiner inneren Anspannung lasse ich es mir nicht nehmen, sie ein paar Augenblicke zu betrachten. Doch Lucia springt schnell auf und läuft in Richtung Badezimmer. Dabei zupft sie an ihrem knappen T-Shirt, welches die weiche Rundung ihres Hinterns nicht ganz bedecken kann. Eine kleine Falte bildet sich abwechselnd rechts und links unter ihren Pomuskeln, während sie geht. Interessiert beobachte ich sie und wundere mich selbst, wie ich so fasziniert von so etwas wie einem Arsch sein kann.

Irgendetwas stimmt nicht mit mir. Mir ist heiß, als hätte ich Fieber.

Hinter Lucia fällt die Badezimmertür zu und ich stehe auf, trinke einige große Schlucke Wasser. Dann beginne ich bereits damit, das Nachtlager abzubauen, falte die Liegefläche der Couch zusammen und ziehe das Laken ab.

Ein Ziehen fährt durch meine verletzte Schulter und die Wunde pocht im Takt meines Herzens.

Es dauert nicht lange, bis Lucia wieder aus dem Bad kommt und sich für den Tag eingekleidet hat. Ein luftiges, dunkelblaues Sommerkleid fliegt um ihre Oberschenkel. An ihrer schmalen Taille wird der Stoff mit einem gleichfarbigen Gürtel geschnürt, sodass ihre filigrane Figur betont wird. Ein hoch fragwürdiges Outfit für unsere Flucht. Das Ding hat nicht mal Taschen, um Waffen und Messer zu verstauen. Wenigstens war Sofia geistesgegenwärtig genug, ihr flache Sneaker rauszusuchen.

Ein kleines Schmunzeln überkommt mich, als ich unwillkürlich daran denke, dass Kiki, die Freundin meines Kameraden und Mutter meines Patenkindes, garantiert in Stöckelschuhen rumgestolpert wäre. Aber darum ist sie ja auch die Prinzessin und Lucia ist ...

Mein dunkler Engel.

Mein?

Ohne ein Wort zu verlieren, tauschen wir die Aufgaben und ich verschwinde ins Bad, während sie das Wohnzimmer zu Ende aufräumt. Nachdem ich mich fertiggemacht habe, betrachte ich argwöhnisch die Kleidung, die Sofia für mich herausgesucht hat. Gestern Abend hatte ich dem gar keine Beachtung geschenkt, doch heute Morgen finde ich die mit Palmen bedruckte Bermudashorts und das grüne T-Shirt sehr befremdlich. Da mir aber nichts anderes übrig bleibt, ziehe ich diese modische Geschmacksverirrung an. Als ich an mir hinabblicke, sehe ich aus wie ein verdammter Urlauber und nicht wie ein Auftragskiller auf der Flucht, weil er einem Mafiaboss die Frau gestohlen hat.

Ich hätte Dario umbringen sollen, denke ich bitter. Ace hätte es mir mit Sicherheit irgendwann verziehen, dass ich einen seiner Handelspartner um die Ecke gebracht habe. Aber diese Erkenntnis kommt nun zu spät.

Unsere Hetzjagd hat auch etwas für sich. Bereits jetzt weckt das Adrenalin meine sonst so abwesenden Lebensgeister und die Ungewissheit, ob wir überleben oder nicht, ruft regelrecht eine Euphorie hervor. Eine Euphorie, von der ich jedoch nicht weiß, wie ich sie nach außen tragen soll. Mein Gesicht ist und bleibt eine ausdruckslose Maske. Ich drehe mich zu dem kleinen Spiegel über dem Waschbecken und blicke mich an. Mit beiden Zeigefingern drücke ich meine Mundwinkel hinauf, dann hinab. Schließlich versuche ich es ohne und probiere mich an einem Grinsen, welches meiner inneren Aufregung Ausdruck verleihen könnte. Aber all meine Versuche, mein Innerstes nach außen zu tragen, wirken gestellt und unnatürlich. Also lasse ich es resigniert bleiben und gebe mich damit zufrieden, dass mein Lächeln meist nur unwillkürlich und ohne mein Zutun in manchen Momenten kommt – dafür aber ist es immer ehrlich.

Als ich aus dem Bad nach draußen gehe, werde ich von Lucia gemustert. Sie betrachtet meine Kleidung und ihre braunen Augen funkeln amüsiert.

»Was?«, frage ich und breite meine Arme aus. »Gefällt es dir nicht?«

»Es ist totschick.«

Sie kichert leicht und wir werden unterbrochen, als Sofia aus dem Schlafzimmer kommt. Unsere Gastgeberin lächelt mich an, dann eilt sie in ihrem Morgenmantel in die Küche, um uns mit Frühstück zu versorgen. Während wir die Toasts mit Marmelade essen, zieht sie sich an und öffnet dann die Fensterläden, um sich draußen nach dem Rechten zu erkundigen. Sie sagt etwas auf Spanisch. Ich habe keine Ahnung was, aber ihr Tonfall klingt besorgt.

»Sie sagt, mindestens sechs Männer bewachen ihren Laden«, übersetzt mir Lucia und verzieht ihre Lippen zu einer gequälten Grimasse. »Vermutlich bewachen sie alle Orte, an denen ich auftauchen könnte, besonders gut.«

»Wir müssen uns einen Überblick verschaffen«, sage ich und stehe auf. »Und wir brauchen ein Auto. Kann Sofia uns einen Wagen organisieren?«

Lucia wendet sich an ihre Freundin und redet mit ihr. Diese legt kurz überlegend die Stirn in Falten, dann nickt sie und greift zum Telefon.

»Sie fragt Paolo, den Nachbarn. Sein Wagen steht in der Garage im Hinterhof. Wir müssten es also nur bis dorthin schaffen und dann aus dem Dorf verschwinden.«

Ich nicke, gehe zum Küchenfenster und stelle ich mich dicht an die Wand daneben. So, dass man mich von außen nicht sehen kann, ich aber einen Blick auf die Straße erhasche. Dasselbe wiederhole ich bei den anderen Fenstern der Wohnung. Zwei Männer stehen vor dem Haupteingang, wobei einer gelangweilt eine Zigarette raucht und der andere sich mit der Spitze seines Messers unter den Fingernägeln pult. Die beiden stehen also schon eine Weile dort. Den Hinterausgang und den Hinterhof dagegen bewachen vier weitere Männer. Der Hof ist so klein und übersichtlich, dass wir keine Chance haben, ungesehen zu der Garagentür von Paolo zu gelangen. Die vier Unglückspilze dort werden wir umbringen müssen, und zwar möglichst so, dass es die beiden auf der Straße nicht mitbekommen. Zudem so schnell, dass keiner eine Chance hat, unseren Standpunkt durchzugeben oder Hilfe zu holen.

»Kennst du diese Männer?«, frage ich Lucia.

Sie kommt vorsichtig näher und stellt sich dicht neben mich an die Wand. Leicht lehnt sie sich vor, um hinaus zu sehen. Dann drückt sie sich schnell wieder gegen die Wand, schluckt und nickt.

»Denkst du, du schaffst es, einen von ihnen zu töten?«

Ich weiß, dass es nicht für jeden so ein Fest ist, Menschen umzubringen, wie für mich. Vor allem, wenn es sich um jemanden handelt, den man kennt. Lucia war eine Gefangene in ihrer Villa, tagein tagaus umgeben von den engsten Vertrauten ihres Mannes. Also kennt sie diese Männer sicher gut, hat mit ihnen gegessen und trainiert. Zwar kann ich Hemmungen oder Gefühle der Schuld nicht nachempfinden, doch ich weiß, dass sie bei ihr mit Sicherheit vorhanden sind und ihr im Weg stehen könnten.

»Wir können niemanden umbringen«, flüstert Lucia als könnten uns die Wachen draußen hören, wenn sie zu laut spricht. »Früher oder später werden sie gefunden. In Sofias Hof! Dario wird wissen, dass sie uns geholfen hat und ihr Schreckliches antun!«

Langsam wandert mein Blick zu der Ladenbesitzerin, die immer noch am Telefonieren ist. Als sie mein Starren bemerkt, dreht sie sich kurz zu mir und ihre rosa Pausbacken verziehen sich zu einem herzlichen Lächeln. In meinem Inneren regt sich nichts. Kein Mitleid. Keine Zweifel. Keine Schuldgefühle.

Als ich aber Lucia ansehe, das entsetzte und bittende Glitzern in ihren Augen sehe, kann ich nicht anders, als resigniert zu seufzen.

»Das beantwortet meine Frage nicht. Kannst du sie töten oder kannst du es nicht?«

Sie überlegt, blickt noch einmal zu den Männern, lehnt sich dann wieder an die Wand und schließt ihre Augen. Ihre Lippen pressen sich zu einem schmalen Strich zusammen und ihre dünnen Augenbrauen finden auf ihrer Stirn näher zueinander, sodass sie kleine Fältchen auf die sonst glatte Haut werfen. Dann nickt sie.

»Ich kann.«

»Sicher?«

»Ja.«

»Gut. Dann muss Sofia eben mit uns kommen.«

»Was?!« Sie klingt, als wäre ich ihr aus Versehen auf den Fuß getreten. »Nein, das geht nicht!«

»Also soll sie hierbleiben und von Dario gefoltert werden?«

Ihre Augen werden schmaler.

»Nein, natürlich nicht.«

»Dann willst du, das wir ihr einen schnellen, gnädigen Tod bereiten, der besser ist, als von Dario gefunden zu werden?«

Wieder wirkt sie fassungslos und vor den Kopf gestoßen. Ratlos sieht sie mich an und fragt sich mit Sicherheit, was mit mir nicht stimmt. Dabei gehe ich nur unsere Möglichkeiten durch.

»Nein! Sofia hat uns selbstlos geholfen! Wir können sie keiner Gefahr aussetzen, sie töten oder töten lassen!«, schimpft sie. Dabei beobachte ich, wie sich ihre Wangen vor Wut rot färben und ein warmes Ziehen macht sich in meiner Brust breit, woraufhin ich plötzlich grinse. Ihre Augenbrauen senken sich hinab und ihr Blick wandert verständnislos über mein Gesicht.

Ich erwarte nicht, dass sie mich versteht oder mich lesen kann. Ich kann es ja selbst nicht. Also reiße ich mich zusammen und verbanne diese völlig deplatzierte Emotionsäußerung aus meinem Gesicht.

»Dann ist die letzte Option: uns ergeben.«

»Fuck!«, zischt sie und beginnt aufgeregt im Zimmer auf und ab zu laufen. »Was habe ich mir nur dabei gedacht, hierherzukommen und Sofia in diese Gefahr zu bringen? Ich hätte es besser wissen sollen!«

»Es bringt nichts, bereits getroffene Entscheidungen zu bereuen. Jetzt sind wir hier und Sofia mit uns.«

»Können wir nicht zum Auto gelangen, ohne jemanden zu töten?«

Aufgrund ihres verzweifelten Blickes überprüfe ich noch einmal die Lage. Doch jedes Ablenkungsmanöver wäre zu gefährlich und ebenso verräterisch wie der Tod der Männer. Also schüttele ich den Kopf.

»Sofia«, ruft Lucia mit geschlagenem Gesichtsausdruck die Hausherrin, die soeben aufgelegt hat. Sie kommt zu uns herüber und ein erfreutes Lächeln liegt auf ihrem freundlichen Gesicht. Lucia übersetzt mir ihr aufgeregtes, spanisches Gefasel.

»Paolo überlässt uns seinen Wagen. Er schließt ihn auf und lässt den Schlüssel stecken, sodass wir nur noch reinspringen und losfahren müssen. Sie hat ihm die Wahrheit gesagt, nachdem auch er die Wachen draußen bemerkt hat.«

»Sie hat was?!« Entweder ist Sofia lebensmüde oder sie muss ein großes Vertrauen in Paolo haben, dass sie ihm solch prekäre Informationen weitergibt.

»Das ganze Dorf ist kein großer Freund von Dario und sie war sich sicher, dass er helfen wollen wird.«

»Weiß sie schon, dass sie mit uns kommt?«

Lucia schüttelt den Kopf, dreht sich zu Sofia und sieht diese betroffen an. Ich verstehe zwar die folgenden, spanischen Worte nicht. Doch in dem Gesicht der kleinen, runden Kolumbianerin kann ich den genauen Moment erkennen, in dem ihr die Tragweite ihrer Handlungen bewusst wird.

Kapitel 32

Lucia

Sofia, du musst mit uns kommen. Wir werden nicht von hier entkommen ohne dass Dario klar sein wird, dass du uns geholfen hast. Also haben wir keine andere Wahl: Du musst uns begleiten. Es tut mir so leid, Sofia! Es war unüberlegt, hierherzukommen und deine Hilfe zu erbitten! Bitte verzeih mir …« Die Schuldgefühle sind frisch, aber bereits jetzt picken sie an mir wie eine Schar Raben an einem Kadaver. Als ich uns zu Sofia geführt und darum gebeten habe, uns zu helfen, habe ich nicht über die Konsequenzen nachgedacht. Und Sofia ebenso wenig, als sie kurzerhand einwilligte, weil es eben in ihrer Natur liegt, sich um andere zu sorgen. Zu dem Zeitpunkt wusste sie jedoch noch nicht, dass es für sie bedeuten würde, ihre gesamte Existenz zurückzulassen und ihr Leben aufs Spiel zu setzen.

Sofias Augen weiten sich und ihr Blick gleitet leer in die Ferne. Dabei öffnet sich ihr Mund leicht und ihre Hände ballen sich zu Fäusten. Sicher spielen sich unheimlich viele Möglichkeiten vor ihrem inneren Auge ab.

Ebenso wie vor meinem.

Ich sehe sie bereits zurückhängen, weil sie nicht so trainiert und schnell ist wie Grimm und ich und wie sie somit zur Zielscheibe wird. Ich sehe sie getroffen und blutend zu Boden gehen.

Ich sehe uns in dem Wagen von Paolo flüchten und wie ein Schuss durchs Fenster einen von uns tötet.

Ich sehe mich selbst, wie ich mich vielleicht aufopfere, mich in die Hände von Darios Männern begebe, nur, damit Grimm und Sofia in Sicherheit fliehen können.

Doch neben all diesen schrecklichen Visionen gibt es auch eine schwach schimmernde. Eine, in der wir alle entkommen und es schaffen, Dario abzuschütteln.

Unser aller Leben steht an einer Kreuzung, doch welchen Weg es einschlagen wird, ist noch ungewiss. Viele der Pfade führen in den Tod, einige in Schmerz und nur wenige in die Freiheit.

»Ich hätte dich da nicht mit hineinziehen sollen, Sofia«, schelte ich mich weiter. Doch in diesem Moment taucht meine Freundin aus ihrer Apathie auf.

»Nein, Lucia. Selbst wenn ich es gewusst hätte, hätte ich euch geholfen. Niemals hätte ich dich deinem Schicksal überlassen. Ich packe schnell ein paar Sachen. Bitte gebt mir noch ein paar Minuten!«

»Natürlich«, sage ich leise, nicke und sehe ihr hinterher, wie sie losflitzt und einen Rucksack mit dem Nötigsten packt. Nur Bargeld, Essen, Trinken und ein paar persönliche Dinge, die sie nicht zurücklassen möchte, kommen mit. Gleichsam jedoch sehe ich die Angst in ihren Augen leuchten und Tränen in ihren Winkeln glänzen. Ihre Worte können auch nicht darüber hinwegtäuschen, dass ihre Hände zittern.

»Das bedeutet also, sie kommt mit«, stellt Grimm fest.

Ich nicke leicht.

»Ja. Sie wird uns begleiten. Nun müssen wir jedoch noch das Auto erreichen und es schaffen zu fliehen.«

Mit schnellen Handgriffen holt Grimm die Messer und das MG3 herbei, checkt dieses noch einmal nach Munition durch und stellt sicher, dass es gesichert ist. Letztendlich befestigt er es mit dem Tragegurt um seine Brust und reicht mir dann ein Messer.

Als ich es entgegennehme und betrachte, stelle ich fest, dass ich es kenne.

Es ist mein eigenes, welches ich gestern verloren geglaubt hatte. Grimm muss es mir abgenommen haben, als wir uns so nah waren.

Fassungslos sehe ich es an und drehe es in meiner Hand. Das Leder des Griffs und das kühle Metall der Klinge, über die ich ehrfurchtsvoll mit meinem Daumen streiche, fühlen sich gut und vertraut an. Im Nachhinein kann ich nicht glauben, wie leichtsinnig ich war. Schwerbewaffnet so nah an meinen Gefangenen heranzugehen. Hätte Grimm es gewollt, hätte er mich mühelos mit meinen eigenen Waffen umbringen können.

Zum Glück aber hatte er das ja von Anfang an nicht gewollt.

»Danke«, sage ich nur und belasse es in meiner Hand. Am Handgelenk des anderen Arms befindet sich nach wie vor mein Armreif.

Grimm selbst behält das Kampfmesser, welches er gestern der toten Wache entnommen hatte. Deren Name war im übrigen Juan-Pablo gewesen, einunddreißig Jahre alt, ledig. Hatte vor erst sechs Monaten bei uns angefangen, weil er dringend Geld brauchte. Ich glaube, seine Mutter ist krank und die Ärzte kosten viel.

Nun wird seine Mutter ihren Sohn begraben müssen, weil er versucht hat, sie zu retten. Kaum rührt sich in mir das Mitgefühl, ertränke ich es in dem tiefen See der Leere in meinem Inneren. Dort geht es unter und ist so schnell verschwunden, wie es gekommen ist.

»Ich bin fertig«, verkündet Sofia, kommt zu uns und umgreift die Gurte ihres Rucksacks mit beiden Fäusten. Sie sieht aus, als wollte sie zusammen mit Frodo durch das Auenland wandern.

Leider aber wird es kein Spaziergang werden, sondern nicht weniger gefährlich als die Reise durch Mordor.

Schweigend nicke ich ihr zu und blicke ihr für einen Moment fest in die Augen, ehe ich zu Grimm sehe.

Dieser mustert uns beide, seine Begleiter, ehe auch er nickt.

»Lucia, du kümmerst dich um den Kerl ganz hinten in der Ecke vom Hof. Der, der neben der Garagentür steht. Dafür kletterst du aus dem Badezimmerfenster. Du passt als einzige durch. So kommst du hinter ihm an und kannst ihn hoffentlich heimlich ausschalten. Ich werde durch die Tür gehen und die anderen drei erledigen. Sag Sofia, dass sie im Haus warten soll, bis sie die Autotüren hört, dann erst soll sie zu uns hinauskommen. Vorher muss sie unbedingt drinnen und in Deckung bleiben. Wenn etwas schiefgeht, werden die Kerle auf uns schießen und draußen ist es nicht sicher.«

Schnell übersetze ich Sofa Grimms Anweisungen, woraufhin sie eifrig nickt.

»Dann geht es jetzt also los«, murmele ich leise.

»Hast du Angst?«, fragt Grimm, doch ohne einen Vorwurf oder Amüsement in der Stimme.

Ich senke meinen Blick und beiße mir auf die Lippe.

»Es wird dein erster Mord, nicht wahr?«

Diesmal nicke ich. Zwar habe ich jahrelang seinen Tod geplant, doch noch nie habe ich einem Menschen wahrhaftig etwas angetan. Ich habe davon geträumt, ja. Davon, ihm die Kehle durchzuschneiden und auch Dario nachts aufzuschlitzen. Doch noch sind meine Hände unbefleckt.

Grimm dreht sich zu mir, kommt mit langsamen Schritten näher und nimmt sanft meine Hände in seine. Seine rauen Daumen streicheln über meine Handrücken und sein grüner Blick sucht meinen.

»Du musst es nicht tun. Irgendwie schaffe ich es auch, alle vier zu erledigen. Bleib mit Sofia hier drin und ...«

»Nein«, unterbreche ich ihn energisch. »Ich schaffe das! Ich habe bloß ... Respekt.«

»Und das ist gut so. Wer ohne Respekt ein Leben nimmt, ist sein eigenes nicht wert.«

»Das heißt, auch du machst dir Gedanken über deine Opfer?«

»Nein.«

Ich blinzele und er hebt die Schultern.

»Ich bin kein guter Mensch. Ich bin ein Mörder. Und ich morde gern. Vergiss das nie.«

Er hat recht. Jemanden wie ihn zu verharmlosen, nur weil er nett zu mir oder auch zu Sofia ist, wäre falsch. Unzählige Leben hat er bereits genommen und unzählige mehr werden vielleicht noch folgen. Er ist ein Killer. Ohne Mitleid, ohne Gefühl. Und die Kälte und der Tod umgeben ihn als dunkle Aura, die ich regelrecht fühlen kann. Aber es ist auch diese Dunkelheit, die mich anzieht. Eine Dunkelheit, die es auch in meinem Herzen gibt. Wenn er und ich gleich sind. Hat er dann recht und ich bin ebenso ein Monster wie er? Werde ich zu einem werden, wenn ich erst meinen ersten Mord begangen habe? Werde ich es verkraften oder wird mich die Schuld heimsuchen und ebenso zu einem mich verzehrenden Dämon werden wie meine Vergangenheit? All das weiß ich nicht, aber ich werde es erfahren, denn ich habe meine Entscheidung getroffen. Die Männer da draußen würden mich meinem Schicksal überlassen. Sie würden mich Dario ausliefern und Grimm und Sofia töten. Warum sollte ich also zögern, sie zuerst zu töten?

»Ich weiß«, hauche ich leise.

Plötzlich kommt Grimm noch näher, sodass er jetzt dicht vor mir steht und seine Ausstrahlung mich einhüllt wie in ein Magnetfeld, das mich nur noch dichter zu ihm ziehen will. Mein Herz macht einen Sprung, setzt dann einen Schlag aus und ich verfluche mich dafür, so eine gefühlsduselige Kuh zu sein, die sich ausgerechnet in diesen verrückten Psychopathen verlieben musste. Sodass sie nun schwach und wehrlos wie ein Teenager vor ihm steht.

Grimm jedoch ist wie immer völlig ruhig, seine Bewegungen sind selbstbewusst und kontrolliert, als er seine Hand anhebt und seinen Zeigefinger unter mein Kinn legt.

Langsam hebt er es an, sodass ich zu ihm aufsehe. In dieses fremdartige, beängstigende Gesicht mit so vielen Narben unter den schwarz tätowierten Oberflächen. In das Gesicht des Mannes, der mein Leben seit Jahren kontrollierte, ohne es zu wissen. In Augen, die schon so viele Menschen haben sterben sehen.

Seine Stimme ist tief und beruhigend, rau und verführerisch, als er spricht.

»Komm, mein Engel. Fall mit mir zusammen.«

Und in diesem Moment wäre ich bereitwillig gemeinsam mit ihm jede Klippe hinabgestürzt und gefallen. So lange, bis wir beide am Boden zerschellen.

Kapitel 33

Lucia

Ich stehe vor dem kleinen Badezimmerfenster und sehe durch die gehäkelte Gardine nach draußen. Es geht etwa drei Meter nach unten, da ich mich im ersten Stock befinde. Obwohl ich Angst haben sollte, schlägt mein Herz ungewöhnlich ruhig und gleichmäßig. In diesem Moment, in der Ruhe vor dem Sturm, komme ich ganz zu mir und meine Sinne schärfen sich. Mein Blickfeld fokussiert sich auf den Mann unter dem Fenster – auf Camillo. So heißt der junge Kolumbianer von gerade mal zweiundzwanzig Jahren. Meine Klinge liegt schwer und angenehm in meiner Hand, gibt mir Mut und Zuversicht. Ich weiß, dass ich alle Zweifel ablegen muss, denn jedes Zögern kann über Tod und Leben entscheiden. Dennoch breitet sich ein flaues Gefühl in meinem Magen aus, wenn ich darüber nachdenke, gleich ein Leben zu nehmen. Es berührt mich nicht in meinem Herzen, dennoch macht es etwas mit meinem Körper. Als wäre dort von Natur aus ein Widerstand, den ich erst überwinden muss. Es war etwas anderes, als ich auf Grimm losgegangen bin. Dort war ich geleitet von meinem Hass und dem Wunsch nach Rache. Aber Camillo – ihm gegenüber empfinde ich keinen Zorn. Sein Tod ist lediglich ein notwendiges Übel.

Ich öffne das Fenster und ziehe es vorsichtig auf. Warmer Wind kommt herein und bläht die Gardine auf. Langsam schiebe ich sie zur Seite. Um möglichst einfach hindurch zu kommen, habe ich mir einen Stuhl aus der Küche hergeholt und darunter gestellt. Denn die Öffnung befindet sich etwa auf meiner Brusthöhe, und um die drei Meter nach unten sicher zu überwinden, will ich mit den Füßen voran hinaus.

Ich klettere auf den Stuhl und warte darauf, dass ich an der gegenüberliegenden Seite die Tür aufgehen sehe.

Budumm budumm, höre ich mein Herz regelmäßig in meinen Ohren schlagen, während ich wie gebannt unten auf die Tür starre, jeden Moment damit rechne, dass sie sich öffnet.

Budumm budumm.

Die Sekunden vergehen zäh und langsam. Und mit jedem Herzschlag kommen wir dem Moment näher, an dem unser Schicksal sich für einen Weg entscheiden muss. Freiheit oder Verderben. Leben oder Tod.

Budumm.

Der Türknauf dreht sich langsam um.

In diesem Moment fasse ich um die Lehnen des Stuhls, spanne meinen gesamten Körper an. Kontrolliert schiebe ich zunächst meine Füße durch das Fenster, welches nicht größer ist als ein Laptop-Bildschirm. Ich lehne mich vor, packe mit meinen Händen an den Rahmen und ziehe mich nach vorne. Als meine Hüfte durch das Loch muss, drehe ich sie leicht diagonal. Dennoch streift meine Haut am Rand entlang. Drehe mich weiter. Brüste. Schultern. Kopf. Ich lasse los. Falle. Das alles binnen weniger Sekunden. In dem Moment, in dem ich auf beiden Beinen unten aufkomme und den Sturz abfedere, in dem ich leicht in die Knie gehe, dreht sich Camillo um.

Sein Mund öffnet sich in Erstaunen. Die Reflexe sind nicht gut genug, denn er zögert, anstatt mich gleich zu attackieren.

Nicht nur, dass die Person, die er sucht, gerade genau hinter ihn gesprungen ist, sie hat auch ein Messer in der Hand und den Tod in den Augen.

Mit beiden Füßen drücke ich mich vom Boden ab, springe schräg nach vorne und ramme ihm meine Klinge direkt unter sein Kinn. Sie schrappt über Knochen. Ich höre es knirschen und fühle den Widerstand.

Seine Lider öffnen sich weit, ein gurgelndes Geräusch ertönt aus seiner Kehle. Als er sich dort hinpackt und zurücktaumelt, zieht er sich selbst die Klinge heraus, die ich eisern festhalte. Stolpernd kippt er nach hinten. Mit einem dumpfen Aufprall landet sein Körper auf dem Boden. Ein Zucken geht durch ihn hindurch. Rot und dunkel verteilt sich eine Lache unter ihm. Er strampelt. Noch ein ... zwei ... drei Male. Dann bleibt er regungslos liegen, der letzte Atem entweicht seinem blutüberströmten Mund und seine aufgerissenen Augen werden leer.

Er ist tot.

Mein Atem geht schnell. Breitbeinig stehe ich da, noch immer die blutige Klinge in beiden Händen vor mir, starre auf die Leiche.

Nur eine Entscheidung. Zwei Wimpernschläge. Drei Atemzüge hat es gedauert, um zur Mörderin zu werden. Was sollte ich fühlen?

In mir ist einfach nichts. Leere.

Keine Reue, kein Mitgefühl, kein Bedauern.

Nur Taubheit.

Ein metallisches Schleifen reißt mich aus meiner Starre. Ich hebe den Kopf und sehe, wie der kleine Hinterhof mit drei weiteren leblosen Opfern geschmückt wurde. Die Männer liegen mit erschrocken verzerrten Gesichtern auf dem Rücken und Grimm hat bereits die Garagentür geöffnet, welche das Geräusch von sich gegeben haben muss. Er dreht sich zu mir um, winkt mich mit einer Hand herbei und ich laufe los. In der Garage steht ein kleiner, blauer Ford Fiesta, an dessen Türschwellen bereits rostige Stellen zu erkennen sind. Grimm öffnet die Fahrertür und setzt sich hinter das Steuer. Ich laufe auf die andere Seite und steige ebenfalls in den Wagen ein. Fast gleichzeitig schließen wir die Türen und in diesem Moment rauscht Sofia an uns vorbei, öffnet das alte Garagentor, an dem der graue Lack abblättert und steigt anschließend hinten ein. Langsam und wie zu einer Spazierfahrt fährt Grimm an, um kein Aufsehen zu erregen. Die Männer vor dem Laden sehen dennoch zu uns herüber, als wir über den Gehweg fahren und auf die Straße abbiegen. Ich sehe ihre Gesichtszüge entgleisen und während einer durch die offene Garage in den Innenhof rennt, greift der andere zu seinem Handy und wählt schnell eine Nummer.

»Fuck, sie haben uns erkannt«, presse ich hervor und halte mich instinktiv an dem Griff über der Tür fest. In dem Moment gibt Grimm Gas. Der Motor des kleinen Wagens keucht auf und gibt alles, was in seinen vier alten Zylindern steckt.

Kapitel 34

Grimm

Meine Fäuste sind fest um das Lenkrad geschlossen, als wir mit Höchstgeschwindigkeit über den Asphalt brettern. Dennoch sehe ich im Augenwinkel zu Lucia herüber. Sie hat eben zum ersten Mal einen Menschen getötet und ich bin mir sicher, dass es mehr mit ihr macht, als sie zeigen will. Mein gefallener Engel umklammert das Messer all die Zeit, als wäre es ein Anker, der sie am Untergehen hindert. Dabei läuft Blut von der Klinge hinab über ihre Hände und tropft auf die zarte, milchig blasse Haut ihres Oberschenkels. Dunkelrot hält sich der Tropfen einen Moment, dann perlt er die Innenseite ihres Beines entlang und verschwindet aus meinem Blickfeld. Der Anblick ist so atemberaubend faszinierend, dass ich nicht wegsehen kann und ein heißer Schauer von meinem Bauch nach unten wandert.

»Vorsicht! Kurve!« Ihr erschrockenes Rufen so wie Sofias Kreischen lassen mich blitzschnell wieder nach vorne sehen und im letzten Moment bremse ich ab und nehme die Biegung. Hart und schnell hämmert mein Puls in meinen Venen. Schweiß benetzt meinen Körper.

»Kennst du dich hier aus?«, frage ich Lucia.

»Nein. Ich war nie weiter als ein paar Kilometer aus dem Dorf.«

»Und Sofia?«

Mein Blick huscht kurz in den Rückspiegel. Noch sehe ich keine Verfolger, dafür aber Sofias leichenblasses Gesicht.

Die beiden Frauen reden auf Spanisch miteinander, bis Lucia mir mitteilt:

»Sofia sagt, die nächst größere Stadt ist eine Stunde von hier entfernt. Sonst gibt es nur kleinere Städtchen oder Dörfer. Sie fragt, was wir suchen.«

»Wir müssen den Wagen loswerden. Und dann irgendwo anonym unterkommen.«

»Also brauchen wir ein Autoverleih?«

»Nein, dann sind wir nachverfolgbar. Dario wird den Ford entdecken und herausfinden, wer sich in der Nähe ein Auto ausgeliehen hat. Besser ist, wir stehlen eines.«

Zum Glück diskutiert Lucia nicht mit mir, dass Diebstahl moralisch verwerflich ist. Doch in Anbetracht dessen, dass ich mein Geld damit verdiene, andere Menschen zu töten, hat ein Autodiebstahl wirklich kein Gewicht auf der Liste meiner Sünden.

Etwa eine halbe Stunde sind wir bereits auf den wenig befahrenen Straßen unterwegs, als wir das dritte Dorf passieren. Ich halte auf dem Innenhof-Parkplatz eines schäbig aussehenden Hotels, schalte den Wagen aus und sehe mich um.

Es ist noch Vormittag, aber die Sonne scheint bereits und erhitzt die feuchte Luft so sehr, dass es sich anfühlt wie in der Sauna. Allerdings bin ich ein Mörder und kein Autodieb, also fehlt mir sowohl das Equipment als auch die Erfahrung, jetzt einfach in einen Wagen einzubrechen und ihn kurzzuschließen. Bisher habe ich es noch nie gemusst und ich wage stark zu bezweifeln, dass ich einfach unter dem Lenkrad eine Klappe öffnen und zwei Drähte miteinander verbinden muss, um die Zündung zu aktivieren.

Aber noch während ich überlege, ob ich einfach jemanden aus seinem Auto zerren soll, geht Lucia auf einen Mann zu, der gerade in seinen alten, dunkelblauen 3er BMW einsteigen will, bedroht ihn mit dem Messer. Alles, was ich höre, sind ihre drohenden, spanischen Worte und ein unmissverständliches Kopfnicken in eine andere Richtung. Mit zur Besänftigung erhobenen Händen, redet der Mann auf sie ein, fleht um sein Leben und überlässt ihr eilig den Autoschlüssel. Ich denke nicht, dass er zur Polizei gehen wird. Zu groß wird seine Angst sein, dass diese mit dem Mafiaclan der Gegend in Kontakt steht.

Mit dem Trinkwasser, das Sofia eingepackt hat, säubern wir uns grob von den Blutresten, die an unseren Händen kleben, dann steigen wir gemeinsam in unseren neuen Wagen und fahren los.

Der Tank ist nur noch zu einem Viertel voll, also müssen wir in einigen Kilometern an einer Tankstelle halten und Benzin auffüllen. Noch immer ist weit und breit kein Verfolger zu sehen. Sollte mich das beruhigen oder beunruhigen?

An der Tankstelle besorgen wir uns auch ein paar Wasserflaschen und etwas zu Essen und in einem kleinen Elektromarkt ein günstiges Smartphone mit einer Prepaid-Karte. Auch einen Satz Wechselkleidung und Hygieneprodukte treiben wir unterwegs auf. Alles auf Kosten von Sofia, da weder ich noch Lucia Geld oder ein Portemonnaie dabei haben. Ohne Pass werden wir wohl kaum aus dem Land kommen.

»Also Medellín liegt inzwischen zwei Stunden von uns entfernt. Die Hauptstadt Bogota noch gut elf Stunden, wenn wir die Route 56 durch das Gebirge nehmen«, erklärt Lucia, während sie mit schmalen Augen dicht auf dem Smartphone herumzoomt.

»Was macht deine Wunde? Hältst du es die elf Stunden bis nach Bogota aus? Mit Pausen und Verkehr wahrscheinlich eher zwölf oder dreizehn? Medellín ist zwar näher, aber ich weiß, dass Darios Einfluss dort sehr groß ist. Überall am Flughafen werden sie nach uns Ausschau halten und auch in den Krankenhäusern, weil er weiß, dass du angeschossen wurdest.«

»Wir fahren nach Bogota«, bestimme ich. Lucia nickt und navigiert uns mit Google Maps.

Die Fahrt ist lang und anstrengend, da wir das Anden-Gebirge passieren müssen. Das bergige Land macht das Vorankommen schwer. Teile der Hügel sind nur mit Gras bewachsen, steinig und nur vereinzelt gibt es tropische Bäume; wiederum andere Landstriche sind vom Regenwald dicht bewachsen. Inzwischen haben sich dicke Wolken vor die Sonne geschoben und Nebel steigt zwischen den Berggipfeln auf. Dennoch wird es draußen nicht kälter und die Luftfeuchtigkeit nimmt nur noch weiter zu.

Obwohl die Klimaanlage im Auto auf Hochtouren läuft, rinnen mir nach sechs Stunden Schweißperlen meine Schläfe hinab. Lucia und Sofia beschweren sich dagegen über den Eissturm, den ich im Wagen veranstalte.

Nach acht Stunden Fahrt und nur wenigen, kurzen Pausen merke ich, wie meine Konzentration schwindet. Aber weder Sofia noch Lucia können Auto fahren, also bleibt mir nichts anders übrig, als es durchzuziehen.

»Wir sollten eine Pause machen, Grimm. Lass uns in den nächsten Ort fahren und uns ein Hotel nehmen. Es wird reichen, wenn wir morgen in Bogota ankommen. Du musst dich ausruhen.«

Es gefällt mir nicht, das zuzugeben, aber Lucia hat recht. Also lassen wir uns mit Hilfe des Handys in das nächste Gasthaus navigieren. Es ist eine spartanisch eingerichtete Unterkunft für Wanderurlauber. Hier bekommen wir ein Vierer-Zimmer mit zwei Stockbetten und einem Bad, welches wir uns mit anderen teilen müssen. Für mich genügt es und auch die beiden Frauen beschweren sich nicht.

Als wir in dem zum Glück klimatisierten Zimmer ankommen, lasse ich mich schwer atmend auf die Matratze sinken. Meine verschwitzte Haut klebt an dem weißen Laken, fühlt sich für einen kurzen Moment kühl und angenehm an. Meine Wunde in der Schulter dagegen pocht und brennt jetzt noch stärker als zuvor.

»Geht es dir gut?« Lucias Stimme klingt besorgt. Neben mir sinkt die Matratze ein wenig ein und ich spüre ihre Anwesenheit dicht neben mir. Als ich meine Augen einen Spalt breit öffne, kann ich sie neben mir auf der Bettkante sitzen sehen. Sofia hockt auf dem Boden und kramt in ihrem Rucksack herum.

»Wie geht es dir?«, frage ich, anstatt zu antworten, und betrachte ihr bleiches Gesicht, welches seit den letzten Stunden noch mehr an Farbe verloren zu haben scheint. Dunkle Schatten liegen unter ihren braunen Augen und aus ihrem Zopf haben sich so viele Strähnen gelöst, dass er als solcher kaum noch zu erkennen ist. Ich weiß, dass sie heute Morgen ihren ersten Mord begangen hat und bisher hat sie nicht ein Wort darüber verloren. Ich habe keine Ahnung, ob das gut oder schlecht ist. Aber irgendetwas in meinem Inneren sagt mir, dass wir darüber sprechen sollten.

Aber Lucia antwortet ebenso wenig wie ich. Stattdessen schiebt sie mein Shirt nach oben und betrachtet mit zusammengezogenen Brauen meinen inzwischen durchgebluteten Verband.

»Grimm, das ...«, beginnt sie, bricht aber ab.

... sieht nicht gut aus. Ich weiß. Die Wunde brennt, ist heiß, pocht. Auch ohne den Verband abzunehmen weiß ich, dass sie rot und geschwollen ist. Es wird nicht mehr lange dauern, bis sie anfangen wird zu eitern, weil die Abwehrkräfte meines Körpers reagieren und versuchen, die Fremdkörper heraus zu spülen.

Sie hebt ihre schmale Hand an und legt sie auf meine Stirn.

»Du bist ganz warm ...«, haucht sie leise. Ihre Hand dagegen fühlt sich angenehm kühl an, sodass ich für einen kurzen Moment genießend meine Augen schließe.

»Ich muss mich nur kurz ausruhen. Es geht mir bald besser.«

In den leichten Sorgenfalten zwischen ihren Brauen zeichnen sich ihre Zweifel deutlich ab. Zum Glück diskutiert sie nicht mit mir, sondern lässt mich für einen Moment allein. Bevor sie noch auf die Idee kommt, meine Wunde versorgen zu wollen, stehe ich kurz darauf auf, gehe zum Auto und nehme mir den Erste-Hilfe-Kasten heraus. Anschließend benutze ich das Gemeinschaftsbad und stelle mich in eine der Duschen. Die Kabinen sind klein und mit cremefarbenen und grünen Mosaiksteinen gefliest. Doch bevor ich das Wasser anstelle, nehme ich meinen Verband ab. Die Kompresse klebt an der nässenden Wunde und Schmerz zuckt durch meine Schulter, als ich sie abziehe. Ich werfe die rotgelblich verfärbte Kompresse in den Mülleimer unter den Waschbecken und betrachte die Schusswunde, in dem ich den Kopf soweit senke, dass mein Kinn meine Brust berührt. Vorsichtig taste ich die rot glühenden, geschwollenen Wundränder ab.

Ich brauche eine Apotheke. Salbe für außen und Antibiotika für innen. Ohne medizinische Versorgung ist die Wahrscheinlichkeit groß, dass mein Körper nicht allein mit der Entzündung klarkommt, solange die Fremdkörper, die diese verursachen, in meinem Fleisch stecken. Ich weiß nicht, ob nebst den Knochensplittern meines Schulterblatts auch Bakterien eingedrungen sind, welche sich in mir ausbreiten und mich langsam vergiften.

Halt noch ein bisschen durch, befehle ich meinem Körper. Dann nehme ich den Duschkopf aus der Halterung, stelle das Wasser auf lauwarm und mache mich sauber. Zum Schluss spüle ich mit einem schwachen Strahl die Wunde in meiner

Schulter aus, wobei es sehr befremdlich ist, das Wasser, welches ich vorne hineinlaufen lassen, hinten herauskommen und meinen Rücken hinablaufen zu spüren. Auch das starke Brennen und Pochen meiner Wunde hält mich nicht ab, sie gründlich auszuspülen. Ich schließe nur meine Augen und halte es aus. Nicht mal als kleiner Junge habe ich gejammert oder geweint, wenn ich hingefallen bin und mir die Knie aufgeschlagen habe. Schmerz war für mich nie etwas Schlechtes. Dieses fiebrige Schwächegefühl allerdings schon.

Nachdem ich fertig bin, trockne ich mich grob mit meiner alten Kleidung ab, da ich kein Handtuch habe, und verbinde mich neu. Zwar ist das allein nicht ganz leicht, doch ich schaffe es, indem ich die Kompresse zuerst mit etwas Feuchtigkeit an die Duschwand klebe und mich dann dagegen lehne. Es dauert lange, doch schließlich habe ich es geschafft, mir einen frischen, weißen Verband anzulegen.

Mein Engel soll sich nicht unnötig Sorgen machen, also ist es besser, wenn sie gar nicht erst mitbekommt, wie meine Wunde aussieht und wie sich ihr Zustand entwickelt. Sie soll sich nur auf sich konzentrieren. Denn mehr als ich steht sie am Scheideweg ihres Lebens.

Zurück im Zimmer sehe ich die beiden Frauen auf dem Balkon stehen und miteinander reden. Also lege ich mich wieder auf das untere Bett, welches ächzt und knarrt, als ich mich auf die Matratze sinken lasse, ziehe die dünne Decke über mich und schließe meine Augen. Binnen weniger Sekunden hat mich die Erschöpfung eingeholt.

Kapitel 35

Lucia

Sofias Hände, die um das Holzgeländer greifen, zittern. Im Gegensatz zu mir hat sie die Entscheidung, aus ihrem Leben zu fliehen, nicht selbst getroffen, sondern wurde völlig unvorbereitet hinausgerissen. Hinaus aus dem kleinen Dorf, in welchem sie geboren wurde und wo sie aufgewachsen ist. Sie musste an Leichen vorbeilaufen und mit den Mördern in einem Auto fahren. Sie hat uns geholfen, das Blut von unseren Händen zu waschen, und all die Zeit über kam nicht ein Laut der Klage über ihre Lippen. So eine tapfere Frau. Das alles nur, weil sie mir geholfen hat.

»Sofia, ich …«

»Willst du dich etwa schon wieder entschuldigen?«, fällt sie mir ins Wort. Ihre vollen Lippen formen sich zu einem Lächeln, aber es liegt keine unbeschwerte Freude mehr darin. Bitter ist es geworden, ernster. Doch es ist noch genauso ehrlich. »Lucia, bitte. Es war das einzig richtige. Ich bereue nichts!«

Aber ich.

»Wie wird es jetzt weitergehen? Was habt ihr vor?«, fragt sie nach kurzer Zeit und richtet ihren Blick hinab in das Tal unter dem Balkon, aus welchem gespenstische Nebelschwaden zwischen den grünen Baumkronen emporziehen. Die Luft ist dick und schwer. Sie kündigt Regen an. Vogelgezwitscher, Gemecker und Geschrei sowie das Zirpen und Summen von Insekten erfüllt sie.

Ich atme tief ein und lehne meine Unterarme auf das Geländer.

»Ich weiß nicht ... einfach ... fliehen und solange überleben, wie wir können?« Ich hebe meinen Mundwinkel zu einem schiefen Lächeln. »Bevor ich tatsächlich geflohen bin, habe ich mir schon Jahre zuvor Gedanken gemacht, was ich tun würde oder wie es enden würde, wenn ich alles hinter mir lasse und abhaue. All meine Ergebnisse waren nicht sonderlich verlockend. Dario wird nicht aufhören, mich zu jagen. Irgendwann wird er mich finden und dann wird alles nur noch schlimmer. Ich habe auch überlegt, ihn zu töten und dann zu fliehen. Wenn dann ein neuer Mistkerl sich als Chef aufspielt, wird dieser mich suchen und töten, weil er Angst hat, dass ich irgendwann zurückkommen und mein Familienerbe einfordern könnte. Wären die Männer einem anderen überhaupt treu oder würde unser ganzer Clan zerbrechen? Alles, was ich versuchen kann, ist so lange wie möglich zu fliehen, bis mein Schicksal mich irgendwann einholt. Und zu allem Überfluss habe ich nun nicht nur Grimm, sondern auch dich mit in das sinkende Boot geholt. Ich wünschte, ich könnte euch Rettungswesten anziehen und über Bord werfen, bevor ihr mit mir untergeht.«

Ich blicke auf, als ich etwas Warmes auf meinem Handrücken spüre. Es ist Sofia, die ihre Finger auf meine gelegt hat und mich aus ihren dunklen Augen fest und mahnend ansieht.

»Wage es nicht, dich für uns zu opfern. Dann war alles umsonst«, beschwört sie mich, umschließt meine Hand mit ihrer und drückt sie beherzt. »Und es gibt mehr Möglichkeiten als nur die, die in Leid und Tod enden. Es gibt Hoffnung, glaub mir.«

Hoffnung habe ich nicht mehr. Sie liegt zusammen mit meiner Familie in der dunklen, steinernen Gruft begraben. Aber das werde ich Sofia nicht sagen. Ihre positive, unerschütterliche Art ist Balsam auf meiner Seele und ich will ihr ihre lebensbejahende Einstellung, die ihr hilft, mit all dem umzugehen, nicht nehmen.

»Hast du mal darüber nachgedacht, selbst in die Fußstapfen deines Vaters zu treten und deinen Clan selbst anzuführen?«, fragte sie mich.

Ich schnaube. »Ja. Schon häufig. Aber ich wollte es nie. Ich bin keine Führungspersönlichkeit und ich habe keine Ahnung von diesen Geschäften.«

»Dann willst du also ein legales, ehrliches Leben führen ohne Kriminalität?« Ihre Stimme hat einen etwas ironischen Tonfall angenommen.

Als ich zu ihr hinüberblicke, spitzt sie ihre Lippen unschuldig.

»Ja, ohne Spass, ohne Ausbildung und mit jähzornigem Mafia-Ehemenn im Rücken ist das doch ein realistisches Vorhaben. Nein ... ganz ehrlich? Ich glaube, ich bin niemand, der in ein normales Leben gehört. Ich bin als Tochter eines Mafiabosses auf die Welt gekommen, als solche aufgewachsen und ich habe ...« Ich senke meine Stimme. »... vor wenigen Stunden einen Menschen getötet. Und es macht mir nicht mal etwas aus, Sofia.«

Doch anstatt mich schockiert oder beängstigt anzusehen, wird ihr Blick wärmer, beinahe tröstlich, während sie den Kopf wenige Zentimeter zur Seite neigt. Ihr lockiges, braunes Haar fällt ihr über die Schulter.

»Egal, welchen Weg du gehst, solange er sich für dich richtig anfühlt, ist er gut. Denke nur nicht zu schlecht von dir. Niemand ist nur böse oder nur gut. Es gibt viele Facetten dazwischen.«

Langsam nicke ich und stoße die Luft aus.

»Lass uns schlafen gehen. Es ist spät und morgen wird nicht weniger anstrengend als heute.«

Also wenden wir uns von der Aussicht ins Tal ab und betreten das Zimmer, welches nicht mehr ist, als eine bessere Jugendherberge. Die Wände sind aus kahlem, weißem Putz und die alten Holzdielen knarren unter unseren Schritten. In der Ecke hängt ein weißer Kasten, in dem Schwarzlicht blaulila glüht. Die vielen Insekten und Moskitos des Dschungels, die sich in den Raum verirren, finden dort ein schnelles Ende.

Als ich an Grimms Bett vorbeigehe, sehe ich ihn darin liegen. Seine Augen sind geschlossen, aber ich bemerke, wie sie sich unter den Lidern hin und her bewegen. Seine Brust hebt und senkt sich unregelmäßig und abgehakt. Er träumt.

Ich frage mich, von was. Hat er auch Alpträume wie ich? Durchlebt er seine Vergangenheit neu? Und wenn ja, welche Schrecken warten dort auf ihn? Mir wird bewusst, wie wenig ich über ihn weiß, obwohl ich ihn lange Zeit studiert habe. Doch über seine Vergangenheit konnte ich nichts herausfinden. Seine Existenz begann erst, als er sich als Auftragsmörder verdingte. Aber auch er kam nackt, ohne Tattoos und ohne Narben zur Welt und irgendetwas muss ihn zu dem gemacht haben, der er ist. Selbst wenn ihm der Hang zum Morden von Mutter Natur mitgegeben ist, muss es Ereignisse gegeben haben, die ihn diesen haben entdecken lassen.

Sofia verlässt das Zimmer, um ins Bad zu gehen, doch ich verharre noch vor dem Bett, bin gefesselt von dem Anblick des einzigartigen Assassinen. Mein Blick tastet über die ebenmäßigen Konturen seines Gesichts. Fährt die Linien seines kantigen, aber unauffälligen Kinns nach, bis hinauf zu seinen Wangenknochen, die durch seine tiefliegenden Augen markant hervorstehen. Hoch zu der Wölbung seiner Stirn, an der für gewöhnlich Augenbrauen zu finden wären. Doch bei ihm befindet sich dort nur der Übergang der schwarzen Augenhöhle zu dem bleichen Schädelknochen. Die Haut an seinen Augen und Mundwinkeln hat ganz leichte Fältchen, die unter all der Tinte und den Narben kaum zu erkennen sind. Aber jetzt, wo ich ihn so nah betrachte, fallen sie mir auf und zeigen, dass er einige Jahre älter ist als ich. Ebenso wie die schwarzen Stoppeln an seinem Kiefer und auf seinem sonst kahlen Schädel, zwischen die sich hier und dort ein graues Haar geschlichen hat. Aber diese kleinen Makel machen ihn für mich nicht hässlich, sondern menschlich. Eine Eigenschaft, die ich bis vor kurzem niemals an ihm akzeptiert hätte. An dem, den ich für mein Schicksal verantwortlich gemacht habe. Den ich verflucht, gehasst und tot gewünscht habe.

Jetzt stehe ich hier und beobachte mit Sorge die Schweißperlen auf seiner Stirn und fürchte, dass seine Schusswunde uns mehr Ärger bereiten wird, als er mir Glauben machen will.

Jetzt, da ich mit ihm gegangen bin, mit ihm aus meinem Martyrium geflohen bin, brauche ich ihn. Weil ich all das, was mir bevorsteht, allein nicht schaffen kann.

Ein schweres Gefühl breitet sich in meiner Brust aus, liegt wie ein Fels auf mir und drückt mich hinab.

Nein, er schafft das. Er ist stark. Er hat sogar meine Giftattacke überlebt!

Kurz bevor Sofia zurückkommt und mich noch immer bei ihm vorfindet, wie ich ihn wie eine Irre anstarre, reiße ich mich los und mache mich fertig für die Nacht. Anschließend klettere ich hinauf in das Bett über dem von Sofia, um ihn nicht zu wecken und lege mich schlafen.

Es ist mitten in der Nacht, als ich wach werde, mich hin und her wälze und nicht mehr einschlafen kann. Ohne, dass ich es will, kreisen meine Gedanken unentwegt um die Frage, wie es weitergehen wird. Die Sorgen ergreifen von mir Besitz und lassen mich nicht mehr zur Ruhe kommen. Selbst als ich krampfhaft versuche, an etwas anderes zu denken, ertappe ich mich bald wieder dabei, wie ich erneut bei unserer Flucht angekommen bin, und überlege, wie wir das Land verlassen können, wie wir Dario entkommen können und wie es in Zukunft wohl weitergehen wird. Und auch, dass wir dringend irgendwo zu einem Arzt kommen müssen. Zudem werde ich die Bilder nicht los, wie Camillo gurgelnd zu Boden gegangen ist, habe noch das Gefühl in meinen Fingern, wie meine Klinge über seinen Knochen schrappte. Ich will diese Dinge nicht sehen, ich will, dass sie mir egal sind. Aber ich kann nicht verhindern, dass sie mich heimsuchen.

Irgendwann gebe ich es auf, schlage die Decke zurück und klettere leise die Leiter hinab. Sofia und Grimm scheinen friedlich zu schlafen, also schleiche ich mich an ihnen vorbei nach draußen. Ich muss ein wenig Luft schnappen und aus dieser Gedankenspirale hinauskommen. Nur mit meinem T-Shirt und Slip bekleidet gehe ich auf den Balkon, aber selbst jetzt ist es noch so warm, dass ich nicht friere.

Obwohl es mitten in der Nacht ist, vielleicht zwei oder drei Uhr, ist es nicht leise im Wald. Es ist die Zeit der Räuber und Jäger. Der Schlangen, der Eulen, der Fledermäuse, der Frösche und Raubkatzen. Es raschelt und rauscht in dem dichten Blättergewirr, wenn der Wind hindurchfährt. Vor den vollen, runden Mond schieben sich immer wieder dicke Wolken, sodass er nur ab und an hervorblitzt und die Nacht silbrig schimmernd erhellt.

Tief atme ich die schwere, feuchte Luft ein und wenige Sekunden später fällt der erste dicke Tropfen vom Himmel auf die breiten Blätter der Palmen und Farne.

Pitsch. Patsch.

Es folgen ihm erst wenige und dann immer mehr, bis ein trommelndes Konzert entsteht. Fasziniert beobachte und lausche ich dem Schauspiel, denn obgleich Kolumbien seit meiner Geburt meine Heimat ist, habe ich diese einzigartige Schönheit des Regenwaldes noch nie bewundern können. Ich wusste, dass die Anden mitten durch das Land führen, ebenso wie die Grenze Amazoniens. Doch war mir nicht klar, was genau es bedeutet. Ich kannte Bilder aus Film und Fernsehen, aber sie nun in natura zu sehen, ist etwas ganz anderes.

»Noch wach?« Die Stimme neben mir erschreckt mich derart, dass ich herumwirbele, mit einer Handdrehung die Klinge aus meinem Armreif löse und sie unter das Kinn meines nächtlichen Besuchers halte. Wenige Millimeter vor der Haut verharrt die vergiftete Schneide, als ich sehe, dass es Grimm ist und keiner der Schergen Darios, die gekommen sind, um mich zu holen.

Er hat seinen Kopf leicht angehoben, um Abstand von der Klinge zu nehmen, und ein leichtes Schmunzeln fliegt über seine Lippen.

Ich atme hektisch. Mein Herz hämmert.

»Bist du verrückt, mich so zu erschrecken?!«

Er hebt seine Hand an, greift um mein Handgelenk und drückt es langsam hinab. Seine jadegrünen Augen fixieren mich dabei glänzend.

»Du bist wirklich eine Viper, Lucia. Genauso schnell, elegant und tödlich mit deinem Giftzahn hier.« Sein Blick wandert zu der Klinge aus meinem Armreif.

»Ist das ein Kompliment?«, frage ich unsicher und kann die Klinge nicht zurückziehen, da er meinen Arm nach wie vor festhält.

»Das ist es. Ich mag Schlangen.« Plötzlich findet sich ein kurzer Moment des seelischen Schmerzes in seinem Gesicht wieder.

»Alles okay?«

»Ja, ich habe mich bloß an einen alten Freund erinnert. Er liebte Schlangen. Hatte sogar eine von mir auf seinen Hals tätowieren lassen.«

»Das klingt, als sei er ...«

»Tot. Ja.«

Seine grünen Augen schimmern warm, doch diesmal ohne Trauer.

»Das ... tut mir leid«, bringe ich unwohl hervor, doch er schüttelt seinen Kopf.

»Das muss es nicht. Er hat den Tod selbst gewählt und er hat sich die schönste Weise ausgesucht, die es wohl für einen Mann in der Welt gibt, diese zu verlassen. Jedenfalls sagt das die romantische Seite in mir.«

»Du hast eine romantische Seite?« Ich schmunzle. »Welcher Tod soll das sein?«

»Ein Tod gemeinsam mit der Frau, die er liebt.«

Ein schmerzhaftes Ziehen erfüllt meine Brust, während ich in seine Augen blicke. Meine Beine setzen sich wie von allein in Bewegung und ich gehe noch etwas näher an ihn heran, sodass ich meinen Kopf leicht in den Nacken legen muss, um den Blickkontakt zu halten. Erneut blenden meine Sinne alles um mich herum aus. Der Regen, der Urwald, der wolkenschwere Himmel, all das rückt in weite Ferne und ich nehme nur noch ihn wahr. Ihn und diese unbeschreibliche Anziehungskraft, die er auf mich ausstrahlt. Die meinen Körper näher an ihn heranlockt, die mein Herz umgreift und schmerzhaft zerdrückt, die meine Haut in Flammen aufgehen lässt.

So nah bei ihm springt sein Blick zwischen meinen Augen hin und her, sieht einmal ins rechte, dann ins linke. Sein Atem wird tiefer, die Brust hebt sich in ausgeprägteren Zügen. Der Puls des Lebens an seinem Hals ist deutlich zu erkennen.

»Wir könnten es auch tun«, höre ich mich selbst leise sprechen. Ich hebe meine freie Hand an und greife nach seiner, umfasse seine rauen Finger mit meinen. »Wir könnten gemeinsam fallen, so, wie du es sagtest. Uns in die Tiefen des Tals unterm Balkon hinabstürzen und zusammen am Boden zerschellen. Alles hinter uns lassen. Für immer vereint sein im Tod.« Meine

Worte sind nur ein Hauchen. Das gesprochene Abbild meiner tiefen Wünsche und Sehnsüchte.

Ich sehe seine Kehle sich bewegt, als er schluckt. Dann unterbricht er unseren Blickkontakt, als er seine Augen schließt.

»Führ mich nicht in Versuchung, Lucia«, flüstert er. »Diese Worte könnten schneller wahr werden, als du glaubst.«

Er dreht seine Finger aus meinen, umfasst auch dieses Handgelenk, sodass er mich nun völlig unter Kontrolle hat, und wirbelt mich herum, bis ich mit dem unteren Rücken gegen das hölzerne Geländer des Balkons stoße. Dicht befindet er sich vor mir, presst mich mit seinem Körper und seinem Gewicht gegen die Brüstung. Lehnt mich weiter zurück, bis mein Rücken über den Rand hinausragt und sich das metertiefe Tal unter mir wie ein gähnender Schlund erstreckt. Mein Po balanciert auf dem Holzbalken.

Dunkles Verlangen lodert in Grimms Augen, lässt sie ungewöhnlich schwarz und tief erscheinen.

Mein Herz trommelt im selben, schnellen Rhythmus wie der prasselnde Regen. Ich habe keine Chance, mich mit den Händen festzuhalten, bin nur durch seinen Griff gesichert und durch meine Beine, die sich automatisch haltsuchend um seine Hüfte schlingen. Mit weit aufgerissenen Augen sehe ich ihn an. Habe keine Ahnung, was er vorhat. Ob er mich im nächsten Moment loslässt und mich die Klippe hinabstößt. Ob er mich umschlingt und mit mir in die Tiefe stürzt, so, wie ich es vorgeschlagen habe.

Aber mein verrückter Körper findet ein anderes Gefühl zwischen dem Adrenalin, welches mit einem Mal durch meine Adern schießt. Die Stelle, an der mein Unterleib gegen seinen drückt, beginnt lustvoll zu pulsieren. Nässe breitet sich zwischen meinen Schenkeln aus, Hitze schießt mir in die Wangen.

Ich bin krank. Ich bin verrückt. Nicht weniger als er es ist, denn im selben Moment spüre ich, wie er in seiner Hose hart wird. So prall und fest, dass ich ihn reiten könnte, würde der Stoff unserer Kleidung uns nicht voneinander trennen.

»Vor dem Tod kommt das Leben, mein gefallener Engel«, haucht er dicht an meinen Lippen, sodass sein warmer Atem über diese streicht und sie begierig kribbeln lässt. »Ich lasse dich nicht gehen, bevor du es nicht gelebt hat.«

Tief und ruhig rieselt der Bass seiner Stimme über meine Haut, lässt mich stockend einatmen und facht die Glut zwischen meinen Beinen nur noch mehr an.

»Dann lass mich leben«, flehe ich mit zitternder Stimme, die belegt und heiser klingt vor Erregung.

Die Finsternis in seinem Blick nimmt zu und mein Herz schlägt mir bis zum Hals.

Er sieht mich an und ich ihn. Der milde Wind haucht über meine erhitzte Haut, trägt kleine Regentropfen heran. Noch immer schwebe ich über dem Abgrund, nur gehalten von den Armen eines Mörders.

Und im nächsten Moment lehnt er sich vor. Ich rutsche noch weiter zurück. Habe das Gefühl zu fallen, doch er stützt mich sicher und fest. Seine Lippen finden meine, küssen mich hungrig. Durstig. Verzweifelt. Voller rohem, unbeherrschtem Gefühl. Ein Schauer durchfährt mich, berauscht mich wie eine Droge. Ich dränge mich ihm entgegen, verliere mich in der harten Berührung unserer Lippen und mit dem nächsten schnellen Herzschlag finden unsere Zungen wie von allein zueinander, begeben sich in einen Tanz aus Lust und Begierde.

Unwillkürlich bewege ich mein Becken, reibe mich an seiner Erregung unter dem Stoff und spüre, wie sein Schaft meine Hügel spaltet. Ich stöhne in unseren Kuss hinein, kann den Laut nicht zurückhalten. Von ganz allein kommt er aus meiner Kehle.

Grimms Griff um meine Handgelenke wird fester, dann zieht er meinen Oberkörper mit sich herauf, sodass ich wieder gerader sitze, mein Gleichgewicht auf der Geländerstange zurückerlange.

Er lässt mich los, löst den Kuss und zurück bleibt ein sehnsüchtsvolles Prickeln auf der empfindlichen Haut meiner Lippen. Doch auch wenn seine Finger mich verlassen haben, hält mich sein Blick nun gefangen. Tief sieht er mir in die Augen, während er seine Shorts hinabzieht.

Mit einer Hand umgreife ich seine gesunde Schulter, halte mich an ihm fest. Die Finger der anderen schieben den feuchten Stoff meines Slips zur Seite. Meine Beine, die um ihn geschlungen sind, spreizen meine intimste Öffnung. Ungeduldig und verlangend pocht sie, schreit danach, dass ihre Leere gefüllt wird.

Schon führt er seine Spitze zwischen meine Schenkel und kaum spüre ich ihn an meiner Mitte, dringt er mit einem Stoß in mich hinein. Willig nimmt mein Innerstes ihn in Empfang, nimmt ihn gänzlich in sich auf, umschließt ihn eng und heiß, sodass seine Lider einen Moment flattern und seine sinnlichen, schwarz tätowierten Lippen sich einen Spalt breit öffnen. Ein tiefes, raues Stöhnen verlässt sie. Dieser Laut sammelt sich als Hitze zwischen meinen Beinen, sodass ich noch nasser werde.

Ohne Vorspiel, ohne mich vorbereitet zu haben, kann er so einfach in mich dringen und mir elektrisierende Wellen durch den Körper jagen, dass meine Brustwarzen sich hart zusammenziehen und meine Beine zittern.

Sein Unterleib bleibt ganz dicht an meinem, als er sich mit kräftigen, lustvollen Stößen in mir bewegt. Mit einer Hand hält er mich fest, mit der anderen fährt er über meinen Körper, erkundet ihn, schiebt das Shirt hinauf bis über meine Brust. Umfasst diese und streicht mit seinem Daumen über die harte Knospe. Ich keuche vor Erregung auf, biege mich ihm entgegen. Meinen ganzen Körper setzt er in Flammen, so, wie ich es noch nie erlebt habe. Während er mich mit tiefen, ruckartigen

Bewegungen nimmt, sieht er mir all die Zeit über in die Augen. Ich brenne unter seinem Blick. Winde mich in süßer Qual, Scham und Wollust. Will wegsehen und kann es nicht. Will das Muskelspiel seines trainierten Bauches und seiner muskulösen, verbundenen Brust beobachten. Will hinabsehen zu der Stelle, in der sein Körper in meinem versinkt – aber ich bin gefangen von diesen grünen Iriden in dem totenkopfgleichen Gesicht.

Ich höre mein Stöhnen, höre seinen abgehakten Atem. Spüre die lodernde Lust, die sich in meinem Unterleib anstaut wie Magma in einem Vulkan. Mit jedem Stoß steigt die flüssige Glut mehr hinauf und hinauf.

Und dann mit einem Mal ist der Druck in meinem Inneren so unaufhaltsam groß, dass ich zu explodieren scheine. Mit einem lauten Stöhnen erbebt mein ganzer Körper. Die Muskeln in meinem Inneren krampfen sich zusammen. Der Vulkan bricht aus und begräbt mich unter alles verschlingender Lava. Meine Öffnung schließt sich eng und zuckend um seinen harten Schwanz, saugt an ihm, als wäre er meine Rettung. Bunte Lichter tanzen vor meinen Augen und zwischen all dem Feuerwerk sehe ich noch immer in sein Gesicht, an dessen Seite ein Schweißtropfen hinabperlt.

Mein Höhepunkt erschüttert mich lange und intensiv. Der erste Orgasmus meines Lebens und ich hätte ihn mir nicht berauschender vorstellen können.

Grimms Brust hebt und senkt sich schnell, seine Hand greift fest in das Fleisch meiner Hüfte, während er wartet, bis auch das letzte Zucken verklungen ist. Erst dann bewegt er sich wieder. Nimmt mich leidenschaftlich und hingebungsvoll, aber auch ungezügelt und stürmisch. All die Kontrolle, all seine Beherrschung nutzt ihm hier nichts im ursprünglichsten Akt der Menschheit. Unverfälscht und wahrhaftig sind wir miteinander vereint, ohne Schutzhüllen, ohne antrainierte Fassung.

Zwischen den harten, kurzen Bewegungen seines Beckens, massiert er meine Brust, liebkost meinen Nippel und es fühlt sich nicht so an, als würde er es um meinetwillen tun, sondern weil er danach verlangt. Und dieser Gedanke, dass mein Körper ihm gefällt, dass er ihn antreibt, seinen Schwanz noch härter und größer werden zu lassen, sich tief in mir vergraben zu wollen, treibt mich nur noch mehr an. Bis ich erneut an ihm zerspringe, mein zweiter Höhepunkt mich erfasst und ihn mit sich reißt.

Heiße Wellen fahren durch meinen Unterleib, lassen mich brennen und beben, während er seinen Samen mit pumpenden Bewegungen und einem grollenden Stöhnen in mich spritzt. Zuckend ruckt sein Schwanz in mir nach oben, seine Finger greifen fest in meine Haut und die zarten Regentropfen vermischen sich mit unserem Schweiß.

So verharren wir, miteinander verschmolzen, sagen nichts, denken nichts. Fühlen nur. Kosten diese einzigartige Nähe und den Moment des Glücks aus, von dem wir nicht wissen, ob er vielleicht nicht nur der Erste, sondern auch der Letzte war.

Aber alles Schöne vergeht irgendwann und während es zwischen meinen Beinen noch im schnellen Rhythmus meines Herzens pocht, zieht er sich aus mir zurück. Seine Hand greift zart um die vorderen Glieder meiner Finger, hilft mir, von dem Geländer zu springen wie einer Prinzessin aus der Kutsche.

Ich spüre, wie unsere vermischten Säfte aus meiner Öffnung fließen und die Innenseite meines Oberschenkels hinabperlen. Doch im Gegensatz zu sonst, habe ich nicht den Drang, panisch zur Dusche zu rennen und mich stundenlang reinzuwaschen. Stattdessen trauere ich ein wenig, möchte unser beider Lust noch etwas in mir behalten. Aber so sehr ich meinen Beckenboden auch anspanne, es will nicht ganz gelingen.

Seine Finger greifen fester um meine, als ich dicht vor ihm stehen bleibe und sich nach all der Zeit unsere Blicke noch nicht voneinander gelöst haben.

Seine Augen sind erfüllt von Lust und Verlangen, aber auch von Erstaunen und einer Dunkelheit, die mir einen Schauer die Wirbelsäule hinabjagt.

Jäh, und das erste Mal seit Minuten, reißt unser Blickkontakt ab, als er mich zu sich nach vorne in seine Arme zieht und sein Kinn auf meinen Kopf bettet. Ich versinke in seiner Umarmung und schmiege mich eng an seine Brust.

Kapitel 36

Grimm

In meinem Inneren windet sich ungesättigt eine dunkle Gier und das, obwohl ich dachte, dass dieses Verlangen nach ihr ein Ende haben würde, nachdem ich sie so intensiv spüren konnte. Doch der Durst meines Körpers nach ihrem scheint unstillbar. Selbst jetzt, da ich gekommen bin, wollen die Bilder nicht aus meinem Kopf verschwinden. Bilder, wie ich sie zwischen ihren süßen Schenkeln koste. Bilder, wie sie sich in Ektase vor mir räkelt, ihr schwarzes Haar wie flüssiges Pech an ihrem schweißnassen Körper klebt und zwischen ihren milchweißen Brüsten entlangfließt. Bilder von roten Tropfen auf ihrer weißen Haut wie Blut im Schnee. Ich weiß, dass sie dort nicht hingehören, dass diese Vermischung von Tod und Leidenschaft nicht sein darf, aber ich kann die Schönheit hinter dieser schauerlichen Romantik nicht verleugnen.

Lucia hat in ihrem Leben genug gelitten. Genug Tod und Blut gesehen. Sodass ich mit meiner psychopathischen Veranlagung sie nicht noch weiter belasten sollte.

Dass meine Lust nach ihr noch nicht gestillt ist – oder dass ich überhaupt solch ein Verlangen empfinden kann, erschreckt mich regelrecht. Ich bin keine Jungfrau mehr und sie ist es nach all dem Missbrauch, der ihr widerfahren ist, ebenso wenig. Aber sexuelle Anziehung, das Verlangen nach der Nähe eines anderen Menschen, sind für mich völlig neu und unbekannt.

Obwohl es nicht mein erstes Mal war, fühlt es sich dennoch so an. Viel mehr noch nach einem ersten Mal, als mein tatsächliches erstes Mal, welches nicht mehr als ein reiner Druckabbau an einer Prostituierten war.

Mein dunkler Engel lockt Seiten in mir hervor, die ich nicht kenne, und das macht mir gleichsam Angst, wie es mich auch fasziniert.

Jetzt halte ich ihre zarte Gestalt in meinen Armen und spüre ihren Herzschlag nah an meinem. Ich fühle mich lebendiger als je zuvor und hoffe, dass es ihr ähnlich ergeht.

»Wir könnten gemeinsam fallen, so wie du es sagtest. Uns in die Tiefen des Tals unterm Balkon hinabstürzen und zusammen am Boden zerschellen. Alles hinter uns lassen. Für immer vereint sein im Tod.«

Ihre Worte hallen in meinem Kopf wider. Sie klangen so verlockend, so verführerisch, dass ich kurz davor war, sie wahr werden zu lassen. Die Vorstellung, mit ihr zu fallen und zeitgleich ins Reich der Toten einzutreten, dieses letzte Unbekannte im Leben zu erkunden, ist bittersüß und herzzerreißend schön. Ich habe nicht gelogen, als ich von meiner romantischen Seite sprach. Aber etwas in mir hat sich davor versperrt. Der Wunsch, sie glücklich zu sehen, überwog die Todessehnsucht.

Und ich bereue es nicht, das Leben gewählt zu haben. Denn der Tod kommt für jeden von uns. Er ist endgültig und ewig. Das Leben dagegen ist kurz und wir wissen nicht, wie viele Tage uns noch bleiben.

Während ich sie halte, streiche ich sanft durch Lucias seidenes, schwarzes Haar und atme ihren Duft ein. Schließlich löst sie sich vorsichtig von mir, sieht mit glänzenden Augen zu mir herauf und ein scheues Lächeln huscht über ihre Lippen. Sie wirkt so verletzlich und schüchtern, dass es ist, als würde ich zum ersten Mal das Innere einer verbotenen Frucht sehen, die ihre Süße sonst mit einer stacheligen, harten Schale schützt. Sie wendet sich von mir ab, will zurück hinein gehen, doch ganz von allein gehe ich ihr einen Schritt nach und umfange ihre Taille mit beiden Händen. Ich spüre ihren unteren Rippenbogen, als ich sie umfasse und zu mir zurückziehe, sodass sie mit ihrem muskulösen, knackigen Po halb gegen meine Oberschenkel und halb gegen meine Lenden stößt.

Verblüfft schnappt sie nach Luft und ich kann meine Hände nicht von ihr lassen. Von hinten kann ich mit meinen Handflächen über ihren flachen Bauch fahren bis hinauf zu ihren Brüsten, während meine andere Hand den Weg hinab findet. Noch nie habe ich eine Frau so berührt. Überhaupt den Wunsch danach empfunden. Aber sie weckt in mir den Drang, jeden Zentimeter zu erkunden und alles an ihr kennenzulernen.

Ich vergrabe meine Nase und meinen Mund in ihrem Haar, atme ihren Geruch ein und genieße den Moment, in dem ihr Atem stockt, als meine rechte Hand ihre linke Brust umgreift und die linke Hand zwischen ihren Schenkeln landet.

Ihr Slip ist nass. Die Haut darunter weich und warm.

»Was tust du?«, haucht sie, als wäre es nicht offensichtlich – oder als würde sie es nicht glauben.

»Ich habe noch nicht genug von dir«, murmele ich an ihr Ohr und meine es so. Ich bin niemand, der sexy Sachen sagt, um eine Frau rumzukriegen. Wüsste nicht mal, wie das geht. Ich sage, was ich denke, was ich fühle, wenn ich fühle.

Aber Lucia reagiert darauf, sie stöhnt leise und ihre Beine geben für einen Moment nach, als sie ihr Gewicht nach hinten gegen meine Brust verlagert.

Nur allzu gerne halte ich sie fest mit meinen Armen gegen meinen Körper gepresst und setze meine Erkundungstour an ihrem fort. Mit den Fingerkuppen streiche ich über den Stoff über ihrem geschwollenen Geschlecht. Ich drücke von außen gegen ihre Öffnung, dort, wo ich eben noch mit ihr vereint war und sofort beschleunigt sich ihre Atmung und ihr Becken schiebt sich vor. Ebenso, als ich zart ihre Brustwarze umkreise. Sie biegt ihren Rücken durch, hält sich an meinen Unterarmen fest und krallt ihre Nägel in diese hinein.

Heiße Wellen schießen meinen Körper hinab und meine Hoden ziehen sich zusammen, werden schwer und warm. Sie so zu berühren reicht aus, um mein Glied erneut hart werden zu lassen.

Doch dem Wunsch widerstehend, mich augenblicklich wieder in ihr zu versenken, gebe ich einem anderen Durst nach. Sanft drücke ich sie nach vorne, umgreife ihre Hände und führe diese an den Rahmen der Eingangstür, vor der sie steht, damit sie sich daran festhält. Dann umgreife ich ihre Hüftknochen, ziehe ihren Hintern weiter zurück, sodass sie leicht nach vorne gebeugt dasteht. Und während sich ihr Atem noch weiter beschleunigt, ziehe ich ihr das Höschen über die Rundung ihres Pos hinab und lasse sie hinaussteigen. Schließlich schiebe ich ihre Beine weiter auseinander.

Keine Ahnung, ob Sofia wach ist und uns sehen kann, da wir direkt am Eingang stehen, aber es ist mir egal. Ich schäme mich für nichts. Kenne dieses Empfinden ja kaum. Alles, woran ich denken kann, ist, dass ich Lucia schmecken möchte.

Also gehe ich in die Knie, greife nach ihrem Hintern und drücke ihre Backen leicht auseinander. Rosa und nass glänzend, öffnet sich ihre Spalte vor mir.

Ich lehne mich nach vorne und fahre von unten und hinten mit meiner Zunge durch ihr Geschlecht. Salzig benetzt unser vermischter Geschmack meine Lippen und ich spüre, wie sich ihre Muskeln verkrampfen, als meine Zungenspitze über ihre empfindliche Haut gleitet. Aber ich habe noch nicht genug, will sie trinken. Will sie verspeisen vor lauter Hunger nach ihrer

Lust. Also presse ich meinen Mund fest gegen sie, koste sie, so intensiv ich kann.

»Fuck«, höre ich sie leise keuchen. Doch sie krümmt ihren Rücken durch und streckt mir ihren Unterleib willig entgegen. Als ich erneut mit meiner Zunge in sie eindringe, schmecke ich bereits mehr ihrer eigenen Nässe.

Mein Schwanz pocht hart und schmerzhaft, aber er muss sich noch gedulden, denn bevor er erneut zum Zug kommt, will ich ihr Zucken an meiner Zungenspitze spüren. Will sie schmecken, wenn sie dem Leben am nächsten ist. Also befriedige ich sie gierig mit meinem Mund und meiner Zunge, horche genau auf ihren Körper, was ihm gefällt und was nicht. Und bald finde ich heraus, dass auch die kleine Perle weiter vorne zwischen ihren Hügeln ihr Lust bereitet. Mit meinen Fingern reibe ich sie, während der Muskel hinter meinen Lippen immer wieder rhythmisch in ihre Öffnung taucht.

So lange, bis ihre Schenkel zittern, sie wild keucht und stöhnt und während ihre empfindlichste Stelle an meinem Mund zuckt, wird dieser von noch mehr salzigem Saft benetzt.

Ich koste jeden Tropfen aus, auch, wenn ich das Gefühl habe, vor ungebändigtem Verlangen zwischen meinen Beinen gleich zu explodieren. Aber erst, als ich mir sicher bin, dass sie nichts mehr zu geben hat, ziehe ich sie zu mir auf den klammen Holzboden des Balkons und lege sie sanft vor mich, sodass ihr hübsches und erregt glühendes Gesicht zu mir gedreht ist. Sie spreizt ihre Beine für mich, streckt ihre Arme nach mir aus und nimmt mich warm und liebevoll in Empfang, als ich mich auf sie lege.

Ich umschlinge ihren Leib, schiebe meine Hüfte vor und dringe mit einer einzigen, langsamen, aber intensiven Bewegung in sie ein. Mein Glied weitet leidenschaftlich, aber hart und unnachgiebig ihre inneren Wände.

Voll und ganz nimmt sie mich in sich auf, wimmert nur leise an meinem Ohr. Aber ich spüre, dass es ein gutes Wimmern ist, denn es schickt kleine Stromstöße in meine Mitte. Dieses Mal nehme ich so viel mehr wahr als eben. Spüre ihre feuchte, heiße Enge so genau, dass es mir den Atem raubt.

Ich will ihr nah sein. Sie am ganzen Körper spüren. Will sie ganz und gar für mich einnehmen. Am liebsten verschlingen mit Haut und Haar. Da das aber unmöglich ist, bewege ich mich mit ruhigen und hingebungsvollen Bewegungen in ihr. Ich will, dass sie spürt, wie hart und dick er ist – nur wegen ihr. Und sie dankt es mir, in dem sie sich windet und leise, entzückte Laute von sich gibt.

Lange nehme ich sie so innig, dass sie vor Lust ihren Kopf hin und her wirft, sich in den Handrücken beißt oder mich aus ihren erhitzten Augen glühend ansieht. Und dann mit einem Mal krampft sie zusammen, beugt sich durch und hält sich verzweifelt an mir fest, während ihr Unterleib meine Härte massiert, als wolle er meinen Samen möglichst tief in sich aufnehmen. Schon faszinierend, diese menschlichen Körper. Wie sie so sehr darauf ausgelegt sind, sich fortzupflanzen und den Fortbestand der eigenen Rasse zu sichern. Selbst die kleinen Tropfen, die bereits meine Spitze verlassen, würden ausreichen, um ihr tausendfach Babys zu machen. Da sie aber verheiratet ist und von ihrem ungewollten Ehemann sicher nicht schwanger werden will, gehe ich davon aus, dass sie verhütet.

Dabei geht es uns doch gar nicht darum, unser Erbgut weiterzugeben. Sondern darum, einander so nah wie möglich zu sein und uns in unserer Lust zu verlieren.

Nachdem ihre Muskelkontraktionen verebbt sind, bewege ich mich erneut in ihr. Koste ihre weiche, nasse Enge aus, leichter und härter in sie zu stoßen. Nur wenige Male dringe ich kräftig in sie hinein, als erneut alles zittert und zuckt und sie von dem nächsten Höhepunkt geschüttelt wird, und plötzlich wird mir bewusst, dass mein Durst nicht dadurch gestillt werden kann, dass ich selbst komme. Es geht mir nicht um meinen Höhepunkt, sondern um ihren. Diese völlig schutzlosen, hilflosen Momente, in denen sie einfach nur eine Frau ist, machen mich süchtig. Und ich weiß nicht, wie oft ich sie an diesen Punkt treiben will, bis es mir reicht. Vermutlich gibt es kein Ende und wir werden bloß den Grenzen unserer Körper erliegen.

Also nehme ich sie im Mondschein, im Konzert des Regens und im Mantel der Nacht so lange, bis sie völlig entkräftet unter mir liegt. Erst dann lasse ich zu, dass ich mich ein letztes Mal so tief es geht in ihr vergrabe und mich dunkel grollend in ihr ergieße.

Noch viele Atemzüge danach zuckt meine Erregung in ihr auf und ab, verliert nur langsam an Härte.

Lucias Wangen leuchten selbst im Dunkeln rot und ihre Augen glitzern fiebrig. Unsere Körper sind überzogen von Schweiß und unsere Herzen schlagen schnell. Unwillig ziehe ich mich aus ihr zurück und stütze mich auf meine Ellbogen, um sie nicht zu zerdrücken. Wie ich befürchtet habe, ist es noch immer nicht genug, aber meine Grenze ist erreicht und meine Schusswunde warnt mich mit einem fiesen Ziehen und Stechen davor, mich noch mehr zu verausgaben.

»Grimm?«, fragt sie leise.

»Mh?«

»Woher hast du all die Narben? Sie sind überall auf deinem Körper. Sie sehen nicht aus wie von Messerstichen oder Pistolenkugeln.«

»Sie stammen von Glassplittern aus einer Explosion. Mein ganzer Körper war zertrümmert und ich habe Glück gehabt, dass ich mit dem Leben davongekommen bin.«

Sie zieht die Luft scharf ein und fährt sanft mit ihren Fingerspitzen über eine der ausgeprägteren Narbe an meiner Schulter.

»Es ist sechs Jahre her, aber selbst heute schmerzen sie noch, wenn das Wetter wechselt. Den Regen, den wir jetzt haben, spüre ich in ihnen. Und auch meine Knochen lassen es mich wissen. Schau, meinen Arm kann ich nicht mehr ganz ausstrecken, aber es schränkt mich zum Glück kaum ein.« Ich demonstriere ihr die Schädigung, indem ich meinen linken Arm gerade mache. Doch eine leichte Krümmung bleibt immer bestehen.

»Es scheint, als wärst du gut darin, dem Tod von der Schippe zu springen.« Ich höre das Lächeln in ihren Worten.

»Da hast du recht, das kann ich ganz gut. Dabei ist er mein ständiger Begleiter. Ebenso wie der meines Patensohnes.«

»Du meinst den kleinen, sechsjährigen Jungen mit den dunklen Haaren und den stechend türkisen Augen?«

Ich hebe meine Brauen. Lucia hat ihre Hausaufgaben wirklich gemacht.

»Den meine ich.«

»Wieso? Was ist mit ihm?«

»Seit seiner Geburt haftet der Tod an ihm. Er ist mir erschreckend ähnlich. Gefühle kann er nur schwer empfinden oder interpretieren. Irgendetwas in ihm ist leer und kalt. Aber deswegen ist er mir umso näher. Ich fühle mich verantwortlich für den kleinen Mann. Weil ich der einzige bin, der ihn versteht.«

»Er vermisst dich sicher schon.«

»Hm. Daher müssen wir den Weg hier raus und zurück nach Deutschland schaffen. Dort sind wir sicherer.«

»Wenn du in Bogota behandelt wurdest, können wir uns gefälschte Ausweise besorgen und verschwinden.«

Ich nicke sachte, lehne mich zu ihr herunter und drücke meine Nase in ihre Halsbeuge.

»Und wie ist dein echter Name? Du bist wohl kaum als *Grimm* auf die Welt gekommen, oder?«

»Ich heiße Noah.«

»Noah«, wiederholt sie so, als würde sie sich diesen Namen auf der Zunge zergehen lassen.

»Du bist ganz schön neugierig plötzlich«, murmele ich.

»Vielleicht, weil ich den Mann kennen will, dessen Schicksal mit meinem so verwoben ist!«

Schließlich erhebe ich mich und ziehe sie mit mir auf die Beine. Sie zieht ihren Slip wieder an und auch ich bekleide mich mit den Shorts.

»Du solltest dich noch etwas ausruhen«, sage ich ihr, woraufhin sie eine Augenbraue anhebt und mich ironisch ansieht. Ich kann mir die Belehrung denken, die auf ihrer Zungenspitze liegt. Und sie kann sich denken, dass ich weiß, was sie sagen will, also schluckt sie es herunter.

Stattdessen gehen wir zusammen nach drinnen, wo Sofia noch immer schläft. Oder sie tut so, um eine peinliche Situation zu vermeiden – keine Ahnung.

Lucia will an mir vorbei auf die Leiter des anderen Betts zugehen, als ich sie an ihrem Arm festhalte. Sie bleibt stehen und sieht mich fragend aus ihren dunklen Augen an.

»Leg dich zu mir.«

Sie zögert kurz, nickt dann aber und wartet, bis ich mich auf die schmale Matratze gelegt habe und die Decke für sie hochhalte. Lucia kriecht zu mir in das Bett und sogleich ziehe ich sie eng an mich, halb auf mich drauf, sodass sie ihren Kopf auf meine Brust betten kann.

Ich weiß nicht, wie viel Zeit uns bleibt. Wie lange ich noch ihre Nähe genießen kann, bevor dieses kleine Etwas, das wir haben, zerbricht. Aber ich will jeden Moment auskosten, denn sie sind zu kostbar, um sie ungenutzt vergehen zu lassen. Einsam in Betten – oder unter der Erde – liegen, können wir noch oft oder lange genug.

Kapitel 37

Lucia

Noch nie habe ich mich so begehrt gefühlt. Ja, auch Dario hat sich an meinem Körper gelabt, weil er Lust auf mich hatte. Aber nie tat er es mit so viel Leidenschaft wie Grimm eben. Als er mich leckte und danach so lange und intensiv nahm, kam es mir so vor, als ginge es ihm nicht um sich, sondern um mich. Ich weiß nicht, ob es stimmt, aber ich fühle mich nicht beschmutzt oder benutzt, sondern eher beschenkt. Es ist ein gutes Gefühl. Schmeichelnd und anerkennend.

Jetzt liege ich auf ihm, lausche seinem Herzen und seinem Atem. So lange, bis mich die regelmäßigen Geräusche zusammen mit meiner körperlichen Erschöpfung in den Schlaf wiegen.

Als wir am nächsten Morgen aufwachen, sagt Sofia nichts dazu, dass ich auf magische Weise nicht mehr dort liege, wo ich gestern zu Bett gegangen bin, sondern in Grimms Armen. Ich weiß nicht, wie viel sie gestern mitbekommen hat, doch sollte sie etwas gesehen oder gehört haben, tut sie so, als wäre nichts.

Stattdessen hat sie sich bereits für den Tag fertig gemacht und packt die wenigen Dinge, die wir haben.

Auch ich wasche mich und ziehe mich an, dabei bemerke ich, wie mich jeder Schritt, den ich mache, an die letzte Nacht erinnert. Nicht nur, dass mein ganzer Körper nach Lust und Sex riecht und mein Höschen klebrig ist, auch mein Geschlecht fühlt sich noch gereizt und geschwollen an.

Am Kiosk bei der Rezeption holen wir uns ein paar Sandwiches und Wasser für unterwegs. Dann steigen wir in den Wagen ein und setzen unseren Weg fort.

Während wir fahren, sehe ich immer wieder zu Grimm herüber, welcher den ganzen Morgen schon sehr still ist. Vielleicht ist er auch einfach wie immer und ich bin nur übersensibel, nachdem wir gestern ein paar Worte mehr als sonst gewechselt haben.

So oder so ist sein Zustand besorgniserregend. Schweiß benetzt seine Stirn, wobei das auch einfach an der schwülen Hitze liegen kann, die trotz des Regens in der Nacht herrscht. Seine Augen sind glasig und es kommt mir vor, als wäre die Haut unter den vielen Linien seiner Tattoos blass und gräulich.

Möglicherweise sehe ich Geister, wo keine sind, und es geht ihm gut. Jedenfalls sieht er beharrlich auf die Straße und nur ab und an auf das Handy, welches uns navigiert.

Aber als wir durch das nächste Dorf kommen, hält er bei der Apotheke an.

»Ich brauche frische Verbände, eine Wundsalbe, Fiebersenker und ein Antibiotikum«, sagt er.

Also lag ich mit meiner Vermutung richtig, dass er Fieber hat. Ich lasse mir von Sofia etwas Geld geben. Mit mir als seinem Dolmetscher holt er hier alles, was er braucht und spült sich direkt das Ibuprofen zusammen mit dem Antibiotikum mit Hilfe von ein paar ausgiebigen Schlucken Wasser hinunter.

Ohne lange Pause fahren wir weiter. Nur zum Tanken oder um auf die Toilette zu gehen halten wir an. Gegessen wird unterwegs.

Die Hauptstadt Kolumbiens liegt noch gut vierhundert Kilometer von uns entfernt und es geht schon wieder auf den Nachmittag zu, als Grimm zunehmend schwerer atmet, und er sich den Schweiß immer wieder abwischt. Doch inzwischen glitzert dieser nicht nur auf seiner Stirn, sondern auch an seinem Hals, an dem sein Puls schwerfällig schlägt, und auf dem Teil der Brust, die nicht von dem Shirt bedeckt wird. Seine Fingerknöchel treten weiß hervor, als er das Lenkrad fest umfasst.

Er sagt es nicht, aber es geht ihm schlecht. Sein Zustand hat sich seit gestern nicht verbessert, sondern rapide verschlechtert.

»Lucia, wir müssen anhalten. Er hat Fieber«, sagt Sofia von hinten. Sie lehnt sich zwischen unseren Sitzen vor und betrachtet Grimm nicht mit weniger Sorge als ich. »Er muss sich ausruhen!«

»Ich weiß ...«, sage ich leise. Dass auch sie seinen Zustand bemerkt, schürt meine Sorge nur noch mehr. Denn das kann nur bedeuten, dass meine Vermutung, mir das alles nur aus Übertreibung einzubilden, sich nicht bewahrheitet, sondern dass es wirklich ernst um ihn steht.

»Grimm«, spreche ich ihn daher an. »Lass uns anhalten. Ich brauche eine Pause.«

Absichtlich bitte ich ihn nicht um seinetwillen, sondern um meinetwegen, damit er gar nicht auf die Idee kommt, seine Verfassung herunterzuspielen.

Aber er sieht mich nur knapp von der Seite an, ohne sein Gesicht von der Straße zu wenden, als er antwortet.

»Wir sind in vier Stunden da.«

»Dann sind wir es eben in fünf. Das macht jetzt auch nichts mehr.«

»Ich halte es schon noch aus«, hat er meinen Trick offenbar durchschaut und ich presse meine Lippen fest aufeinander.

»Halt an, verdammt nochmal!«, befehle ich ihm scharf, woraufhin er stutzt. Doch er hört nicht, sondern fährt beharrlich weiter.

»HALT AN!«

»Wo denn?!«

Fluchend sehe ich mich um und zeige in etwas Entfernung auf eine Haltebucht.

»Dort!«

Also bremst er ab, setzt den Blinker und fährt rechts in die kleine Mulde außerhalb der Straße. Als wir stehen, dreht er sich zu mir.

»Und jetzt? Was willst du tun?«, fragt er verbissen.

»Jetzt will ich mir deine Wunde ansehen und sie säubern! Und du wirst dich etwas ausruhen!« Ich verfluche mich dafür, nie das Autofahren gelernt zu haben. Aber Dario war der Meinung, ich bräuchte es nicht, denn weiter als ins Umland wollte ich ohnehin nie. Also war es in Ordnung für mich. Doch jetzt wünschte ich mir, ich hätte es gelernt. Dann hätte er sich ausruhen können und ich hätte uns sicher nach Bogota gebracht.

Wenigstens streitet er sich nicht weiter mit mir, sondern lässt meine Behandlung über sich ergehen. Als ich ihm den Verband abnehme, erschrecke ich vor der ausgeprägten Rötung rund um die Wunde. Sie nässt eitrig und sieht ganz und gar nicht gut aus. Ein Geflecht aus rötlichen Adern führt von der Wunde weg und deutet eindeutig auf eine Sepsis hin. Furcht schießt mir kalt und schwer in den Magen. Für einen Moment wird mir schwarz vor Augen, weil ich vergesse zu atmen, aber ich reiße mich zusammen.

Du bist hier nicht die, die nahe an der Ohnmacht ist, Lucia!

»Wie kann er sich noch auf den Beinen halten?«, fragt Sofia, die draußen am Wagen steht und durch die Beifahrertür hineinsieht. Grimm versteht ihre Worte nicht und ich hebe ahnungslos meine Schultern.

»Pure Willenskraft?«, schlage ich vor, denn nachdem ich seine Wunde ausgespült und die Salbe aufgetragen habe, flattern seine Lider. Gefährlich schwankt er im Autositz und lehnt sich an, legt den Kopf in den Nacken.

»Grimm, hey, Grimm!«, rufe ich und rüttele an ihm, »bleib wach!«

»Ich bin wach«, kommt es matt zurück.

»Scheiße. Los, du legst dich hinten auf die Rückbank. Sofia und ich schaffen es schon irgendwie zum nächsten Krankenhaus. Egal, ob Dario uns dort ausfindig machen kann oder nicht, du *brauchst* Hilfe!«

»Alles halb so wild.«

»Nun redet er im Fieberwahn«, sagt Sofia besorgt. Sie hilft mir, ihm etwas Wasser und eine weitere Ibuprofen einzuflößen, in der Hoffnung, dass diese sein Fieber etwas senken wird. Wir haben keine Sekunde zu früh angehalten. Noch wenige Minuten später und er wäre auf dem Fahrersitz ohnmächtig geworden, weil er so ein verbissener Sturkopf ist.

»Komm, Grimm. Leg dich auf die Rückbank.« Ich schiebe meinen Arm unter ihm durch, versuche, ihn zu stützen und aus dem Auto zu helfen. Auch Sofia packt mit an und gemeinsam schaffen wir es, ihn nach hinten zu verfrachten. Die Rückbank ist zu klein für ihn und er muss seine Beine anwinkeln, damit wir die Tür zumachen können. Ich benetze eines der alten T-Shirts mit etwas Wasser und lege es ihm auf die Stirn, um ihn zu kühlen.

»Lucia«, murmelt er leise, greift nach meinem Handgelenk, als ich über ihn gebeugt bin und hält mich mit einer erstaunlichen Kraft fest. »Mein dunkler Engel.«

Ich glaube nicht, dass er mitbekommt, was er sagt. Vorsichtig streife ich seine Hand ab und lege meine kurz an seine Wange. Er schmiegt sich in meine Handfläche und ein Lächeln zupft an seinen Mundwinkeln.

»Ich schaffe das schon. Mach dir keine Sorgen. Ich sorge für dich, Mama.«

Mama? Nun ist es sicher, dass er nicht mehr Herr seiner Sinne ist.

Tränen steigen mir in die Augen, als mir klar wird, dass sein Leben am seidenen Faden hängt. Ich will nicht, dass er geht. Dass er stirbt. Nicht jetzt. Nicht hier. Nicht so! Panik kriecht in mir empor, lässt meine Finger zittern und meinen Atem sich beschleunigen.

Es ist Sofia, die mir ihre Hand warm und beistehend auf die Schulter legt und mich mit sanfter Bestimmtheit von der Rückbank und somit auch Grimm wegzieht. Als wir beide draußen vor dem Wagen stehen, nimmt sie mich in den Arm.

»Ich habe Angst, Sofia«, gebe ich mit dünner Stimme zu und halte mich an ihr fest.

»Er ist stark. Wenn wir ihn bald in das nächste Krankenhaus schaffen, wird er es überleben!« Ihre Worte sind voller Zuversicht, doch nur ein kleiner Bruchteil ihrer positiven Art will auf mich übergehen. Zu groß ist meine Sorge, zu viel habe ich gelernt über Wundrose und Blutvergiftungen. Außerdem sind wir mitten im Nichts und das nächste Krankenhaus wird keine gute Klinik sein, wie wir sie vermutlich in der Hauptstadt gefunden hätten. Hier auf dem Land, mitten in Kolumbien, erwartet ihn keine moderne, medizinische Versorgung. Dennoch ist es die einzige Hoffnung, die wir haben.

Also nicke ich leicht, drücke sie noch einmal fest und löse mich dann von ihr.

»Okay, suchen wir das nächste Krankenhaus und versuchen dorthin zu fahren.«

»Warte, rufen wir lieber an und rufen den Krankenwagen«, sagt Sofia und wählt die Nummer. Sie erklärt unsere Situation, doch was sie dann sagt, raubt mir fast alle Hoffnung.

»Was? So lange? Gibt es denn keinen Wagen, den Sie noch frei haben? ... Nein? ... Können wir ihn selbst vorbeibringen? Können Sie das schon mal notieren bitte? Es ist dringend!«

Sie diskutiert noch eine Weile, aber als sie aufgelegt hat, sieht Sofia betroffen zu mir.

»Die wenigen Rettungswagen, die es gibt, sind alle im Einsatz. Es gab wohl einen Unfall im Gebirge, der mehrere Wanderer betroffen hat.«

»Fuck!«, fluche ich. »Das kann doch nicht wahr sein!«

»Ich habe ihnen bereits Bescheid gesagt, wir können ihn selbst dorthin bringen.«

Ich setze mich hinter das Steuer und stelle mir den Sitz ein, sodass ich mit den Füßen an die Pedale komme und in jeden Spiegel blicken kann.

»Gut, was weißt du über das Autofahren?«, frage ich.

»Man muss Gas geben und Bremsen!«, verkündet Sofia schlau.

Ich drehe den Schlüssel herum, doch der Wagen gibt nur ein kurzes Wiehern von sich und springt dann mit einem Satz nach vorne. Wir werden durchgerüttelt.

Grimm stöhnt.

»Es tut mir leid!«, quietsche ich panisch. »Verdammt! Wie funktioniert das? Lass uns googeln und dann zunächst zum Krankenhaus navigieren!«

Sofia tippt auf dem Smartphone herum und öffnet ein Videotutorial auf YouTube.

›Autofahren lernen Teil 1 von 10‹

Wir überspringen das unnötige Gerede des engagierten Produzenten am Anfang und kommen gleich zu dem Part, wo er sich in seinen Wagen setzt und erklärt, welches Pedal was ist und dass man die Kupplung gedrückt halten muss, wenn man den Wagen startet.

Also trete ich auf das mittlere Pedal und versuche erneut, den Schlüssel umzudrehen. Nach kurzem Meckern und Rattern startet der Motor und läuft im Stand.

»Du hast es geschafft!«, jubelt Sofia. »Nun müssen wir nur noch Gas geben!«

»Spul zu dem Teil, wo er anfährt!«

Der Mann im Video erklärt, dass man die Kupplung langsam ›kommen lassen‹ muss und dass der Schalthebel dabei auf der 1 stehen muss. Da er das bereits tut, hebe ich meinen Fuß langsam von der Kupplung und von der Bremse. Ich spüre einen kleinen Punkt des Widerstands, dann ruckt der Wagen erneut vor, der Motor stottert, geht aus und abermals werden wir durchgerüttelt.

»Du hast ihn abgewürgt! Sei vorsichtiger!«, kommentiert Sofia.

»Ich weiß, verdammt!«

Meine Nerven liegen blank. Ich schlage frustriert auf das Lenkrad.

Hätte ich Zeit, alles langsam und vorsichtig zu machen, würde ich es mit Sicherheit besser schaffen. Doch der Gedanke an den fiebernden Mann auf der Rückbank, dem mit der jeder Minute die Zeit davonrennt, sitzt mir im Nacken, lässt mich fahrig und unkonzentriert werden.

Ich schließe meine Augen, atme tief durch und versuche es ein weiteres Mal. Diesmal noch vorsichtiger als zuvor. Der Wagen setzt sich langsam und schwerfällig in Bewegung. Wir rollen voran.

Auf die Böschung zu.

»Du musst auf die Straße lenken!«, ruft Sofia und ich reiße eilig das Lenkrad herum. Aus Panik trete ich auf die Bremse und würge den BMW erneut ab.

Fluchend starte ich ihn wieder, taste mich vorsichtig heran und komme Stückchen für Stückchen um die Kurve, bis wir mit den Reifen endlich auf den Asphalt kommen.

Die erste Hürde ist geschafft. Ich atme durch. Während ich zusehe, dass wir möglichst sicher auf der Spur bleiben, sucht Sofia nach dem nächsten Krankenhaus.

»Es ist fünfunddreißig Kilometer entfernt. Laut Navi brauchen wir vierzig Minuten bis dahin. Aber ich glaube, mit unserer Fahrerfahrung eher zwei Stunden.«

»Fuck, das ist weit«, zische ich und möchte einfach nur alles hinwerfen und in Tränen ausbrechen, mich irgendwo einrollen und nie wieder aufstehen. Aber ich kann es nicht – darf es nicht. Ich muss mich zusammenreißen. Für Grimm.

Während ich Gas gebe wird der Motor immer lauter, heult und stöhnt, als hätte er Schmerzen.

»Ich glaube, du musst einen Gang höher schalten!«, ruft Sofia über den Krach des Wagens hinweg.

Wie ging das nochmal? Ich muss vom Gas gehen, die Kupplung herunterdrücken – welches Pedal war das? Mitte, oder? Richtig. Und dann den Knüppel zu meiner Rechten auf die ›2‹ bewegen.

»Vergiss das Lenken nicht!«

Ich lege den Hebel in den nächsten Gang und sehe auf. Schnell drehe ich das Lenkrad etwas nach links, als ich sehe, dass wir bereits knapp davor sind, rechts von der Straße abzukommen. Ich schnappe nach Luft und komme mir vor, als würde ich einen Hürdenlauf machen, so hektisch atme ich, so stark schwitze ich und so hart schlägt mein Puls. Doch mehr noch als die Angst, beim Autofahren zu versagen und uns alle drei in einen Graben zu schicken, befürchte ich, dass uns die Zeit davonläuft und Grimms Kreislauf zusammenbricht.

Ein anderes Auto überholt uns hupend. Der Mann macht fluchende Handzeichen im Rückspiegel und ich spucke ihm Schimpfwörter zurück.

Immerhin schaffen wir es auch in den dritten Gang und fahren nach kurzer Zeit mit 40 Meilen pro Stunde über die kurvenreiche Strecke, die mit ihren vielen Serpentinen nicht gerade anfängertauglich ist.

»Lu… Lucia«, stöhnt es auf der Rückbank. »Lucia …«
»Ja?«, rufe ich gehetzt. »Ich bin hier!«

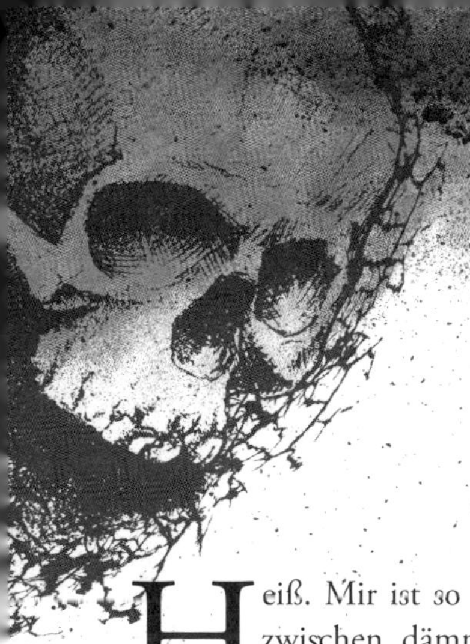

Kapitel 38

Grimm

Heiß. Mir ist so unerträglich heiß. In einem Zustand zwischen dämmernd und Fiebertraum, rieseln die Eindrücke nur so auf mich herein. Bunte, sich stetig ändernde Farben wechseln sich mit tiefem, unendlichem Schwarz. Licht tanzt mit Schatten, vereint sich zu einem Strudel, der mich hinabzieht und wieder hinaufwirbelt. Alles ist schwer. Mein ganzer Körper und mein Geist.

Irgendwo in einem Winkel meines Bewusstseins verstehe ich, was mit mir passiert.

Ich sterbe.

Mein durch den Blutverlust, die Strapazen der Gefangenschaft und der Flucht geschwächter Körper erliegt der entzündeten Wunde. Sie zieht und brennt, als steckte in ihr ein glühender Dolch, der wieder und wieder herumgedreht wird.

Verdammt, dabei habe ich schon Schlimmeres überstanden. Explosionen, Gifte ... war dem Tod immer so viel näher als dem Leben. Und jetzt kriegt mich der Wundbrand?

Entfernt höre ich mich Stöhnen.

Stimmen, die in einer Sprache sprechen, die ich nicht verstehe. Sanfte, warme, weiche Frauenstimmen.

»Mama?«

Nein.

»Lucia?«

Ich muss durchhalten. Mein Körper darf jetzt nicht aufgeben. Ich darf jetzt nicht aufgeben. Dario ist uns dicht auf den Fersen und ich kann ihr nicht zur Last fallen. In Kolumbien in ein Krankenhaus eingeliefert zu werden, würde unseren Standpunkt verraten. Die Ärzte werden eine Akte für mich anlegen. Und sobald etwas im Computer landet, werden Darios Hacker es mit Sicherheit finden.

Nicht ins Krankenhaus. Wir dürfen dort nicht hin! Besser ist, ich sterbe unterwegs, sodass sie mich zurücklassen und fliehen kann, oder? Nein. Ich muss hierbleiben und ihr helfen. Darf sie in diesem Kampf nicht allein lassen.

Sie kennt die Wahrheit doch noch nicht mal. Über all die Flucht, all die ständige Angst davor, geschnappt zu werden, haben wir die Wahrheit aus den Augen verloren. Ich schulde ihr eine Antwort. Meine Bedingung war, dass sie mich *leben* lässt. Und das hat sie. Hat mir Stunden und Tage geschenkt, in denen ich *gefühlt* habe.

Ich muss ihr die Wahrheit sagen. Sie muss es wissen, bevor ich gehe. Obwohl ich keine Ahnung habe, ob ihr die Gewissheit den Boden unter den Füßen wegreißt oder ob es meinen Racheengel beflügelt und sie auferstehen lässt, schön und schrecklich wie ein Phönix aus der Asche.

Dario. Es war Dario. Er hat deine Eltern getötet, Lucia. Er hat sie töten lassen und dich benutzt, um den Clan zu leiten. Ich war dort. Habe sein Schauspiel gesehen, wie er heulend über den Leichen saß und so getan hat, als hätte er selbst seine Mutter und seinen Vater verloren. Aber es war nur eine Maske, welche allen seine Unschuld vorgaukeln sollte. Er hat seine eigenen Männer angestiftet, deine Eltern zu erschießen, und schlussendlich hat er mit dem Finger auf diese gezeigt und sie von den ahnungslosen anderen hinrichten lassen. Es war niemand mehr übrig, der die Wahrheit kannte. Aber ich kenne sie, weil wir kurz zuvor herausfanden, dass Dario sich gegen Jovan Angelo, den Anführer des Angelo-Clans, und deinen Vater verschworen hatte.

Was wirst du tun, wenn du es weißt, mein Engel?

Es war Dario, mein Engel. Er hat deine Eltern getötet und dich jahrelang ausgebeutet. Der Gedanke ruft ein Gefühl in mir hervor, welches ich kaum kenne. Es ist heiß, es ist brodelnd, es lässt mich mich aufbäumen und obwohl es mich verschlingt, gibt es mir auch gleichzeitig Kraft. Ist das Wut, mein Engel? Warum sollte ich wütend sein? Es ist doch dein Problem, nicht meins. Es ist dein Leben, nicht meins. Und doch will ich nicht, dass dir das angetan wird.

Vor Jahren habe ich dich am Leben gelassen, als es meine Aufgabe war, dich zu töten. Aber ich wollte es nicht. Nicht, weil ich Mitleid mit dir hatte. Nicht, weil ich Gefühle für dich hatte. Ich sah einfach keinen Sinn darin, etwas zu töten, das den Tod herbeisehnt, das innerlich schon verwelkt und verdorrt war. Oder belüge ich mich damit selbst und es war doch etwas anderes, das mich abgehalten hat, bloß, dass ich es damals nicht verstanden habe?

Stattdessen ließ ich dich leben und tat dir damit weit Schrecklicheres an, als einen schnellen, sauberen Tod. Ich überließ dich deinem Schicksal und den grausamen Händen eines Mannes, der dich zur Hochzeit zwang und deinen Körper schändete. Wieso nur, Lucia? Wie konnte ich diesen fürchterlichen Fehler begehen, indem ich ein Mal in meinem Leben vor einem Mord zurückschreckte?

Und jetzt kocht in meinem Körper nicht nur die Entzündung, sondern auch die Wut auf mich selbst und auf diesen Mistkerl Dario.

Jetzt, wo ich mich zurückerinnere ... war ich vielleicht damals schon wütend?

Ich stehe mit verschränkten Armen vor dem großen Panoramafenster in dem Penthouse meines Chefs, Ace. Von hier oben kann ich über ganz Frankfurt blicken. Klein sehen die Menschen aus, nicht mehr als Ameisen, und die Autos wirken wie Spielzeuge.

Hinter mir geht die Tür auf und Seth betritt die Wohnung. Nun ist unser Trio komplett. Ich drehe mich nicht um, begrüße ihn nicht, weil ich es nicht für nötig halte. Die beiden beginnen sich darüber zu unterhalten, wie Dario es geschafft hat, innerhalb kürzester Zeit das ganze Los-Caídos-Syndikat zu übernehmen. Dieses Syndikat wurde bis vor kurzem von dem Angelo-Clan geleitet. Eine mächtige Mafia-Familie aus Kolumbien. Unser Plan war es, die gesamte Familie auszurotten ... warum? Das ist jetzt nicht mehr wichtig. Wichtig ist nur, dass uns jemand zuvorkam und alle, bis auf die Tochter, hinrichtete – Dario. Meine Aufgabe war es, die 18-jährige Lucia zu töten. Und ich habe versagt. Ich habe es nicht getan. Und ich habe es meinen Freunden bisher verschwiegen.

»Wie kann er das ganze Syndikat jetzt schon übernommen haben? Es hätte ein Krieg um die Vorherrschaft ausbrechen müssen!«, sagt Seth.

»Tja. Er hat Lucia geheiratet.«

Als ich diese Worte höre, verkrampft sich mein Körper.

Dario hat – was?

Erst als Ace einen Stapel Fotografien auf den Tisch wirft, wende ich mich um, um mich selbst davon zu überzeugen. Ich gehe zu den beiden herüber und blicke hinab auf die Bilder.

Ich erkenne sie wieder. Das tote Mädchen von vor ein paar Tagen. Das Mädchen, bei dem ich zum ersten Mal in meinem Leben versagt habe. Sie ist blass und ihre schwarzen Haare stehen im starken Kontrast zu ihrer hellen Haut. Rot geschwollen sind ihre Augen, bläulich grün schimmern Blessuren durch ihr Make-up. Sie steht neben Dario vor einem Trauredner. In ihrem Antlitz erkenne ich Angst, Hass, Ablehnung, aber auch Trotz und Stärke.

Ohne, dass ich es will, schießt glühende Hitze durch meinen Körper und ich spanne meine Kiefermuskulatur an. In mir wütet der Impuls, die Bilder schreiend vom Tisch zu fegen. Ich will zurückgehen und statt Lucia diesem Dario langsam und quälend meine Klinge durch die Kehle ziehen.

Was ist los mit mir? Woher kommt diese plötzliche Mordlust?

Kapitel 39

Lucia

»Dario«, stöhnt Grimm wie im Wahn auf der Rückbank. »Er war es.«

»Was war er?« Ich habe keine Ahnung, ob er mich versteht, ob er überhaupt noch etwas mitkriegt. Doch allein diese drei Worte »Er war es« beschwören eine dunkle Ahnung in mir herauf. Fest kralle ich mich um das Lenkrad des BMW, weil ich das Gefühl habe, mich an irgendetwas festhalten zu müssen.

» ... Eltern ... getötet ...«

Mein Blutdruck fällt ab. Ich spüre es erst heiß, dann kalt meinen Körper hinabrauschen. Ein schwerer Klumpen bildet sich in meinem Magen und mir wird schlecht.

Alles um mich herum dreht sich. Die Straße verschwimmt. Das Dröhnen des Motors rückt in weite Ferne.

Dario hat meine Eltern getötet. Der Mann, den ich heiraten musste, der mich unzählige Male vergewaltigte, mir Gewalt antat, so lange, bis mein Widerstand brach, ist der Mörder meiner Eltern. Auf einmal wird mir auch klar, warum er mich als kleines, unfähiges Frauchen neben sich haben wollte, es aber ganz im Widerspruch dazu erlaubte, dass ich das Töten erlernte, trainierte und Grimm jagte.

Er brauchte ihn als Sündenbock.

Solange ich auf ihn fixiert war, war er aus meinem Fokus gerückt.

Jahrelang bin ich belogen und betrogen worden. Wie konnte Dario nur behaupten, mich zu lieben? Wie konnte ich nur jemals mit dem Gedanken spielen, ihn in meinem Leben zu akzeptieren? Nichts als ein Werkzeug und ein Spielzeug bin ich für ihn gewesen.

Es tut nicht mal weh.

Ich bin nicht enttäuscht.

Alles, was ich fühle, ist rote, brennende Wut.

Geschändet, geschlagen und gezwungen zu werden, war schlimm. Doch dass es all die Zeit der Mörder meiner Eltern war, der sich an meinem Körper vergriff, mit dem ich reden, essen und neben dem ich schlafen musste, ist die Hölle. Ich ekele mich noch mehr vor mir, vor dem, was mir angetan wurde. Würde mir am liebsten meine Haut von den Knochen ziehen, um all seine Berührungen loszuwerden.

Und Curcio? Er wusste die ganze Zeit Bescheid und hat es mir verschwiegen. Hat auf mich eingeredet, dass es das Beste wäre und dass nach Dario nur das nächste Arschloch kommen würde.

Ich hätte ihn töten sollen.

Ich hätte sie alle töten sollen, solange ich es noch konnte.

»Lucia!« Sofias panischer Ruf reißt mich in die Realität zurück. Ich tauche in der Wirklichkeit auf wie aus stürmischen Fluten, die mich hinabreißen wollten.

»Lucia, ist alles in Ordnung mit dir? Was hat er gesagt? Jesus Maria, rede doch mit mir! Die Straße! Achte auf die Straße!«

Sie muss schon eine ganze Weile auf mich einreden.

Ich blinzele. Mein Blickfeld klärt sich.

Keine Ahnung, wie ich es geschafft habe, die letzten Kilometer zurückzulegen, ohne meine Umgebung wahrgenommen zu haben. Aber irgendwie hat sich die Zeit und die Strecke auf dem Navi verkürzt.

»T... Tut mir leid«, bringe ich hervor, doch mein Herz hämmert mit großen, schnellen, heftigen Schlägen gegen meine Rippen. Ich kann die Raserei in mir kaum beherrschen, zittere am ganzen Körper im Versuch, meinen bebenden Zorn in Zaum zu halten.

»Was hat er gesagt, Lucia?«, drängt Sofia beängstigt.

Ich versuche, den Kloß in meinem Hals hinunterzuschlucken, doch es gelingt mir nicht. Heiser antworte ich:

»Er hat gesagt, dass Dario meine Eltern ermordet hat.«

Ihre sonst wonnigen, rosa Wangen verlieren an Farbe. Das runde Gesicht wird weiß.

»Was?«, fragt sie tonlos.

Ich antworte ihr nicht. Denn sie hat mich verstanden, kann es nur nicht glauben.

Wie konnte ich all die Zeit über nur so blind gewesen sein?

Ein leises Keuchen von der Rückbank erinnert mich daran, dass es jetzt jedoch etwas Wichtigeres gibt. Dass meine Eltern tot sind und dass Dario dafür verantwortlich ist, lässt sich nun nicht mehr ändern.

Es ist die Vergangenheit, die uns zu dem macht, der wir sind, aber es ist die Gegenwart, in der wir entscheiden, wer wir in der Zukunft sein wollen. Nicht noch einen Menschen, der mir etwas bedeutet, will ich an diesen Mistkerl Dario verlieren.

Meine Eltern sind nicht mehr zu retten.

Aber Grimm ist es.

»Halt durch, Grimm, wir sind bald da!«, flüstere ich.

Eine Stunde später fahren wir in die nächste, kleine Stadt ein. Das Klinikgebäude ist aus rotem Backstein und nur eingeschossig, umzäunt von grünem Maschendrahtzaun. Der Betonboden, über den wir fahren, ist uneben und heruntergekommen, aufgeplatzt über die Jahre. Da wir uns aber noch immer mitten auf dem Land befinden, bin ich froh, überhaupt eine Klinik anzutreffen. Die nächstbessere wäre vier Stunden entfernt – direkt in der Hauptstadt – gewesen. Doch diese Zeit haben wir nicht mehr.

Grimm braucht Hilfe. Sofort.

Sofia und ich steigen aus dem Wagen aus, doch bevor wir zur Notaufnahme losrennen, um Hilfe zu holen, öffne ich noch einmal die Tür zur Rückbank.

Leichenblass, nassgeschwitzt und fiebrig glühend liegt er dort und jeder Atemzug scheint die reinste Anstrengung zu sein. Behutsam lege ich meine Hand auf seine heiße Stirn.

»Halt durch. Wir sind gleich zurück, dann wird es dir bald besser gehen«, flüstere ich ihm zu. Ich sehe ihn nur noch einen kurzen Augenblick lang an, weil ich Angst habe, dass er bereits tot sein könnte, wenn ich wiederkomme. Also nehme ihn in ganz genau wahr.

Seine Augen öffnen sich einen Spalt breit. Grüner Glanz kommt unter dem dunklen Wimpernkranz zum Vorschein. Er sieht mich an, ein Lächeln zuckt um seine Mundwinkel, ehe er auch schon wieder wegdämmert.

»Komm, Lucia, wir sollten keine Zeit verlieren«, sagt Sofia und fasst mich sanft am Unterarm.

Wir drehen uns um und wollen gerade auf den Eingang der Notaufnahme zuhalten, als ein schwarzer Transporter vor uns anhält und uns den Weg versperrt. Erschrocken und überrascht bleiben wir stehen. Und im selben Moment wird mir etwas Schreckliches klar:

Dario hat uns gefunden.

Die Schiebetür des Wagens geht auf und Dario steht breitbeinig und mit hinterm Rücken verschränkten Armen auf der Ladefläche. Von oben sieht er auf mich hinab. In seinem kürzlich noch rasierten, kantigen Gesicht hat sich ein Dreitagebart gebildet und seine Augen funkeln kalt.

»Hallo, mein Schatz«, lächelt er wölfisch. »Zeit, nach Hause zu kommen.«

»Niemals!«, zische ich wutentbrannt. Doch im nächsten Moment werden Sofia und ich links und rechts von starken Männerhänden gepackt. Vier ausgebildete Söldner stürzen sich auf uns, ringen uns zu Boden und drücken uns die Arme auf den Rücken. Mein Gesicht schrabbt über den rauen Beton, ich schmecke Staub und Blut von meiner Lippe, die beim Aufschlag aufgeplatzt sein muss.

Ich versuche, mich zu wehren, doch binnen weniger Sekunden bin ich völlig wehrlos am Boden gefesselt und geknebelt worden, ebenso wie Sofia, in deren schreckgeweitete Augen ich nun blicke.

Ihre Nasenflügel blähen sich, Strähnen ihres braunen Haares bedecken ihr Gesicht und ihre Augenbrauen werfen tiefe Falten der Angst und Sorge auf ihre Stirn.

Wir sehen uns an.

Dann werden wir auf die Beine gezerrt und gewaltsam in den Transporter gebracht. Grob stößt man uns hinein und als ich mit meinem Kopf gegen eine Sitzkante im Innenraum schlage, wird meine Welt dunkel.

Und alles, was ich noch vor meinem inneren Auge sehe, sind die Konturen eines Totenkopfs, in dem jadegrüne Augen glimmen.

»Knallt den Wichser ab.«

GRIMM, NEIN!

Ein Schuss.

Ende Band 1

*Das war der erste Teil von Grimms düsterer Geschichte.
Bist du neugierig, wie er zu seinen Narben gekommen ist?
Was es mit seinen Freunden Seth und Ace auf sich hat und
mit seinem Patensohn?
Dann lies die spannend romantische Geschichte von Kiki
& Seth in unserer »Following You«-Reihe und erfahre
mehr über die Zeit VOR diesem Buch.*

Danksagung

Grimm hat sich bereits vor diesem Buch in eure Herzen und auch in unsere geschlichen. Ihr habt ihn gefeiert und geliebt, in all seiner verkorksten Art. Ohne euren Zuspruch wäre die Geschichte vielleicht gar nicht entstanden. Deswegen gilt der größte Dank euch, ihr unerschütterlichen Grimm-Fans!
Wir hoffen sehr, dass sie euren Erwartungen gerecht werden konnte. Ein kleines Bisschen standen wir ja schon unter Leistungsdruck!

Eine finale Danksagung gibt es dann auch im finalen Band.

Hat dir das Buch gefallen?

Wir freuen uns sehr, dass du unser Buch bis zu dieser Stelle gelesen hast. Wenn es dir gefallen hat, würden wir uns sehr freuen, wenn du ihm bei dem Online-Shop eine Bewertung gibst, bei dem du bestellt hast. Oder du schreibst bei einem deiner Lieblings-Buchportale eine Rezension.

Wir freuen uns nicht nur sehr darüber, Meinungen zu unserem Buch zu lesen, es hilft uns auch dabei, weitere Geschichten zu schreiben und neue Leser für unsere Bücher zu finden.

Vielen Dank für deine Unterstützung!

KAMPENWAND
VERLAG

Mika D. Mon

Following you
Bis du mir gehörst

Taschenbuch, € 12,85
ISBN 978-3966985673

Mika D. Mon

Following you
Bis du nicht mehr fliehen kannst

Taschenbuch, € 12,85
ISBN 978-3966986359

Mika D. Mon

Following you
Bis in die Ewigkeit

Taschenbuch, € 12,85
978-3947738113